パンダより恋が苦手な私たち

瀬那和章
Kazuaki Sena

講談社

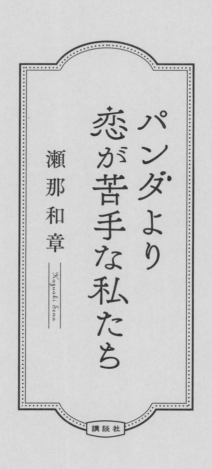

contents

パンダより
恋が苦手な私たち

プロローグ

私たちの恋に足りないものは、野生だ。

それが、これまで耳にした恋愛に関する格言の中で、とびきり刺さったものだ。

「人生でもっとも素晴らしい癒し、それが愛です」とパブロ・ピカソは言った。ジョルジュ・サンドは「愛せよ。人生でよいものはそれだけだ」と言った。古代ギリシアの哲学者アリストテレスによると「愛とは、二つの肉体に宿る一つの魂」だそうだ。

先輩から貸してもらった『偉人の名言・格言集（文庫版）』をぱらぱら捲《めく》ると、参考になるかならないかちょっと引くかは置いといて、たくさんの恋愛についての言葉がみつかる。

人間は、大昔から恋愛について悩み続けてきた。それは今も変わらない。

この瞬間も誰かが、恋について幸せな笑みを浮かべ、愛について悲しみの涙を流している。

カフェに集まる若者たちの話題から恋の悩みがなくなることはないし、コンビニに並んでいる雑誌から恋愛のハウトゥ記事が消えることもない。

でも、それは。

どこか遠い世界で交わされる言葉だと思っていた。

私が、柴田一葉《しばたいちは》として生きてきた二十五年間のうち、付き合ったのは一人だけ。交際期間は長かったけど、似たもの同士がなんとなくくっついて一緒にいただけ。そこには駆け引きもなかったし、二人の恋を隔てる障害もなかった。

人生でもっとも素晴らしい癒しだと思ったことも、二つの肉体に宿る一つの魂だと感じたこともない。私の恋愛経験は外国家電の取説くらいペラペラだ。

それなのに、なんで。

この部屋に来るたび、同じ言葉が浮かぶ。

なんで、私が、恋愛コラムなんて書くことになったんだ！

雑誌の編集者になって三年。女性向けカルチャー雑誌で、趣味や習い事に関する記事ばかり作ってきた。それがいきなり恋愛コラムなんて、無茶振りにもほどがある。

目の前のパソコン用ディスプレイからは、とりあえず落ち着けと諭すように、打ち寄せる波音が響いてくる。

私がいるのは、北陵《ほくりょう》大学にある准教授の居室。部屋の中央に置かれた二人掛けのソファに座っている。

正面のディスプレイには、出会ったばかりの男女が海でイチャつく動画が流れていた。椎堂《しどう》准教授が集めている資料映像の一つだ。

「今はまだ、カップルにはなっていない状態だ。距離感がぎこちないのがわかるだろう」


よく通るバリトンが解説する。

画面の隣には、視界に入るたびに息を止めてしまいそうなイケメンが立っている。服装は、上品な紺色のテーラードジャケットにベージュのスラックス。どちらもブランド名はわからないけれど、仕立ての良い品だってことはわかる。

イケメンでオシャレ、黙っていれば女子学生の間でファンクラブでもできそうな大学准教授が、少年のように目をキラキラさせながら語っていた。

彼の名前は、椎堂司《つかさ》。

恋愛に関して日本屈指のスペシャリストと言われている。その話を聞いて、恋愛コラムを書くためのヒントにしたいと取材を申し込んだ。それから、定期的に研究室を訪れている。

けれど、私は一つ、大きな勘違いをしていた。

画面に映っている仲の良さそうな一組のカップル。ぴたりと寄り添ったまま、手を繋《つな》いだり、首筋に鼻をくっつけたりを繰り返している。彼らは――――白と黒の毛で覆われていた。

二匹のラッコが横並びになって、波の上をちゃぷちゃぷ漂っている。

かわいい。かわいいけど、ちがう。

椎堂先生は、間違いなく恋愛の専門家だった。

野生動物の。

「ラッコの求愛行動は、オスからメスへのアピールから始まる。発情しているメスを見つけると、鼻先でつついたり体を寄せたりして脈があるかどうかを確かめる」

画面の中では、二匹のラッコが空に腹を向け、体の側面をこすり合わせるようにして漂っていた。丸いつぶらな瞳にどこか間の抜けた表情、たまらなく可愛い。

「カップルが成立すると、二匹はしばらくこうして波の上を漂う。一緒に波の上を漂うなんてロマンチックだろう？　お互いの相性を確かめ、パートナーになってもいいと思えたら、次の行動に移る」

「ちゃんと段階を踏んで付き合うんですね」

「あぁ。もうすぐ次の段階だ」

椎堂先生の言葉と同時に、オスが体を反転させる。

キスでもするように、メスの鼻先に顔を寄せた。

次の瞬間、微笑《ほほえ》ましい光景が一変する。

オスが、ばくっと大きく口を開けた。口元から覗《のぞ》いた鋭い牙。可愛らしい姿に忘れていたけれど、彼らが肉食獣だってことを思い出す。めいっぱい開かれた口からは、牙どころか、歯茎まで剝《む》き出しになっていた。なにこれ。ホラー映画？　寄生獣？　恋人が怪物に変身するシーン、そんな感じ。

そのままメスの鼻の下にガブリと噛《か》みつく。

なに、この衝撃映像。

メスは逃げるように体をひねるけど、オスは噛みついたまま離れない。二匹はもつれあうように回転する。メスとオスが交互に海面に姿を見せては、また海の中に沈んでいく。

横から、嬉しそうなバリトンが続く。

「ラッコの求愛行動のフィナーレは、オスがメスの鼻の下に噛みつく。そして、メスが逃げなければカップル成立だ。そのまま、オスはメスを押さえつけて交尾をする」

メスの鼻の周りの毛が徐々に赤く染まっていく。怖い、怖すぎる。

「血っ、血ぃでてるじゃないですか」

「もちろんだ。しっかり噛みついていないと、海の上では体勢が維持できないからな。交尾をした後のメスは鼻に怪我《けが》をしているから、人間のキスマークなんかよりはっきりとわかる」

「そんなところで見分けられるなんて、あんまりだ！」

「あんまりと言えば、メスのラッコは、このときの怪我がもとで感染症を引き起こして死んでしまうことがある。まさに、ラッコのメスは、命を懸けて恋をしているのだ」

「そんな酷いことっ、ついでみたいに言わないでっ」

椎堂先生が説明するあいだも、オスラッコとメスラッコは、何度も体を回転させていた。切ない。切ないよ、ラッコのメス。どうして人間も動物も、女ばかりが体を張らなきゃいけないんだ！

「この命を懸けた恋愛は、ラッコが子孫を残すためには重要なことだ。水族館で生まれたり、若いころに水族館に連れてこられたオスのラッコは、これができないらしい。メスにアピールを無視されたり、鼻に噛みつこうとして抵抗されると、すぐに諦めてしまう」

「なんか、どこかで聞いたような話ですね。ラッコにも草食系がいるってことですか？」

「馬鹿を言うな。ラッコはみんな肉食だ」

「いえ、そういうことじゃなくてですね。草食系っていうのは恋愛にあんまり積極的じゃない人たちを指す言葉ですよ。受け身だったり、自分からアピールするのが苦手だったり」

「ほう、そんな言葉があるとは知らなかった。人間の恋愛には、全く興味がないからな」

「私はこの言い方、嫌いですけど」

日本の男性が草食系になってきている、なんてのは、もう使い古された言葉だ。

同じ若者としては、そんなのほっとけよ、恋愛に積極的じゃないことのなにが悪い、人それぞれ大切なことは違うだろ、と思うのだけれど……たしかに、恋愛に限らず、他人に嫌われることに過敏になっている人は多いような気がする。

「とにかく、野生動物の求愛行動には、しつこいくらいの諦めの悪さや、空気なんて読まない強引さ、そういった積極性が時として必要なのだ。種の存続という大義名分の前では、嫌われるなど些細《ささい》なことだ」

——お。今の、使えるかもしれない。

ノートにラッコの求愛行動と、椎堂先生の言葉をメモする。

私が担当している恋愛コラムのタイトルは『恋は野生に学べ』。

読者から寄せられた恋の悩みに、動物たちの求愛行動をからめて回答するという企画だった。

これから、椎堂先生から聞いたネタを元にして恋愛コラムを書かないといけない。考えただけで頭が痛くなるけれど、残念ながら、これが今の仕事だ。

改めて、今日、何度目かの言葉が頭に浮かぶ。

本当に、なんで、こんなことになったんだ！

第一話

失恋にはペンギンが何羽必要ですか？

Humboldt
penguin

目の前に、五枚のメモ用紙がババ抜きのように広げられる。

「さぁ、一枚引いて」

メモ用紙の向こうでは、紺野《こんの》先輩が真剣な表情で見つめていた。

切れ長の目に茶色く染めた肩までのストレート。勝手なイメージだけど、ノーカラーのジャケットを着こなせたら仕事ができる人だと思う。

入社以来、私はずっとこの人に仕事を教わってきた。

人気記事を連発する編集部のエース、所沢《ところざわ》在住の熱狂的な西武ライオンズファン、ノーカラーのジャケットを華麗に着こなす三十一歳独身。

「いっとくけど、どれもあたしが死ぬ気で通した企画だからね。やるからには、本気で良い記事にしなさいよ」

「わかってます。それ、三回目ですって。もういいですか、引きますよ」

真ん中のメモ用紙に指をかけた瞬間、先輩の細い目の奥がギラリと光った。どうしてもやりたい企画だったらしい。それなら初めから外しといてくださいっ。

一枚右にずらすと、小さな舌打ちが聞こえる。さらにもう一枚右にずらす。今度は、すんなり引かせてくれた。

私たちが担当している雑誌『リクラ』の五月号の企画を決める編集会議が行われたのは、三日前のことだった。

私が出した七件の企画はすべてボツ。先輩は十件出して、五件が採用された。記事は、企画を出した人が担当者になる。つまり、デキる人に仕事が集まる仕組みだ。

でも、今回はさすがの紺野先輩もキャパオーバーだったようで、編集長から一件を私に回すように指示が出た。その運命の引継ぎが、このババ抜きだ。

編集会議では、雑誌に載せる記事をざっくり三種類に分類している。

その月の目玉になる特集企画、表紙にも大きく載って売り上げに一番影響する。二つ目が、それ以外の小さな企画。特集に比べるとコンパクトで、ページ調整のために削られたりもする二番手の記事だけど、その分、ちょっとした冒険もできて意外な反響を得られたりするので侮れない。そして三つ目が、複数号にわたって掲載する連載企画。一つのテーマに絞った記事や芸能人のエッセイなどを常にいくつか載せている。

私が引いたのは三つ目、連載企画だった。

企画タイトルは『SNSと連動した読者参加型の恋愛コラム』。

思わず、最後の五文字を二度読みする。恋愛コラム。嘘だろ。

「……これ、会議で最後に決まったやつですよね？」

「そう。うちのSNSのフォロワーとかホームページを見に来る人とかって、他誌に比べて少ないのよ。圧倒的に。それで、ネットと連動した企画を出せって編集長から言われて、とりあえず出したのがこれ」

シンプルな企画だった。雑誌のホームページに特設コーナーを作って読者から恋愛相談を受け付ける。寄せられた相談のうち、明らかにアウトなものを除いて、ホームページと雑誌のＳＮＳアカウントで公開する。読者から共感できるものに「いいね」をつけてもらい、一番支持を集めた恋愛相談をテーマにして著名人が恋愛コラムを書くというものだ。

会議では、コラムニストは「リクラ読者層の知名度が高く、過去に熱愛報道などで騒がれた著名人」となっていて、数名の候補者リストがついていた。企画自体はシンプル、読者が興味を持つかどうかはコラムニスト次第だろう。

『リクラ』は、二十代後半から三十代前半の働く女性をターゲットにした、習い事や家で出来る趣味などの新しいオフ時間の提案をメインにした雑誌だ。タイトルの意味は、雑誌の立ち上げ当初のコンセプト「リラックス・リフレッシュ・リリースな暮らし方」を縮めたもの。

話題の料理教室や英会話教室の体験レポート、自宅でできる脚が細くなるストレッチ、これから流行《はや》りそうなインテリア雑貨の紹介など、隙間産業を狙うようにひたすら習い事や趣味についての記事を取り扱っている。ライバルが少ないこともあり、五年前の創刊以来、好調な売り上げを維持していた。

雑誌のターゲット層は既婚者かシングルかを限定していないので、恋愛コラムの連載は雑誌コンセプトとしては問題ない。既婚者でも恋愛記事を楽しみにしている読者は多いというデータもある。自分の恋愛がひと段落しても、みんな興味があるらしい。

「どう、やれそう？」

「自信ないです。他の企画にしてもらえませんか？　他なら、なんでもやりますから」

「んー。でも、クジ引きだし」

「ほとんどやらせでしたよねっ。恋愛コラムの担当なんて……私、そんなに恋愛経験ないですよ。先輩の方が、読者の気持ちがわかるんじゃないかと」

そこで、地雷を踏んだことに気づいた。

編集部のエースは、耳に掛かっていた髪を後ろに流しながら笑みを浮かべる。ただし、目はまったく笑ってない。西武ライオンズがクライマックスシリーズで敗退した翌朝と同じ表情だった。

「へぇ。私の方が読者の気持ちがわかるんだ。それって、私も恋愛が上手くいってないからってことかな？　恋愛相談する側の気持ちがわかるって言いたいのかな？　あんたも言うようになったねぇ」

うわぁ。やばい。先輩のめんどくさい部分が出てきた。

紺野先輩は、飲み会のたびに彼氏ができないと愚痴っている。入社してからずっと聞いているので、少なくとも恋人いない歴は三年オーバー。そして私は、恋愛経験は少ないけれど、五年間付き合っている恋人がいる。半年前から同棲中。

「あの、そういう意味ではなくてですね。先輩は、他の人の気持ちになるのが上手というか、読者の心がよくわかっていらっしゃるというか」

「冗談だって。そんなに必死な顔しないでよ」

嘘だ。一瞬、殺気を感じた。

そもそも、なんでこんな企画出したんだ。編集長に言われて適当に出したら予想外に通って、私に投げたわけじゃないですよね！

「とにかく、恋愛コラムっていっても、あんたが書くわけじゃないんだから。書くのはコラムニスト、あんたは編集するだけ。ライターさんの記事をまとめるのと同じよ。だから、そう気負わないでいいよ」

「確かにそうですけど……そういえば、コラムニストって決まったんですか？」

「うん。リストの上から三番目の人」

誰がコラムを書くかにかかってる企画だ。コラムニスト探しから、ということになると大変だったけど、さすがノーカラーのジャケットが似合う人は仕事が速い。

ファイルから前回の編集会議の資料を取り出し、先輩の企画書に添付されていたリストを見る。会議中は自分の企画が通るかで頭の中がいっぱいで、ほとんど目を通してなかった。

上から三番目。

モデル。灰沢《はいざわ》アリア。

心臓が止まるかと思った。

「知ってる？　最近は雑誌もテレビでも見なくなったけど、昔、すっごい人気だった」

「……もちろん、知ってますよ。あの人が、コラムを書くんですか？」

「アリアって、当時はゴシップクウィーンでもあったでしょ？　色んな俳優やデザイナーと噂になってた。三十代になった彼女が恋愛を語るって、面白いと思わない？　それにさ、『リクラ』の読者層って、私もそうだけど、彼女がブレイクしてたときに高校生や大学生だった世代なのよね。これ、話題になると思うな」

確かに、先輩の言う通りだ。

私が小学生のころ、彼女の名前を聞かない日はなかった。

ティーンズ雑誌の専属モデルとしてデビューし、瞬く間にティーンエイジャーのカリスマになった。数々のコレクションに出演し、数えきれないほど雑誌の表紙を飾った。自由奔放な言動でバラエティ番組でも活躍していた。

だけど、若者たちは常に自分たちと同じ年代のカリスマを求めている。

アリアも二十代半ばになると露出が少なくなり、だんだん人気もなくなって、三年ほど前からぱたりと見なくなった。

彼女のイメージを頭の中に並べる。超新星のように眩い光を放ち、いつの間にか芸能界から消えた伝説のスーパーモデル。かつての若者たちのカリスマ。元ゴシップクウィーン。

そして、私にとっては、神さまだった。


初回の打ち合わせ場所として指定された喫茶店は、渋谷駅から歩いて十分の路地にあった。

雰囲気のいい店だけど、繁華街からは少し外れた場所にあるからか、意外と空いている。かつて渋谷のアイコンだった彼女は、今もこの街のことをよく知っているのだろう。

……まさか、灰沢アリアと一緒に仕事をすることになるなんて。

今日は緊張して、まったく仕事にならなかった。

時計を見る。六時半、窓の外はずいぶん暗くなっている。約束は七時なので、三十分も早く着いてしまった。緊張を紛らわそうとして店内を見渡す。パソコンをしている人や、雑誌を読みながらくつろいでいる人がちらほら。

近くの席で、春っぽいパステルカラーのブラウスを着た女性が読んでいる雑誌の表紙が目に留まった。

コンビニには必ず置いてある、大手出版社の二十代女性向けのファッション誌『Ｒｅｎａ』。今月号の表紙はモデルの伊藤《いとう》ミリカ。最近ティーンズ向け雑誌を卒業したばかりだけど、ＯＬ向けの基本カッチリで膝から下に抜け感を出した通勤用ワンピースとアウターの合わせもバッチリ決まっていた。『Ｒｅｎａ』は表紙に女優を使わない。それは、誰かの知名度を借りるのではなく、ファッションだけで勝負するというプライドの表れのようで、ずっと憧れていた。

ファッション誌の編集者に、なりたかった。

子供のころ、最初に描いた夢は、モデルになりたいだった。

私が生まれ育ったのは、福島県にある樹齢百年を超える桜並木だけが自慢の田舎町。姉が買ってきたファッション誌を読んで、そこに登場する、スラリと長い脚で颯爽とオフィス街を歩き、日替わりで色とりどりの服を纏《まと》い、人生なんでも思い通りになっているように笑っている女性たちの姿に胸を貫かれた。

この人たちみたいになりたい、と思った。

姉がたまに買ってくる雑誌だけでは物足りず、小遣いをはたいて毎月何冊もファッション誌を買った。お気に入りの写真は切り抜いてスクラップにし、連載記事や写真の脇のちょっとしたコメントも読みこんだ。お気に入り記事を集めたノートがいっぱいになるたび、憧れは強くなった。

そんな憧れのモデルたちの中で一番輝きを放っていたのが、灰沢アリアだった。

同じ服でも、彼女が着た時だけは特別に見えた。ティーンエイジャーのカリスマは、当時の私にとって神さまだった。

キシキシと軋《きし》む縁側をランウェイに見立て、母や姉に呆《あき》れられながら何度も往復した。小学校の卒業文集の将来の夢には、太いペンでモデルと書いた。パスケースの中に神さまがいれば、クラスメイトになにを言われたって平気だった。

それでも、中学を卒業するころには気づいた。

私は、モデルにはなれない。

身長百五十二センチ。そこで、私の成長は止まった。

今の時代、背の低いモデルはたくさんいる。だけど、私の脚はラガーマン体形の父の遺伝子をしっかり受け継ぎ、運動部に入っていたわけでもないのに太く逞《たくま》しくなった。ずっとファッション誌を見てきた。この脚が致命的なのは、誰よりもよく知っていた。

お気に入りのデニムに太腿《ふともも》が引っかかった日の夜。心の奥に、ぶっとい南京錠のついた箱を用意して、夢を詰め込んで鍵をかけた。

それからしばらく、夢という言葉を口にしなかった。

高校生活をなんとなくすごし、特に目的もないまま周りに流されるように受験勉強をして、地元でそれなりに有名な国立大学に入った。

大学生になると、通学が私服になる。すっかりコンプレックスになっていた脚をなんとかマシに見せたくて、しばらく距離を置いていたファッション誌を手に取った。

気がつくと、何時間も読み込んでいた。そして、泣いていた。心の奥に仕舞いこんでいたものは、長い時間が経って、そっと鍵を開けて取り出してみても、変わらずそこにあった。

私の夢は、形を変えて蘇った。モデルになれなくても、この世界に関わっていたい。それに、脚が太いことがコンプレックスだった私を、ファッションは救ってくれた。決めた。ファッション誌の、編集者になる。

大学生活の四年間は、ずっと編集者になることを目指して過ごした。

出版社は就活の最難関の一つだ。成績上位になるように頑張って勉強し、アピールできるような経験を積み、就活が始まるとファッション誌を刊行している出版社を片っ端から受けた。その中で、唯一内定をもらえたのが、業界では中堅の『月《つき》の葉《は》書房』だった。

大学卒業と同時に上京。すぐには無理かもしれない、でもいつかファッション誌の編集者になりたい、いや、なってみせると意気込んで入社した。

そして、入社式の当日、希望に胸をときめかせた私に向けて、壇上に立った社長が告げた。

「新入社員のみなさん、わが社を選んでくれてありがとう。みなさんのような若い力と一緒に、わが社も時代に合わせて変革していこうと考えています。その第一歩として、ファッション誌『TRY』、『ARISE』の二つを廃刊とし、好調なカルチャーや趣味の雑誌に特化した体制を築きあげ——」

『月の葉書房』がファッション誌から撤退する。

入社一日目にして、夢への扉は閉ざされた。

入社式の途中で、生まれて初めて貧血になって倒れた。おかげで、私の名前は多くの社員に覚えられ、他の部署の人と新しく仕事をするときには「あぁ、あの貧血の」と言われる。そんな名前じゃありません。柴田一葉、柴田一葉をよろしくお願いします。

出版不況、雑誌が売れない時代、そう言われ出したのはもうずいぶん前だ。ライバルが多いうえに低調なファッション誌を捨てて、好調なカルチャー雑誌に注力するのは、会社としては正しい。だけど、せめて、就活しているときに発表してほしかった。他の出版社からは内定もらえなかったんだけど！

それから三年、私はずっと『リクラ』の編集者をやっている。

豆腐をメインに据えた低カロリー料理教室の紹介、ソープカービング教室の体験記、大した世話をしなくても育てられるオススメ観葉植物などなど。まるで興味が持てない情報を漫然とまとめ続けた。

目の前の仕事を低水準でこなしているだけ。見様見真似で考えた企画はなかなか通らない。編集長には怒られてばかり。やる気あんのかと聞かれても、ありませんよ。私がやりたかった仕事はこれじゃねぇ。

「あの、『月の葉書房』の柴田さんですか？」

声を掛けられた。

いつの間にか、待ち合わせの時間になっていた。初対面だけれど、テーブルの上に『リクラ』を広げていたので気づいてくれたらしい。

立っていたのはスーツ姿の男性だった。年齢は私より少し上だろう。ホテルマンのように礼儀正しく親しみやすい笑顔を浮かべている。グレーのスーツと履き古された有名ブランドの革靴は、その雰囲気によくマッチしていた。

「灰沢アリアのマネージャーの、宮田《みやた》です」

営業スマイルと一緒に名刺が差し出された。慌てて名刺交換をして、早口で自己紹介と仕事を引き受けてくれたことへのお礼を告げる。

「アリアさんは、今日は来ないのですか？」

「いえ、別の場所にいます。申し訳ないですが、お店を変えてもよろしいでしょうか？　すぐ近くですので」

「いいですけど、なにかあったんですか？」

「ただのわがままですよ。彼女と仕事をするのであれば、こういうことはたまにあります。ご迷惑をおかけするかもしれませんが、よろしくお願いします」

そう言うと、普段の苦労を感じさせるような疲れた笑みを浮かべる。

灰沢アリアは誰もが認めるスーパーモデルだったけど、バラエティ番組に出ている彼女は自由奔放で自分勝手なキャラクターだった。ベテラン俳優にタメ口で話したり、お笑い芸人に週刊誌のスクープをイジられて荒っぽい言葉でキレたりしていた。そういう大人たちが顔を顰《しか》めるほど非常識で自分の感情に真っすぐなところに多くの若者が憧れた。

だけど、それは私が中学生だったときの話。今の彼女は三十一歳、大人の女性だ。あのころのままということはないだろう。

喫茶店を出ると、冷たい風が吹きつけてきた。三月の渋谷はまだ肌寒く、昨日までコートの下に着ていたお気に入りのモヘアニットを脱いできたことを後悔する。

並んで歩いていると、宮田さんは気遣うように話しかけてくれた。

「雑誌連載の話、すごくありがたかったです。ちょうど、新しい切り口の仕事をしたいと思っていたところだったので。でも、少し不安もあります。ご存知の通り、最近、アリアはモデルとして活動してないし、テレビへの露出もほとんどないので」

「それは心配ありませんよ。『リクラ』のメイン読者は灰沢アリア世代ですから。実は、私も大ファンだったんですよ」

宮田さんが、不思議そうな表情をする。アリア世代にしては若すぎると思ったんだろう。

「ファッション誌が大好きな子供だったんです。普通の女の子が手に取るより、ずっと早くから読んでました。出版社にも、ファッション誌の編集者になりたくて就職したんです」

「なるほど。それで、当時のアリアを知ってるんですね」

「結局、全然違う雑誌の編集をやってますけどね。だから、こうしてアリアさんと一緒に仕事ができるのは、私個人としても、すごく嬉しいです」

それは紛《まぎ》れもない本音。だけど、その後ろには、昔はモデルを目指していたことや、『月の葉書房』にはもうファッション誌がないという悲しい秘密があるけれど。

「あ、ここです」

宮田さんは、なにもない路地で足を止める。言われるまで、そこが店の前だとは気づかなかった。角地に建っている雑居ビルの一階、扉の前に『夜空』というプレートがぶら下がっている。窓は塞がれていて中が見えないし、看板も出ていない。秘密基地みたいだ。

店内に入る。芸能人がこっそり集まるバーのような空間を想像したけれど、意外にも焼鳥屋だった。カウンターの他に、衝立で仕切られたテーブル席が三つ。宮田さんは、一番奥のテーブルを手で示す。

鼓動が速くなる。

一歩踏み出すごとに体温が上昇していくようだった。

小学生のころ、テレビで彼女を見ない日はなかった。一つの時代を築いた伝説のスーパーモデル、かつてのティーンエイジャーのカリスマ、灰沢アリア。

わずか数メートルの距離を歩く間に、色んなことが頭を巡った。

アリアは三年前に、雑誌からもファッションショーやテレビからも姿を消した。人気はたしかに落ちていたけれど、不自然なほどいきなり姿を見なくなった。

露出がなくなってから、どんな風に変わったんだろう。スタイルは維持されているだろうか。もし、ハリウッドセレブのように激太りしていたらどうしよう。いや、どんな風に変わっていたとしても、ちゃんと受け入れよう。

灰沢アリアは、あのころの私にとって、神さまだったのだから。

「失礼します」

声を掛けながら、テーブルの横に立つ。

神さまは、記憶の中と変わらない姿のまま、ビールグラスに半分ほど注いだ日本酒を片手に枝豆をつまんでいた。

自己紹介も忘れて、固まる。

綺麗だった。

ハイネックのシャツにオーバーサイズぎみで袖口がダルダルのガウン。手首には、当時、彼女が雑誌のインタビューで大好きだと話していたベークライトの赤いバングル。人目を気にしているのか、大きめのキャスケットを被っていた。

ゆったりした袖口からのぞく華奢《きゃしゃ》な腕、中世ヨーロッパのコルセットでもしているような細い腰、モデルになるために生まれてきたようなジャストサイズの胸、帽子の縁から零《こぼ》れる長い髪、つばに隠れて顔は見えないけれど、彼女は間違いなく、私が幼いころから憧れた灰沢アリアだった。

「困りますよ。急に待ち合わせ場所を変えないでください。それから、打ち合わせだっていってるのに、なんで飲んでるんですか」

宮田さんが、生真面目《きまじめ》そうな声で注意する。

そこで彼女が、待ち合わせ場所を勝手に変えて、打ち合わせ前にお酒を飲むという非常識なことをしているのに気づく。でも、これが灰沢アリアだと納得してしまう。

「大丈夫だよ、酔ってないから。あなたが担当してくれる編集者の人？　灰沢アリア、よろしくね」

アリアは私に顔を向けると、被っていた帽子をとってくれた。

細い指で、無造作に押さえつけられていた髪を搔《か》き上げる。長い茶色の髪は、波打つような癖があるのにまったく指に絡むことなく流れていく。頭の上でぱっと指を広げると、シルクのような輝きを見せながら細い肩に落ちていった。

正面から、彼女の顔を見る。

九頭身の小さな顔、ランウェイに出た瞬間から形がわかると言われた大きな口、フランス人だった祖母から受け継いだという ツンと高い鼻にうっすら青い瞳。雑誌でもテレビでも見なくなったけれど、美しさは全盛期のままだ。

「は、初めまして。『月の葉書房』の柴田一葉といいます」

アリアは、言い終わるより先に右手を差し出してくれた。壊れ物を扱うように握り返した細い指は、陶器のように滑《なめ》らかだった。

「座って。悪いね、先に飲んでて。どうせなら、飲みながら打ち合わせの方が楽しいでしょ。あ、お酒、大丈夫？　飲めないなんて言わないでよ？」

「お酒、好きです」

「よかった。宮田、注文」

宮田さんはウェイターのように私の飲み物を聞いて、食事を選んでカウンターに伝えに行く。店は混んでいなかったけど店員も少なくて、なかなか注文を取りに来てくれないらしい。

ビールで乾杯して、本題の前に少し雑談をする。

仕事を引き受けてくれたことへの感謝を伝え、彼女が出ていた雑誌やテレビ番組をよく見ていたこと、それから、ファンだったことを伝える。アリアは目を細めて「ありがとう」「うれしいな」と距離を感じさせない笑顔で頷《うなず》いてくれた。テレビで見ていた自由奔放な少女じゃない、大人の女性だった。

確かに、非常識な一面はあった。だけど、それが灰沢アリアだ。空きっ腹に流し込んだビールと憧れの人が目の前にいるという緊張のせいで、自分でも驚くほど饒舌《じょうぜつ》になる。

気がつくと、子供のころにモデルに憧れていたことや、ファッション誌の編集者になりたかったことまで話していた。

こんな日がくるなんて。編集者を続けててよかった。

注文した料理が届くのと同じタイミングで、宮田さんのスマホが鳴った。「すいません、ちょっと」と言って席を立つ。

「……あいつ、あたしの他に、二人のマネージャーしてんだよね。どっちも、十代の売り出し中のモデルで、今、そっちが忙しいんだって」

店の外に出ていく宮田さんの背中を見ながら、アリアが寂しそうに呟く。きっと、全盛期の彼女なら、マネージャーが掛け持ちなんてありえなかっただろう。

「さ、そろそろ本題に入ってよ。宮田には、あたしから後で話しておくからさ」

「あ、はい。では打ち合わせをはじめさせていただきます。弊社の紺野からメールでご連絡していたと思いますが、改めて、今回の企画について説明させていただきますね」

紺野先輩からもらった企画書をアレンジしたものを渡し、何度も頭の中でシミュレートした説明を口にする。

まず、『リクラ』のホームページで恋愛相談を募集する。そして、ホームページとSNSを通じて、読者に一番共感できる相談を選んでもらう。完全に公開企画なのでズルはできない。その結果を受け、選ばれた相談に応える形でアリアが恋愛コラムを書く。参考にとバックナンバーのコラム企画をいくつかテーブルの上に広げる。恋愛相談の募集はすでに始まっていて、コラムニストが灰沢アリアだと発表されたこともあり、話題になっていることを伝える。

話しているあいだ、アリアは笑みを浮かべたまま「いいじゃん」「おもしろそう」と頷いてくれた。

「それで、締め切りについて相談させていただきたいのですけど」

『リクラ』では、発売の約三ヵ月前に編集会議を行う。つまり、三ヵ月ですべての記事を仕上げるスケジュールだ。校了日から校閲、編集長のチェック、デザイナーさんの作業時間と後ろから線を引いていくと、コラムを書くのにかけられるのは一ヵ月もない。

「第一回の恋愛相談が決定するのが三月七日。その後、すぐに執筆にかかっていただいて、三月三十日までには送付いただきたいのですが。チェックや手直しは、その後の作業と並行して進められますので」

アリアは、優しそうな笑みを浮かべたまま、ちょこんと首を傾《かし》げる。

「それは、あたしが思ってたのと違うかな」

「短すぎますか？」

言いながら、頭の中でカレンダーを広げる。

大まかなスケジュールは、紺野先輩から先に説明してあったはずだ。コラムにあてられる時間は三週間程度ということも伝えていた。あと何日かは延ばせるけれど、代わりに削られるのは私の作業日数だ。痛いけど、仕方ないか。

「あと数日なら、なんとか確保できますがどうですか？」

せいいっぱいの譲歩をしたつもりだった。

「あんたさ、勘違いしてない？」

「なにか、問題ありましたか？」

「あたしはね、あたしの名前でコラムの連載するのはいいって言ったつもりなんだよね」

「え……と。なぞなぞですか？」

「ちげーよ。わかれよ。名前をかしてやるから、コラムを書くやつはそっちでみつけろっていってんだよ。ちゃんとチェックするから。それで問題ないだろ？」

笑顔のまま、急に荒っぽい言葉遣いになった。それは、子供のころバラエティ番組で見た、自由奔放で女王様気質のスーパーモデルだった。

「いいえ、私たちは、灰沢アリアさんにコラムを書いていただきたくてですね。あなたなら素敵なコラムが書けると思います。読者も、アリアの言葉を読みたいって思ってます。他の方にお願いするのは、読者やファンを裏切ることになりますよね」

「知るかよ。自分の恋くらい、自分で考えろっつーの」

恋愛相談にのろうという人が、絶対に言っちゃいけない台詞《せりふ》だ。

面倒くさそうに日本酒を口に運ぶけど、唇につけるだけでテーブルに戻す。酔っぱらってるわけじゃなさそうだ。

「だいたいのファンは、あたしが書いたっていやぁ喜んで読んでくれるさ。ファンっていうのは、あたしのことを一番理解できないやつらのことを言うんだ」

「そんなことありません。みんな、ちゃんとあなたのことを見てます」

「そういや、あんたもあたしのファンだっけ？　どうりで、話が通じないわけだ」

殴られたような衝撃を受ける。子供のころから憧れていた、私の神さまだった。それを、すべて否定された気持ちだった。

泣きたくなるのを堪えて、話を続ける。

「とにかく、ゴーストライターなんて探せないですし、見つかったとしても、どこかからバレたときのリスクの方が高いですよ。なんたって今は、ＳＮＳの時代ですから」

「いいこと考えた。あんたが書けばいいだろ」

「そんなっ、無理です」

「あんたがあたしのファンで、あたしのことを理解してるっていうんならできるだろ」

「それは、確かにそう言いましたけどっ」

「言っとくけど、あたしの名前を使う以上は、ありきたりなコラムは許さないよ。ちゃんと、あたしらしいやつにしなよ」

だったら、自分で書けよ！

叫びたくなるのを押し込めて尋ねる。

「灰沢アリアらしいって、なんですか？」

いい質問だ、とでも言うように、大きな口を持ち上げて綺麗な笑みを浮かべる。

「あんたに、あたしが大切にしてることを教えてあげる。魔法の言葉だ。これを聞いたら、あんたにも面白い恋愛コラムが書けるはずだ。いいか、しっかり聞けよ」

「……はい」

「みんなが共感できるのに、これまで誰もやってこなかったことをする。それが、あたしらしさだ。ほら、もういいだろ」

なに、それ。精神論？

「ちょっと、待ってください。そんなの──」

「聞いたらやるって言っただろ」

「言ってません！」

アリアがずっと浮かべていた笑みが、途端に消え失せる。

「言い訳ばっかり、いちいちうるせぇよ。さっきもそうだ。ファッション誌の編集者になりたかったとか言ってたよな。あんたみたいなのは、もし思い通りにファッション誌の編集者になっても、こんなはずじゃなかったって言い訳すんだよ」

その言葉に、さっきとは違う衝撃を受けた。

ずっと、ここは私の望んだ居場所じゃないと思っていた。だから、編集長に叱《しか》られても、企画がボツになっても平気だった。でもそれが、ただの言い訳だったとしたら。

私が大切にしていた夢まで、汚れてしまう気がした。

「今いる場所が気に入らないなら、ちゃんと自分がいきたい場所に移動する努力をしたか？なにもしないくせに、今いる場所のせいにしてがんばれないやつは、どこにいったってがんばれねえよ」

「そんなこと……そんなこと、ありませんっ」

「なら、証明してみろよ。ほら、ちょうどいい機会だろ。あんたがやりたくない仕事だ。悔しいなら、やりたくない仕事を引き受けてみろ。いいか、輝ける場所を探すんじゃない、自分で輝くんだ」

淡い青色の瞳が、真っ直ぐに見つめてくる。無茶苦茶なことを言われてるのはわかってる。だけど、もう断るための言葉は出てこなかった。

宮田さんが戻ってきて、テーブルの雰囲気に驚いた顔をする。

彼がなにかを聞いてくる前に「ちょっと、会社に連絡します」と言って、入れ替わるように店を出た。すぐに紺野先輩のスマホに電話する。

「どーした。事件ですか、事故ですか？」

「事件ですっ！」

ふざけて電話に出た先輩に叫んでから、今の状況を話す。電話の向こうからは「やっぱ、そういうタイプだったかー」と悪い予感が当たったような軽い口調が返ってきた。

「やっぱりって、なにか知ってたんですか？」

「噂を聞いたんだよね。彼女、仕事がなくなってから、かなり荒れてるって。せっかく事務所が仕事をとってきても、無理な要求をしたり、わがまま放題いったりして話を潰《つぶ》しちゃうみたい。それで、事務所もそろそろ契約の打ち切りを考えてるって。いくら元トップモデルでも、落ちるとそうなるのかな」

「企画は、どーするんですか」

「ん、あれ、あんた飲んでる？」

話し方で気づいたのか、先輩が不思議そうな声を出す。確かに、初めての顔合わせで居酒屋に連れていかれたとは思わないだろう。

そこで気づく。アリアは、日本酒を口につける素振りだけでほとんど飲んでいなかった。もしかして、私だけ酔わせる作戦だったのかもしれない。

「せっかくご指名されたんだし、あんた、書いてみればいいんじゃない？　これまでライターの仕事なんていっぱいやってきたでしょ。私、あんたの発想力はけっこう評価してるのよ」

先輩は、なんでもないことのように言うと電話を切った。

まだ肌寒い春先の渋谷の路地裏で、しばらく、茫然《ぼうぜん》と立ち尽くす。

打ち合わせ前まで胸に詰まっていた緊張も、かつて神さまだった人に会えたという感動も、ぬるくなったビールの泡のようになくなっていた。頭の中いっぱいに溢《あふ》れるのは一つだけ。それは、これから先、私が何度も心の中で叫ぶことになる言葉だった。

私が、恋愛コラム？　なんで、こうなった！


渋谷での無茶振りの夜から、一週間が過ぎた。

恋愛コラム企画は、今のところ順調に進んでいる。読者から恋愛相談が集まり、ホームページとSNSで公開され、記念すべき第一回に採用される悩みが決まった。後は、この相談に答える恋愛コラムを書くだけだ。私が。灰沢アリアになりきって。ふざけるな。

担当している企画が少なくても、仕事はたくさん降ってくる。スポンサーの商品紹介ページの作成だとか、読者プレゼントの配送だとか。次々と押し寄せる細々としたタスクをこなしながら、隙間時間を見つけては、知らない誰かの恋愛相談について考え続けた。

恋愛テクニックを紹介したハウトゥ本や、恋愛相談のサイトを片っ端から読んだりした。ヒントにならないかと有名な恋愛映画を見て、スターバックスでリアルな恋愛トークに聞き耳を立てた。恋愛アドバイザー・カトリーヌ京子《きょうこ》が主宰する『恋愛の神さまに好かれる方法』なんて怪しげな恋活セミナーにも行ってみた。

寄せ集めの知識でなんとかコラムを書き上げ、とりあえず灰沢アリアに送付したのが三日前。結果はボツ。それどころか、メールを送信した三十分後に怒りの電話がかかってきた。

「どっかからパクった言葉を繋ぎ合わせたポエムなんて送ってくんじゃねぇよ。これの、どこにあたしらしさがあんだよ。言ってみろよ」

なら、自分で書け！

もちろん、そんなことは言えない。モンスタークレーマーに当たった店員さんは、こんな気持ちになるのだろう。

締め切りは来週の月曜日。四日後だ。

普通の見開き二ページの記事を書くだけなら十分な時間だけど、なにを書けばいいのかすらわからない手探り状態。原稿どころか、連載のタイトルすら決まってない。

考えるほど、思い知らされた。

自分の中には、恋愛に関する引き出しが少なすぎる。

大学生のときに初めてできた恋人と五年間続いていて、半年前から同棲している。

でも、カトリーヌ京子が言うには、交際期間の長さは恋愛エナジーには関係ない、交際した人数だけが恋愛エナジーを上昇させるそうだ。その法則だと、私の恋愛エナジーは中学生と同じレベルってことだ。恋愛エナジーってなんだよ。

【相談者：ヤミ子さん（医療事務・三十歳・女性）】
最近、彼氏にフラれました。別れ話のときに言われたのが「君は悪くない。僕が君を好きじゃなくなってしまっただけ」。こう言ってフラれるのは、もう五回目です。悪くないのに五回もフラれるなんて意味がわかりません。私のどこに原因があるのでしょうか？

それが、記念すべき第一回として、読者から選ばれた恋愛相談だった。

相談者の年齢は『リクラ』のターゲット読者層のど真ん中。ペンネームはヤミ子さん。イメージしたのは病みだろうか闇だろうか。どっちにしても重そうだ。

この相談が、断トツの二百五十二件の「いいね」を集めていた。

世の中には、同じような経験をした人がたくさんいるらしい。つけられたコメントには「こういうこと言う男最低」「別れるときはちゃんと傷つけて欲しい」なんて言葉が続いている。

それを初めて読んだとき、咄嗟《とっさ》に考えてしまった。

相談の内容も、ついたコメントも、恋愛ハウトゥ本や恋愛相談サイトに同じようなものがあった。カトリーヌ京子は「僕が悪いんです系男子」という名前まで付けていた。こんな個性のない相談が第一回なんて、インパクトないなぁ。

ありきたりすぎるテーマだってことが、恋愛コラムをさらに難しくしてるのかもしれない。少しでも自分の中の罪悪感を減らそうと、ヤミ子さんの相談内容のせいにしてみたりした。

とにかく、恋愛エナジーが中学生の私一人じゃ無理だ。

面倒見のいい紺野先輩に相談してみるけれど、今月は自分の仕事で手いっぱいらしく「これ役に立つから」といつも先輩のデスクの上にある本を渡されただけだった。『偉人の名言・格言集(文庫版)』、これでコラムが書けたら苦労はしないです。

スマホが震える。

ディスプレイに表示された名前は、アリアのマネージャーの宮田さんだった。

あの夜、私とアリアのやり取りを聞いた宮田さんは、必死にアリアを説得しようとしてくれた。でも、アリアは当然のように聞き入れなかった。

仕方なく、私が書きます、と答えると、宮田さんは申し訳なさそうに「できることがあれば、なんでもお手伝いします」と言ってくれた。でも、恋愛コラムについてマネージャーの彼にお願いできることなんて思いつかず「じゃあ、いいネタやアイデアがあったら教えてください」という社交辞令を返していた。

「あの、参考になるかもしれないネタを入手したんです。北陸大学に恋愛について研究しているスペシャリストがいるそうです。社会行動学というのを専攻している先生で、もしよければ、話だけでも聞いてみてはいかがでしょう?」

この電話がかかってきたのが二日前だったら、胡散臭《うさんくさ》い話だと、興味がある振りだけして電話を切っただろう。だけど今は、なんにだって縋《すが》りたい気持ちだった。宮田さんが告げる名前をメモする。

電話を切ってから、すぐに検索サイトを開いた。

北陵大学に所属する先生の中に、社会行動学を専門としているのは二人だけ。

日本でも有数の社会行動学者といわれる教授と、その教授の下についている准教授。そこに、教えてもらった恋愛のスペシャリスト・椎堂司の名前があった。

社会行動学がどんな学問なのかはよくわからないけど、名前から想像すると、人間の社会行動に関する研究なんだろう。そこには恋愛も含まれるのかもしれない。

恋愛について、男女の考え方の違いや、心理学のように仕草から感情を読み取る方法なんかを調査しているかもしれない。とにかく、コラムのヒントにはなってくれそうだ。

北陵大学は千葉と東京の県境にあって、会社の最寄駅から乗り換えなしで行ける。

下調べを後回しにして、思い切って大学に電話してみた。

椎堂准教授は不在だったけれど、代わりに電話口に出た女性は、あっさりとアポイントを入れてくれた。しかも、できるだけ早く話が聞きたいと告げると、

「そちらのご都合がよければ、今日でもいいですよぉ。先生、午後には調査から戻ってくるの

で。たぶん、あとは暇ですからぁ」

急ぎで片付けないといけない仕事はない。その返答に運命的なものを感じて、午後一番に行くと告げる。

オフィスを出て、途中で手早くランチを済ませ、手土産にモロゾフのフィナンシェを買ってから北陵大学へ向かった。

三十分ほどで大学に着く。校門の近くにあった校内マップを確認して、研究室のある建物を探す。アポイントを入れてくれた女性に教えてもらった場所は、B棟の二階……あれ？

電車の中で検索した。北陵大学は文系と理系の両方の学部がある総合大学だ。社会行動学はてっきり文系の学部だと思っていたけれど、B棟は生物学部になっている。

とりあえず、行ってみるしかない。

生物学部は隔離でもされているようにキャンパスの奥まった場所にあった。

正門近くにある煉瓦《れんが》造りのオシャレな建物とはまるで違う、古い病院のような校舎。周囲を背の高いカエデの木に囲まれ、忘れ去られた古城のような雰囲気さえ漂っている。

校舎の中は味気ないながらも整頓されていて、大学というよりも中学校の廊下のような感じだった。椎堂准教授の部屋を探していると、後ろから声をかけられる。

「あ、もしかして、椎堂先生の話が聞きたいっていう記者さんですかぁ？」

少し語尾が間延びした特徴的な声。電話口で対応してくれた女性だった。

振り向くと、白衣に丸眼鏡の研究者風の女性が立っていた。

白衣の下はカンガルーのイラストと「首都はキャンベラ」という文字がプリントされた長袖シャツで、色あせたデニムにインしている。薄いメイクにバランスの悪いお団子ヘア。綺麗な顔立ちをしているけれど、服が決定的にダサい。大学の研究者はこんな感じなんだろうか。

「月の葉書房、リクラ編集部の柴田一葉です。宜しくお願いします」

「助手一年目の村上野乃花《むらかみののか》です。名刺はないですー。あ、それ、先生への手土産ですよね。先生、甘いものが苦手なので私がもらっておきますねー」

慣れた手つきでフィナンシェが奪われた。これ、いつもやってるな。

『リクラ』の方でしたか、私も読んでますよ。ペットの記事もたまに載ってますよねぇ。先生に取材ってことは、デグーの記事ですかぁ？」

名刺を眺めながら聞いてくる。雑誌を知ってるのは嬉しいけど、最後の質問の意味がわからなかった。

「デグーってなんですか？」

「ネズミですよぉ。椎堂先生は、デグーの社会構造の研究をしてるので。今、ペットとしても人気がありますから、てっきりその関係で取材に来られたのかと。違いました？」

「今日、私が取材したいのは恋愛についてなんですけど」

「デグーの恋愛ですかぁ」

「まさか。ネズミが恋なんてするわけないですよね。聞きたいのは、人間の恋愛についてです」

冗談だと思って笑うけど、村上助手は変なことを聞いたように首を傾げる。ネズミも、恋をするのだろうか。

「先生は恋愛のスペシャリストと聞きましたので、そのあたりのお話を聞かせてもらえればと」

「まぁ、スペシャリストといえばスペシャリストですけど、なにか勘違いをしているような」

「どういう意味ですか？」

「あーと、先生の部屋、そこです。会えばわかりますよぉ」

急に面倒くさくなったように、斜め前のドアを指さす。そこには、椎堂司というネームプレートがあった。それに並んで「求愛ビデオ鑑賞中につきお静かに」と書かれたボードがぶら下がっている。

……求愛ビデオ？　エロいやつじゃないよね。

私が固まっているあいだに、村上助手は乱暴にドアをノックする。

「椎堂先生、お客さんですよ」

返事の代わりに、唸《うな》り声が聞こえてきた。

猫や犬とは違う。動物園でしか聞かないような、低く喉を鳴らすような獣の声。なにがいるんだ、いったい。

「はい、これは聞こえてませんね。勝手に入りまーす」

村上助手は私に向けて説明するように言うと、ドアを開く。室内は、想像したよりもずっと密度の濃い空間が広がっていた。

両側の壁にびっしりと並べられた背の高い本棚。すべての棚に分厚い本が詰まっている。真ん中にはソファが置かれていて村上助手が勧めてくれるけど、両サイドの圧迫感が強すぎてとてもくつろげそうにない。

奥の壁には小さめの窓が一つ。その下にデスクがあり、大型のモニターが置かれている。こちらに背を向け、男性が一人、画面に見入っていた。

村上助手のような白衣じゃない。淡いブルーのシャツにグレンチェックのジレ、上品なグレーのパンツ、使い込まれた革靴、靴下にもジレに合わせたチェックがあり自然にまとまっている。後ろ姿からでも十分にわかるハイセンスな着こなしだ。

さっき、大学の研究者の服装にレッテルを貼ろうとしたことを後悔する。このままファッション誌に登場できそうなほどオシャレじゃないか。

肩越しに、モニターが見える。

そこでは、真っ白いヒョウが喧嘩《けんか》していた。

ちらほらと雪が張りついている急斜面の岩場。二匹のヒョウが、お互いの顔を睨《にら》みつけたまま向かい合っている。風が強いのか、マイクに当たる風の音がバックミュージックのように流れていた。

「なにを、見てるんですか？」

椎堂先生は集中しているようだったので、村上助手に声を潜めて尋ねる。

「たぶん、ユキヒョウのオスがユキヒョウのメスに求愛しているところですね」

「求愛……もしかして、椎堂先生の専門って、人間じゃないんですか？」

「やっぱり勘違いしてましたか。うちの教授が、社会行動学なんて言葉作っちゃったんでわかりにくいんですよねぇ。正しくは、動物行動学です。動物の社会性にスポットをあてた研究を長らくしているので、名前を少し変えてるんですよ」

なんてことだ……すっかり勘違いしていた。

恋愛コラムのヒントになるかもと期待してやってきたのに。しばらくなにも考える気にもなれず、目の前を流れる映像を眺め続けた。

画面の中では、二匹のユキヒョウがくっついたり離れたりを繰り返している。体の大きさはそんなに変わらない。だけど、どちらがオスかはすぐにわかった。

一匹が、もう一匹の首を丹念に舐《な》めている。気難しいお嬢様に傅《かしず》く下男のようだ。きっと、彼がオスだ。メスはそれを振り払うように立ち上がると、さっき聞いた喉を鳴らすような唸り声を上げる。

「ユキヒョウの生息地は、チベットやネパールの高山です。生息数が少ないうえに、群れをつくらずに暮らしているのでなかなか見つけられない。ひと昔前まではちゃんと姿を捉えた映像も少なくて、幻の動物と言われてたんですよぉ」

「綺麗、ですね。それに、モフモフで可愛いです」

「そのモフモフを目当てに乱獲されて数が減ったんです。あなたのような人たちのせいで」

急に人類代表として責められた。納得いかない。

「動物の研究やってると、本当に人間が嫌になります。幻の動物にしたのは、人間なんですよね。そう考えると、この映像が、すごい貴重なものだってわかりますか?」

村上助手の言葉が、雪のように二匹が絡み合う映像に降り注ぐ。

気がつくと、目の前で繰り広げられる光景に見入っていた。

オスはあの手この手でメスの気を引こうとする。尻尾を乱暴に押さえたかと思うと、優しく耳を舐める。前足で背中を撫《な》でたかと思うと、いきなり跳びかかって首に嚙みつこうとする。

メスは、唸ったり牙を見せたりしてオスを追い払う。最初は嫌がっているように見えた。けれど、完全に逃げ出そうとはしない。少し離れてはオスが追ってくるのを待つ。たまに、自分から体を寄せてみたりする。

それは、駆け引きだった。

求愛と聞かなければ、喧嘩をしていると思っただろう。だれど、その一言を聞けば、もう恋の駆け引きをしているようにしか見えない。

「ユキヒョウの求愛は複雑です。ああやって、オスは色んな方法でアピールを繰り返すんです。アピールの中で、自分がどれだけ優れているかを見せつける。メスは自分が育てる子の親となるのにふさわしいかを見極める。気まぐれに甘えたり怒ったりしてるように見えるかもしれないですけど、すべての行動に、意味があるんです」

岩を上り下りしながら繰り返される、ユキヒョウのダンス。だんだん、メスの嫌がる素振りをする頻度が減ってきて、甘えるような仕草が目立ってくる。けれど、オスが少しでも焦って跳びかかろうとすると、ぶるりと体を震わせて拒絶する。

それは、言葉を使わない美しいコミュニケーションだった。

人間は、あんな風に想いを語れるだろうか。言葉に頼らず、純粋に心をぶつけ合うことができるだろうか。

やがて、メスがオスにお尻を向けるようにして座り込む。受け入れる気持ちになったという合図らしい。オスがゆっくりと後ろからメスに覆いかぶさる。

そこで、二匹はピタリと動きを止めた。

静止ボタンが押されたらしい。モニターから流れていた風の音が止んで、急に辺りが静かになる。そのせいで、今まで聞こえなかった音が聞こえてきた。

ずっと背を向けていた男性が、鼻をすすっていた。

「ブラボー！　ブラーボゥ！」

椎堂准教授は急に立ち上がると、力いっぱいの拍手をする。一流のオーケストラの演奏を聞いた後のようなスタンディングオベーションだった。

すぐにメールソフトを開いてタイプを始める。書いているのは英文だけど、感極まったように文章が日本語で口に出ていた。

「ジェイムズ、非常に素晴らしい映像を送ってくれた！　君は、天才だ。いま、俺が追っているツキノワグマの撮影が成功したら、まっさきに君に見てもらおう！」

タン、と送信ボタンを押す。それから、ポケットからハンカチを取り出して涙を拭《ぬぐ》い始める。

「先生、そろそろいいですかぁ？」

村上さんが声を掛けると、やっと気づいたように私たちの方を振り向く。

途中から、予感がしていた。

そんなこと期待していなかった。ただ恋愛コラムのヒントを聞ければよかった。動物の求愛行動を見てスタンディングオベーションをしている姿を見た後だと、なおさらいらない。

「村上君、いつからそこに？」

ちくしょう、やっぱりイケメンだ！

心の中で足を踏み鳴らす。

真っ直ぐ通った鼻にシャープな顎《あご》、綺麗な流線形の目に長い睫毛《まつげ》、銀縁の眼鏡がさらに知的な雰囲気を与えている。女性向けスマホゲームに登場しそうな、完璧なイケメンだった。

「ちゃんとノックしましたよぉ。こちら、先生にお客様です。朝、取材の申し込みがあったって話しましたよね。覚えてます？」

「あぁ……デグーの。覚えている」

椎堂先生は、さっきまでとは別人のように、露骨に面倒そうな様子で私に顔を向ける。

冷蔵庫の中で傷みかかってしわしわになった野菜を見つけたような冷めた視線。声の張りも急になくなって、わざとやってるのかと疑いたくなるくらい気怠《けだる》さが滲《にじ》んでいた。

「月の葉書房の柴田一葉です。お時間をとっていただいてありがとうございます」

「どうも、椎堂です。大学側からメディアの取材は受けるようにお達しがきているので、ただのポイント稼ぎで引き受けただけです。礼をいわれることじゃない。とはいっても、無駄なことに時間を割かれるのは嫌いなので、手短にお願いします」

私史上、いちばん最低な名刺交換だった。

「お忙しいんですね、わかりました。手短に——」

「忙しいのではありません。無駄な時間が嫌いなんです。わざと解釈をズラさないでください、不快です」

すみません、と謝りながらも、心の奥では爆発しそうなくらいイライラが膨《ふく》らむ。

イケメンに生まれたら周りからチヤホヤされて、こんな風に自分中心になるんだろうか。

そんなことを考えていると、村上助手が横から慣れた様子で解説してくれる。

「柴田さん、気にしちゃだめですよ。椎堂先生は人と関わるのが嫌いなんで、誰にでもこの調子なんですよ。というか、動物の求愛行動と関係ないことで誰かと関わるのが嫌いと言うべきか」

そういうのは、部屋に入る前に教えて欲しかった。

「これは提案だが、質問の要点だけメールかなにかで送っていただければ、後で回答しておきますよ。お互いにその方が時間を節約できますから」

先生は、話すのも面倒そうな口ぶりになる。目の前にいるのにメールって、邪魔者扱いにもほどがある。

「せっかくここまで来たので、今回はこのままお話を聞かせてください」

「せっかく来たのは、そちらの勝手な都合だ。そもそも、デグーの話なら俺よりも教授に聞けばいい。俺は教授の研究を手伝ってるだけだ」

もう敬語ですらなくなった。一方的に距離を詰めるの早すぎだろ。

「あの――それなのですが、お話を聞きたかったのはデグーではないんです」

訂正しようとすると、村上助手が思い出したように補足してくれる。

「そうそう、そうでした。デグーのインタビューっていうのは私の勘違いでした。求愛行動についてお話を聞きたいそうですよぉ」

「……求愛行動の、取材？」

さっきまで気怠そうだった視線が急に鋭くなり、睨みつけるようになる。

なにか、気に障《さわ》ることでも言っただろうか。

「えっと、恋愛の研究をされていると聞きました。その研究について、お話を聞かせていただきたくてきたんです」

ばん、と椎堂先生が机を叩いて立ち上がる。

条件反射で体がびくっとなる。やっぱり地雷を踏んだのかもしれない。

「どうして、それを先に言わないっ！　大歓迎だっ！」

感動したように両手を広げる。地雷じゃなかった。

「ついに、ついにか。俺のやりたかった研究が日の目をみるときがきたのか！　教授に認めてもらえず、講義開講の申請も毎年落ち続けていたが……ついに！」

「あ、あの、ご迷惑でしたらやっぱりメールで質問しましょうか？」

「なにを言ってる！　せっかくここまで来たのだろう。求愛行動についてであればなんでも質問してくれ！　時間は惜しまない！」

危険を感じてちょっと引いてみたけど、瞬時に詰められる。

先生の目には、さっきまでの気怠そうな様子はどこにもなかった。それどころか、少女漫画の主人公のように煌《きら》めいている。均整のとれた顔に浮かぶ情熱、声はユキヒョウの動画を見た後と同じ張りのあるバリトンに変わった。さっきまでのイライラとは別腹で、思わずドキリとしてしまう。イケメンってずりぃ。

「取材の前に誤解がないように言っておこう！　俺の研究は求愛行動についてだ。交尾ではなく、そこに至るまでの過程にこそ、動物が生存競争を勝ち抜くための知恵が詰まっている。どうした？　話が急展開すぎて理解ができない、という顔をしているな」

「……急展開なのは、話の内容じゃないんですけど」

「イントロダクションとして、君の身近にいる動物について話でもしようか。その方が、理解しやすいだろう？　君の身近にいる動物を教えてくれ。ペットを飼っていたりしないか？」

「あーと、今は、レオパを飼っています」

レオパは、レオパードゲッコー、日本語だとヒョウモントカゲモドキという名前でペットとして人気の爬虫類《はちゅうるい》だ。トカゲではないのだけど、見た目は手のひらサイズのちょっと大きめのトカゲ。爬虫類を飼っているというと引く人はいるけど、目の前の先生にはそんな心配はなかった。

「素晴らしい！　レオパの求愛には、体を押しつけたり甘噛みをしたりと様々な行動がみられるが——多くの場合は、オスが尻尾を震わせるところから始まる。メスにその気があるのなら、尻尾を持ち上げるなどのリアクションが返ってくる」

「へぇ。尻尾で求愛行動をするんですか」

飼っているレオパが尻尾を震わせているところを想像する。

「なんというか——省エネですね」

「一説では、彼らは外見ではオスメスの区別ができず、尻尾の動きでオスかメスかを判断するといわれている。決まった合図を送り合い、恋愛対象となる性別か確かめ合うそうだ」

「え？　性別がわからないんですか？」

「そうだ。だからこそ、効率的に恋ができるように種として合図を決めているわけだ。驚くべき合理性だろう！」

「驚いたポイントはそこじゃないですけどね」

「求愛行動は、動物によって多種多様だ。駆け引きの道具になにを使うのか。鳴き声か、雄々しい角か、七色に輝く翼か。オスはどうやってメスの気を引き、メスはなぜオスを受け入れるのか。その営みの中には、まさに生命の美しさが凝縮している！　だからこそ俺は、求愛行動に惹かれるのだ！」

さらにテンションがあがったようで、ＴＥＤのように身振り手振りを交えた説明になっている。これがさっき言ってた、本当にやりたい研究なのだろう。

聞きやすいバリトンの声、巧みな会話運び。講義をすれば、夢中になる学生は大勢いるんじゃないかと思うけれど――大学からは、なかなか認められないらしい。

「あの、人間の恋愛は、研究してないんですか？」

思い切って、聞いてみた。

「……なんだと？」

先生は水を差されたように、露骨に顔を顰める。

「実は、今回、取材をしたかったのは動物の求愛行動ではなくてですね――」

思い切って、今日、ここに来た理由を話す。恋愛コラムのネタを探していたこと、知り合いに恋愛のスペシャリストがいると教えてもらったこと、椎堂先生が人間の恋愛を研究していると勘違いしていたこと。

話を聞いているうちに、椎堂先生からはさっきまでの熱が急速に失われていった。

「なんだ、それは。とんだ時間の無駄だったな」

激込みのスタバで店員さんにウザ絡みする客でも見かけたように不愉快そうな視線を向ける。

「人間の恋愛も行動学に含まれるものだが、俺は、そこに生命の美しさを見ることができない。つまり、興味がない。悪いが、そういう話なら他を当たってくれ」

「柴田さん、どうします？　取材はキャンセルってことでいいですか？」

村上助手が口をもぐもぐしながら聞いてくる。いつの間にかフィナンシェの包装が開いていた。

彼女の言う通りだ。せっかく来たけど、コラムの参考にはなりそうにない。これ以上、話を聞いても何のヒントも得られそうにない。

ユキヒョウたちの唸り声が、耳の奥に響く。

ほんの一瞬、幻覚が見えた。画面から飛び出したユキヒョウが、私の足元に絡みつく。顔を近づけたり、体を擦りつけたり、なにかを伝えるようにすり寄ってくる。

そのせいで、思いもよらない気持ちが浮かんできた。

白い獣たちの美しいコミュニケーションは、確かに綺麗だった。

私たちが失くしてしまったもののような気がした。

もう少しだけ動物たちの求愛行動について聞いてみたい。胸の奥から、子供のように無邪気な好奇心が顔を覗かせる。

それに、予感のようなものがあった。もう少し、この人の話を聞いておいた方がいい気がする。

「人間が対象外なのは、わかりました。でもせっかくなので、動物の求愛行動について教えていただけませんか？　なにかのヒントになるかもしれないので」

それを聞いた途端、先生の瞳に光が戻った。

外国暮らしの人が久しぶりに母国語の通じる相手と出会ったように、まだまだ話をしたくて仕方がないという様子だった。

「動物の求愛行動なら、いくらでも話をしよう。自分が研究していることについて語るのは研究者の義務でもあるからな。それで、なにが聞きたい？　なにから話せばいい？」

「素人なので、本当に入門からお願いします」

「ではまず、求愛行動とはいったいなにか、ということから話そう。なにをしている、村上君。コーヒーを淹《い》れてくれ」

村上助手が、あなたも物好きね、と言いたげに目くばせしてから、手早くインスタントコーヒーを作ってくれる。それから、これ以上は付き合っていられないとフィナンシェを箱ごと持って部屋から出ていった。

「それでは――野生の恋について、話をしようか」

言いながら、眼鏡の縁に触れる。

その瞬間、先生の中で、バチンとスイッチを押したように何かが切り替わるのがわかった。

「君は、チャールズ・ダーウィンを知ってるか？」

「学校で習いました。『進化論』を発表した人、ですよね」

「その通り！　それなら、ダーウィンが『進化論』を発表したのは、『種の起源』という本だというのも当然知っているな。動物は、強いものや賢いものが生き残ってきたわけではない。変化に適応したものが生き残ってきた。いわゆる自然選択と呼ばれるものだ。だが、彼には他にも、有名な本がある。それが——『人間の由来』だ！」

「……そっちは、聞いたことありません」

「正確なタイトルだと『人間の由来と性選択』。こちらは『進化論』ほど有名ではない。だが、ダーウィンはこの中でも、偉大な発見をしている」

鞄からノートを取り出してメモを取り始める。役に立つかどうかの判断は後回し、とにかくメモるのは、編集者になってから身についた習慣だった。

「この世界には『進化論』では説明できない進化をした生き物がたくさんいる。たとえば、クジャクだ。クジャクのオスは美しい飾り羽を持っているが、そのせいで飛ぶのが下手だ。肉食動物からも見つかりやすい。とても環境に適応したとはいえないだろう。ダーウィンは、クジャクの羽を見ていると頭が痛くなったと記している」

クジャクと聞いて浮かぶのは、羽を広げた美しい姿だ。確かにあれじゃ、ワタシここにいます、って肉食動物に旗を振ってるみたいなものだ。

「そこでダーウィンは、進化には二種類あるという結論に達した。クジャクは羽が美しいオスがモテる。だからオスはよりモテるために競い合い、ゴージャスな羽へと進化した。モテるために、環境へ適応するのをやめたのだ。この進化のことを、自然選択に対する言葉として、性選択と呼ぶ」

……うわぁ。なにそれ。

モテたいという願望は、人間も動物も同じなのか。いや、同じどころじゃない。モテるために進化するなんて、思春期の高校生にだってできない。

「でも、羽の綺麗さで選ぶなんて、ちょっと素敵ですね」

「羽が綺麗だということは、寄生虫や病気がなく健康であることの証明だからな」

「あ、そういう理由なんですね」

「クジャクのオスの求愛行動は、飾り羽を広げてメスにアピールすること。メスは羽を基準にして、健康なパートナーを選んでいる。あの丸い目玉のような模様が百三十個以上ないとメスから相手にされないという研究報告もある。実に合理的で素敵だろう！」

先生とは、完全に価値観が違うらしい。

本棚から一冊の図鑑を取り出して見せてくれる。そこには、羽を広げたオスのクジャクがいた。目玉の数はわからない。クジャクのメスは、これをいちいち数えて恋をするのだろうか。あら百三十四個もあるわ、ステキ。マジか。

「クジャクに限らず、ほとんどのメスが、オスを選ぶためのなんらかの基準を持っている。たとえば、ライオンは鬣《たてがみ》が立派で色が黒い方がモテるし、サバンナモンキーはペニスが青い方がモテる。クジャクと同じように外見からなんらかの情報を読み取っている種は多い」

椎堂先生の言葉を聞きながら、外見で選ぶタイプ、とノートに書き込む。サバンナモンキーについては聞き流すことにした。

「メスがオスを選ぶ基準は、外見的特徴だけじゃない。良い縄張りを持っていることや狩りの上手さなどで選ぶ動物もいる。カワセミやフクロウは、狩りが上手いことの証明にオスがメスに獲物を貢ぐことで知られている。アジサシという海鳥のオスは、一週間ほどメスに魚を貢ぎ続けるという求愛行動を行う。メスがオスの獲ってくる魚の数に満足すれば、晴れて恋人同士になるわけだ」

経済力で選ぶタイプ、と書き込む。

「強さで選ぶ動物も多い。オス同士で戦い、勝ち残ったオスを選ぶというパターンがほとんどだが、直接、メスが強さを確かめる動物もいる。キリンは、オスとメスが首をからませる求愛行動を行う。首をからめることでオスの首の強さを確かめていると考えられている」

強さで選ぶタイプ、と書き込む。

ノートに並んだ言葉を、上から順に読み直す。

外見のいいやつがモテる、お金を稼ぐやつがモテる、強いやつがモテる……これじゃ、まるで。

「……人間みたいだ」

その呟きを聞いて、椎堂先生は、生徒から予想通りの回答が返ってきたように嬉しそうに頷く。

「その通りだ！　動物も人間も、モテる理由はそう変わらない。ただ、人間の求愛行動が奇妙なのは、基準が一つではないことだ。時には、基準を無視して非合理的な選択をすることすらある」

確かに。イケメンが好きな人も、性格重視の人も、家柄や年収を真っ先に気にする人もいる。モテるためのたった一つの基準なんてない。それどころか、イケメンが苦手な人や、どうしようもないヒモ男ばかり選ぶ人さえいる。
「動物たちの求愛行動はシンプルだ。気持ちを表現する手段も、パートナーを選ぶ基準も決まっている。選ぶ基準が個体ごとに変わったり、気分や年齢で変わったりしない。相手の気持ちを勝手に察したり、自分の気持ちに嘘をついたりもしない。気持ちを伝える手段もばらばらなら、相手を選ぶ基準もばらばら。そんな面倒くさい生き物は人間だけだ」

そして椎堂先生は、私の心を刺激する一言を呟いた。

「人間の求愛行動には、野生が足りない」

先生の言葉は、ACジャパンのコマーシャルで流れるキャッチコピーのように、思いがけなく胸に響いた。

私たちの恋に足りないものは、野生だ。

動物たちの求愛行動には、現代人の心を動かす何かがある気がする。それが、椎堂先生の話をもっと聞きたいと思った、予感の正体なのだろう。

――みんなが共感できるのに、これまで誰もやってこなかったことをする。

アリアの言葉が、頭の中に蘇る。

動物の求愛行動を軸にした恋愛コラム。そんなの、聞いたことない。灰沢アリアが言ってたのは、こういうことかもしれない。

「椎堂先生……私と一緒に、恋愛コラムを書いてくれませんか？」

勇気を出して、尋ねてみた。

途端に、椎堂先生の瞳から熱が失われ、駅前で騒ぐ中年の酔っ払いを見たように冷たくなる。

「断る。ふざけるな」

「最後まで聞いてください。私が思いついたのは、動物の求愛行動をネタにした恋愛コラムです。先生が、動物の求愛行動にしか興味がないのはよーくわかりました。なので、恋愛コラムは私が書きます。先生は、コラムのネタになりそうな動物の知識を教えてください」

「そんなものに俺の研究を利用されるのは不愉快だ」

「大学側から、メディアの取材は受けるようにお達しが来てるんじゃないんですか？」

「……それは、そうだが」

「それに、これって、さっき先生が言っていた研究が認められるための実績の一つになりませんか？『リクラ』はウチの会社では一番売れてる雑誌です。監修者として名前が載るのは、そこそこのアピールになると思うんですけど」

私の言葉に、椎堂先生の眉間に皺《しわ》が寄る。

「なるほどな。確かに、大学側に俺の研究を認めさせる材料にはなるかもしれない」

「じゃあ！」

「……求愛行動について話すだけだ、人間の恋愛相談には関わらない、それでいいな？」

「はい、宜しくお願いします！」

なんだか、この企画はいけそうな気がする。珍しくそんな確信があった。

これで……やっと一歩、前に進めた。

ふと、足元をなにかが通り過ぎるのを感じる。

私の背中を押してくれたユキヒョウたちが、嬉しそうにじゃれ合いながら、ディスプレイの中に戻っていくのが見えた気がした。


ハリーにエサをやっていると、真樹《まさき》が帰ってきた。

ハリーというのは、私が飼っているレオパードゲッコーの名前だ。

普段あげるエサは乾燥したコオロギ。警戒心が強い性格で、ただケージの中に置いても食べてくれない。ピンセットでつまんで生きているように動かして見せてやると、ゆっくりとお気に入りのシェルターから出てきてくれる。

「ただいま。食べてる？」

後ろから声がかけられ、おかえりの代わりにハリーの様子を伝える。

「いつもの警戒中。いつまでたっても懐いてくれないんだよね」

振り向くと、脱いだ靴を几帳面に揃える彼の背中が見えた。私たちが住む部屋は、玄関、リビング、ダイニングが一続きになっていて、帰ってくるとすぐにわかる。

半年前から同棲している３ＬＤＫのマンションは、元々は私の部屋だった。社会人になって田舎から出て来たとき、はりきって広過ぎる部屋を借りてしまった、という話をしていたら真樹が転がり込んできた。

真樹は家電量販店で働いている。大学卒業からしばらく遠距離恋愛だったけれど、半年前に本社勤務になり、彼もひょっこり上京してきた。電化製品の知識は豊富で、同棲を始めるときにすべての家電をコーディネートしてくれた。私が使っていた電子レンジは意外とすぐれものだとか、最近のエアコンは電気代が安いので買い換えれば十年で元が取れるとか、引っ越しをしながら聞いてもいないのに延々と説明されたのも、今となってはいい思い出だ。

ハリーのエサやりを終えて戻ると、柔らかい笑顔で話しかけてくる。

「なんだか、機嫌がよさそうだね。昨日まで、恋愛コラムが書けないって悩み続けてたのに」

「うん。ちょっとね、ヒントがみつかったんだ」

「そっか。よかったね」

真樹はいつも、私の喜怒哀楽を自分のことのように共感してくれる。

ハンサムとは程遠い。顔がタイプかと聞かれるとそうでもない。お腹がでっぱってきているけど本人は気にする様子もない。だけど、私が好きになったのは、彼の、自分のことを後回しにして誰かのために笑ったり泣いたりできる優しさだ。今だって仕事で疲れてるはずなのに、すぐに私の様子を気にかけてくれた。

彼と出会ったのは、大学二年の夏だった。上映終了間近で評判が最悪な映画のレイトショーにいった。客が少ないのは予想していたけど、行ってみたら真樹と私の二人だけだった。

映画が終わると、真樹が声をかけてきた。「前評判通り、つまらなかったね」「ええ。さすがに、途中で主役が急に変わるのはついていけないですね」「これから、なにが悪かったか話し合わない？　どこかでお酒でも飲みながらさ」それが、私たちの最初の思い出だ。

それからすぐに付き合い出して、あっという間に五年。同棲を始めて半年。喧嘩らしい喧嘩もせずにここまできた。きっとこのまま、なにごともなく結婚するのだろう。

「ご飯、できてるよ。食べる？　それとも、先にお風呂入る？」

晩御飯は先に帰ってきた方が作るというルールだけど、校了前以外はだいたい私の分担になる。今日の晩御飯は味噌汁と豆腐ハンバーグ、彼が好きな大根おろし付きだ。

「その前に、話したいことがあるんだ。ちょっと座ってくれないかな？」

いつもの優しい笑顔で、話しかけてくれる。その言葉を聞いた瞬間、予感が稲妻となって体を駆け抜けた。

話したいことがある、そういうもったいぶったフレーズを口にするときは、なにかサプライズを準備しているときだ。誕生日は半年以上先。だとしたら、考えられるのは一つだけ。

「なに？」

何気ない顔でテーブルに座る。だけど、心臓はバクバクと脈打っていた。

なんとなく、いつかは結婚するのだろうと思っていた。だけど、まさか、こんな急にやってくるなんて。

正面の彼を見つめる。

短い沈黙。

「別れよう、俺たち」

…………え。

あれ？　いま、なんて。

「えっと、それ、どういうこと？」

「そのままの意味だよ」

真樹は、真剣な表情で私を見つめている。

「君は、なにも悪くない。俺が、君のことを好きでい続けられなかっただけだ。他に好きな人ができたんだ、君のせいじゃない」

「……誰、それ？」

「君の知らない人だよ」

「付き合ってるの？」

「付き合ってないよ。俺、自分がモテないのはよく知ってる。その人と付き合えるとは思えない。ただ、こういう気持ちになったからには、これ以上、君と付き合い続けるのは裏切りだと思った」

「私のこと、もう好きじゃないの？」

「ごめん」

それは謝罪じゃなくて、イエスの代わりだってことは、鈍い私にもわかった。

「私の知らない人って、会社の人ってこと？」

「それを聞いて、どうするの？」

彼の声が、少しだけ乾いたものに変わる。

「聞いてどうするかなんて……そんなの、わかんないよっ。なんで、そんな冷静なのよ！」

声が大きくなる。だけど、私が取り乱せば取り乱すほど、彼は乾いていくようだった。

「ずっと、考えてたから」

「昨日も？　昨日、ここで一緒に鍋をつついてたときも、いつ別れようって考えてたの？」

「だから、それを聞いてどうするんだよ」

「ねぇ、他に好きな人ができる前に、私のことは、もう好きじゃなくなってたってことでしょ。それって、なんで？　どこが悪かったの？　直すから。今から直すから、言ってよ」

「だから、君はなにも悪くないって言ってるだろう。全部、俺が悪いんだよ」

そこで、彼の言葉を、どこかで聞いたことがあると気づく。

……恋愛コラムの、相談だ。

どうして、あの相談が多くの人から支持されたのか、わかった。多くの人が、同じ経験をしているからだ。

「そんなの、すぐには受け入れらんない。だって、私たち、五年も一緒にいたんだよ」

当たり前のように、いつか結婚するって思っていたのに。

真樹は逃げるように立ち上がる。

「とりあえず、俺、今週はホテルに泊まるよ。荷物は週末に取りに来るから」

自分の部屋に戻ると、すぐに大きなバッグを持ってくる。そのまま、なにもいわずに出ていった。あまりの準備の良さに、茫然としていた。彼が玄関のドアを閉める音を聞いてから、あのバッグは昨日のうちに準備していたという、どうしようもなく今さらなことに気づく。

なんだよそれ。ふざけんな。

首がだんだん温かくなってくる。体が、泣く準備をしているのがわかる。

リビングの奥で小さな物音がした。小さなケージの中、物陰から出てきたハリーが、私が置いたエサをやっと食べ始めていた。こいつの名前は、同棲を始めた日に、彼が付けてくれた。私がレオパと呼んでいるのを聞いて、それじゃ犬を犬って呼んでるようなもんだよ、と言って、ハリーという名前をくれたっけ。

ついに、涙が零れた。

恋愛コラムを書くことになった途端、恋が終わってしまうなんて。

恋愛相談を読んで、個性がないなぁとかインパクトがないなぁとか、上から目線で考えていたから、きっとバチが当たったんだ。

今なら、ヤミ子さんの相談に全力でいいねを押せる気がした。


オレンジ色のランプが、テーブルの上で輝いている。

店の名前は『ランプ軒』、飯田橋《いいだばし》の裏路地にあるレトロな雰囲気の居酒屋は、私たちのお気に入りの店だ。店長が毎日市場で仕入れてくる新鮮な魚が人気で、当然のように、客のほとんどが刺身の盛り合わせを注文する。

テーブルに届いた魚に目もくれず、呼び出した理由を口にした。

「どうしよう、フラれだっ」

「うん、やっぱり美味しいよね、ここの刺身」

「ちがう、環希《たまき》。ちゃんと聞いて。フラれたって言ったの」

「聞こえてるから。なにがあった、話してみ」

目の前の友人は、片肘をついて私を見る。

さっぱりとしたショートヘアにサバサバした話し方、いつもジーンズにM－65タイプのミリタリージャケットだけど、男っぽいということはまったくない。マニッシュな服を着こなした美女が、優しく微笑んでいる。

促されるままに、心に深々と突き刺さった刃を抜いて見せる。凶器はこれです。

五年間付き合っていた彼氏にフラれた。他に好きな人ができた、君は悪くない、ありきたりな台詞を吐いて出ていった。恋愛コラムの締め切りは迫っているけれど、こんなメンタルで書けるわけない。

橘《たちばな》環希は、『リクラ』の撮影で知り合ったカメラマンだ。最初に会ったのは、北欧インテリアでリラックスできる部屋作り特集。男性ばかりのスタッフに交じって写真を撮る彼女は、とてもカッコよかった。

仕事上がりにスタッフ全員で晩御飯を食べに行き、同じ東北出身だったことがきっかけで意気投合した。彼女は仙台だったので、話してみると若干の地域格差はあったけど、まぁ、それはどうでもよくて。こうして話を聞いてほしいときにお互いに連絡を取り合っている。

「ほんとにホテル暮らししてんのかなぁ。もう相手の女のところにいたりして？　あ、いまの冗談だからね」

話を聞いた後、環希はそう言うと、口の端からピンク色の舌を覗かせる。ちょっとだけ舌を出して犬歯で噛むのは、彼女の癖だ。たぶん、マゾっ気があるんだと思う。

「あいつね、テーブルの上で手を組んで、まだ付き合ってないって言った。あいつが手を組んでるときってね、嘘じゃないの」

五年も付き合っていたんだ、癖も性格もよく知ってる。そういう不器用で生真面目なところも好きだった。

「確かに、真面目なのかもね。気持ちが離れた時点で、もう浮気だってことか。普通の男なら、とりあえずキープとか考えそうなとこなのにね。自分がモテないって自覚してるならなおさら」

「そういうところ、わかっちゃうから。余計、ふっ切れなくて」

「こういうときは、ゾンビ映画でも見てスカッとしたら。怖い系じゃなくて、アクション重視のやつね。『バイオハザード』とか」

環希は、ゾンビ映画を愛していた。話していると頻繁にゾンビという単語が出てくる。彼女と付き合う男は、きっとゾンビ映画の新作が出るたびに映画館に通うことになるだろう。

「そんなのでスカッとするの、環希だけだよ」

「『ハムナプトラ』は？　ミイラでもだめ？」

「種類の問題じゃねぇよ」

環希は、私の言葉が理解できないというように首を振った。その芝居がかった仕草のせいで、椎堂先生のことが頭をよぎる。

「ねぇ、知ってる？　ツバメって浮気するんだって」

今日、重たい体を引きずって会社にいくと椎堂先生からメールが届いていた。

メールには『求愛行動図鑑1』というファイルが添付されていた。自作のメールマガジンらしい。ナンバーいくつまであるのか知らないけど定期的に届くのだろう。ツバメの求愛行動について、可愛らしいイラスト付きで説明されていた。

ツバメは、尾羽が長くて左右のバランスがいいオスがモテる。このモテ基準は絶対らしく、ツバメのメスは、オスのプロポーズを受け入れて同じ巣で暮らし始めた後でも、もっといい羽を持っているオスにアピールされたら、こっそり条件がいい方の子供を作るそうだ。

浮気されたオスは、浮気されたことも気づかずに、知らないオスの子供のために必死にエサを集める。可哀想なオス。なんという昼ドラ。

「なに、いきなりツバメって」

「とにかく、私は真実を知ったオスツバメのような気分ってこと」

環希は呆れたように、次なに飲もう、とドリンクメニューを手に取る。ついでのように聞いてきた。

「週末に荷物取りにくるんでしょ？　どうすんの？」

「聞き分けのいい女の振りなんて、絶対ムリ。縋りついてでも引き留めてやる」

「その意気だ。ものは考えようじゃない。今週末に、チャンスがあと一回あるってことでしょ。そこで彼をもう一度、振り向かせる可能性もゼロじゃない。あんたが愛想つかされた理由、考えてみなよ」

「他に好きな人ができたって。私が悪いんじゃないって言ってた」

「あんたさ、それを真に受けてんの？　他に好きな人ができた、俺が悪い、君はなんにも悪くない、それって、別れる理由としては完璧でしょ。完璧ってのは、文句のつけようがないってこと。相手を傷つけず、ついでに余計な議論もしなくて済む。優しさのふりをした自己満足だと思うけどね。別れるのに、あんたにまったく理由がないなんてありえないって」

「……そう、だよね。なにか、あいつが私のことを好きじゃなくなるきっかけがないと、他の人に目がいったりしないよね」

環希はいったん会話を止めて、店員さんにハイボールを頼む。その間に、自分の悪いところを考えた。

「寝るとき、歯ぎしりがうるさい」

「それくらいで別れないでしょ。それに、今さら過ぎるし」

確かに、同棲する前から知られてる。何度もからかわれた。もしあるとすれば、同棲し始めてから気づいたことだろう。

「別々に洗濯物を洗ってるの、嫌だったのかな」

「え、同棲してたのに分けて洗ってんの？　それはちょっと傷つくかもね。なんで？」

「あいつの靴下、すっごい臭いから。だから、洗濯は私がやることにしてた」

「んー。でも、それ、嫌がられてたわけじゃないでしょ」

「それ以前に、たぶん、別々に洗ってることすら気づいてない」

「じゃあ却下」

太ってきたことをイジりすぎた。仕事の愚痴を言いすぎた。疲れているからと夜の営みを何度も拒否した。疲れているからと週末でかけようと誘ってくれたのを断った。思いつくままに口にするけど、全部、ことごとく否定される。

「ダメな父親の見本みたいなエピソードばっかりほり込んでくんじゃないわよ。そういうんじゃなくて、ほら、なんか思い出してみ。あんたのこれまでの生活でもっとないの？」

そこで、頼んでいたおでんの盛り合わせが届く。卵もらっていい、と嬉しそうに聞いてくるので、ぜんぶどうぞ、と答えた。ここのおでんは味が濃すぎるので苦手だった。ここだけじゃない。実家が薄味だったせいで、居酒屋で食べる煮物はだいたい口に合わない。

「……そういえば、晩御飯、たまに真樹が作ってくれることあったんだよね。そのときの味付けが、すっごく濃かった」

「そんなにっ」

「あー。それあるかも。あんたの味付け、薄いもんね。一度、家に泊まったじゃん。肉じゃが作ってくれたじゃん。見栄えはすごい綺麗だったんだけど、食べた瞬間、離乳食かと思った」

「食《しょく》って、大事だろ。とくに、一緒に住んで、結婚とか考えるようになったらね」

「そうか。食、かぁ」

そういえば、同棲を始めてから、晩御飯はほとんど私が作っていた。真樹はいつも美味しいと言って食べてくれたけど……無理をさせていたかもしれない。

「週末に彼が来たときに、彼の口に合う濃い味の料理を作って食べてもらうってのどう？　それで、あ、こいつ、気づいたって思うかも」

「本当に、そんなことで、気持ちが変わると思う？」

「駄目元だよ。なにもしないよりマシでしょ。それより、あんたの方は、これから毎晩、濃い味の料理になっても平気なの？」

覚悟を決めて、たっぷり煮汁が染みた大根に箸《はし》を伸ばす。オレンジ色のランプの下だと、黒っぽい色にさえ見える。

「私、やるよ」

口に含むと、舌が痺《しび》れるような醤油《しょうゆ》の味がした。

先輩が貸してくれた偉人の名言・格言の本によると「愛は行動よ。言葉だけではだめなの」と、オードリー・ヘップバーンも言っている。行動あるのみだ。

これで真樹が戻ってくるのなら、いくつだって食べられる。

料理は、環希に離乳食みたいと言われた肉じゃがにした。

荷物を取りに来た彼に、せっかくだから晩御飯食べていってよ、と言って肉じゃがを振る舞う。真樹は迷った表情をしたけど「最後の晩餐《ばんさん》だな」という、誰でも思いつきそうでまったく面白くない、いかにも彼らしい冗談を言ってテーブルについた。

一口食べた途端、彼の目が驚きで広がった。

「うわ、うまいな」

「でしょ。私、濃い味の料理も作れるよ。これからもやっていけるよ。だから、お願い、もう一度考え直してくれないかな。私、やっぱり、真樹と別れたくない」

味見のときに口に入れた肉じゃがは、自分の作ったものだとは信じられないくらい濃い味がした。そんなわけないとわかってるけど、醤油をそのまま飲んだような気がする。

「……あのさ、別に俺、君の料理に不満があったんじゃないんだよ」

真樹は、そう言って笑った。テーブルの上で、手を組みながら。

「え？　真樹の作る料理、あんなに濃い味だったのに」

「まぁ、最初はびっくりしたけど、すぐに慣れたし。健康のためには、これくらい薄い方がいいかなって思ってた」

「じゃあ、なんで、私のこと好きじゃなくなったの？」

「だから、君は悪くないって言ってるだろ」

「あのさ、それ、優しさだって思ったら大間違いだからね。自分が悪いって言って、相手になにも落ち込む理由を与えないのって、残酷なことだよ。もう一度考えて。それでもやり直せないなら、ちゃんと理由を言って」

真樹は、真剣な目で私を見つめる。

それから、諦めたように頷いた。

「わかった。はっきり言うよ」

彼は急に視線を外す。それは、私を通り越して、奥の部屋を見ていた。

「レオパだよ」

彼が見ていたのは、ダイニングの奥に置かれているケージだった。

「俺が、君とはやっていけないって思ったきっかけはレオパだよ」

東京で一人暮らしをはじめてすぐに飼いだしたレオパードゲッコー。飼っているのはハイポメラニステックという種類で、体は鮮やかなイエロー、顔と尻尾に黒い豹柄《ひょうがら》の模様がある。私はずっとレオパと呼んでいたのに、彼がハリーという名前をつけてくれた。たまにケージから出して手に乗せて遊んでくれた。ハリーの住む小さな世界には、私たちが同棲してから半年分の思い出が詰まっている。

「ハリーが、どうしたの？」

「同棲するまで、飼ってるってこと一度も言ってなかっただろ。俺、無理なんだよ、爬虫類とか」

衝撃的な告白が、私を貫く。

「手に乗せて、可愛がってくれてたじゃん」

「顔ひきつってただろ、わかれよ」

「我慢してたってこと？」

「そうだよ。色が毒蛇みたいで落ち着かないんだよ。乾燥したコオロギとか気持ち悪いんだよ。とにかく、もう限界なんだよ」

「じゃあ、好きな人っていうのは」

「いない」

「じゃ、じゃあ、ハリーを、もし誰かにゆずったら、考え直してくれるの？」

「そういうことじゃない」

彼の視線が、奥の部屋から私へと戻ってくる。

「レオパは、きっかけだよ。あれがきっかけで、お前のこと、冷静に見るようになった。結婚してやっていけるのかなって。そしたら、色々と気になるとこがでてきてさ」

「気になるところって、なによ」

「レオパを嫌がってるのと同じようにさ、俺が疲れてても落ち込んでても、全然気づかなかっただろ」

「そんなことがあったんなら、話してよっ」

「お前が、いつも自分のことばっかり話すから、言えなかったんだよ」

昨日、環希に話した理由の一つだった。仕事の愚痴が多すぎる。いつも笑って聞いてくれるのを、彼の優しさだと思っていたのに。

「それから、お前、なんで俺の洗濯物だけよけて洗ってたんだよ。あれ、すげぇ嫌だった」

「それも、理由なの」

「あと、太ってきたのイジられるのもムカついたし」

「なんなのっ。さっきから聞いてれば、そんな小さいことっ。ちゃんと言葉にして言えばいいじゃない。話せば解決できるようなことで勝手に嫌いになるなんて、ズルいよ」

「そういうの、ちゃんと話し合うのって疲れるだろ。どっちにしろ、話をしてたって駄目になってた。俺、お前と同棲を始めて思ったんだ。なにも言わなくたって、何気なく気遣いができたり、こっちの気持ちを察して話を聞いてくれることって、俺の中では大事なポイントだったんだなって。結婚する前に気づけてよかった、お互いに」

彼はそう言うと、箸を置いて立ち上がった。

「ごちそうさま。この肉じゃがは、すごく美味しかったよ」

一人ごとのように呟く。その声は、それ以上の意味はないから、俺にとって料理っていうのは重要なポイントじゃなかったから。そう告げているようだった。

私の中には、もう彼を引き留めるための言葉は残ってなかった。彼が部屋に戻り、少ない荷物を段ボールにまとめて時間通りにやってきた業者に引き渡すのを、一番近いところから眺めていた。

付き合って五年。その年月が、彼への無関心を生んでいたのかもしれない。彼のことはなんでもわかっているという過信があったのかもしれない。だから、彼の大事なポイントに気づけなかった。

あと少し、気遣いができれば、変化に気づけていたら、大切なものを失わずにすんだのだろうか。

真樹が、合鍵を置いて出ていく。最後になにを話したのかは覚えてない。

一人分の荷物が減った部屋には、テレビの上やリビングの角、あちこちに不自然なスペースができていて、それまでは意識さえしていなかったのに、なくなって初めてそこにあった雑貨や家具に気づく。

きっと、彼が私を嫌いになった理由も同じだ。言われるまで、目に入っていたのに気にしなかった。言われて初めて、これまで上手くいっていると思い込んでいた私たちのあいだに不自然なスペースができていたことに気づいた。

君は悪くない。その言葉を受け入れていれば、こんなショックを受けることはなかったのかな。

そんなことが浮かんできて、すぐに首を横に振る。

だけどその分、ちゃんと終わらせることができなくて、もっと長い間もやもやしただろう。ちゃんと傷つくことができてよかった。

部屋の奥で、小さな音がする。

歩み寄って、ケージの前にしゃがみ込んだ。

いつもは物陰に隠れてなかなか出てこないレオパが、珍しくガラスに張り付いて私を見つめていた。

「ハリー。お前は悪くないからね」

その名前を口にした途端、目尻に溜まっていた涙が溢れてきた。

感情が見えないレオパードゲッコーの瞳が、今だけは、私を慰めているような気がした。


土曜日のキャンパスは、この前とは別の場所のように静かだった。

私の傷心なんて気にも留めず、空は憎たらしいくらいに晴れ渡っている。

春の陽気は温かく、太い脚が目立たないワイドパンツと、コーディネートを無視して着られるオールマイティの春物ロングコートが少し重たく感じた。

正門から続く赤煉瓦の通りを抜け、奥まった場所に隔離された生物棟へ向かう。

階段を上ったところで、村上助手に会った。相変わらず色あせたデニムパンツに、大阪土産らしい関西弁がプリントされたシャツに白衣という残念な感じだ。胸元には「あかんもんはあかん」と書いてある。

「あれ、柴田さん。どうしたんですか？　目がアカメアマガエルみたいに真っ赤ですよ」

「すいません、もうちょっとメジャーな動物でたとえてください。ウサギとかでよくないですか？」

「んー。だって、柴田さん、ウサギってイメージじゃないからぁ」

目の話してんだから、それはいいだろ。

ささくれた心が呟くけど、声に出して突っ込む気力もなかった。

真樹にフラれ、一晩落ち込んで頭に浮かんだのは、とりあえず仕事しようだった。

恋人を失って仕事も落としたんじゃ、あまりにも惨めすぎる。紺野先輩から借りた本にも書いてあった。芥川龍之介《あくたがわりゅうのすけ》曰《いわ》く「我々を恋愛から救うものは、理性よりもむしろ多忙である」だそうだ。

それに、今なら、恋愛コラムの相談者のヤミ子さんの気持ちがよくわかる。いいねを連打したい気分だ。私は、真樹からちゃんと理由を聞くことができた。だけど、彼女は答え合わせができず、前に進めないでいる。なんとかして背中を押せる言葉を届けてあげたかった。

もう一度、椎堂先生の話を聞けばいいアイデアが浮かんできそうな気がして電話すると、週末も出勤しているらしく、土曜日の打ち合わせを快諾してくれた。

村上助手とは、先生の居室の前で別れた。「土曜日もその人の相手しないといけないなんて、編集者って大変ですねぇ」と酷いことを言いながら去っていく。

ドアの前には今日も「求愛ビデオ鑑賞中につきお静かに」というプレートがぶら下がっている。ノックすると、またしても奇妙な音が聞こえてきた。

ヲォン、ヲォン。

ファンタジー映画に出てくる飛行船のような不思議な音が、一定間隔で響いてくる。いつかの村上助手のように「すいませーん、勝手に入りまーす」と言って、中に入る。

椎堂先生は、想像通りパソコンの画面に見入っていた。

映っていたのは、ペンギンだった。

ペンギンといえば南極の氷の大地にいるところをイメージしてしまうけど、場所はぽつぽつと草が生えている広い岩場だった。

岩場では、十羽ほどのペンギンが思い思いに過ごしていた。ウロウロ歩き回っているやつもいれば、腹這《はらば》いになって眠っているやつもいる。そんな中、画面の中央に向かい合って立っている二羽がいた。廊下で聞いた、ヲォン、という奇妙な音はどこからも聞こえない。

なんというペンギンだろう。丸っこい黒色の嘴《くちばし》で付け根の辺りがピンク色になっている。とりあえず可愛い。

「フンボルトペンギン、チリの海岸沿いの映像だ」

考えていたことを読んだように、椎堂先生の声がした。今日は、私が入ってきたのに気づいてくれたらしい。

「チリにペンギンがいるんですか？」

「南極を主な繁殖地としているのはコウテイペンギンとアデリーペンギンくらいだ。ペンギンは南半球に広く生息している」

求愛行動の映像なのは聞くまでもないだろう。そういえば、中央の二羽は体の大きさに差がある。たぶん大きい方がオスだ。

「静かにしろ、またくるぞ」

次の瞬間だった。

中央の二羽のうちの一羽、体の大きな方が、ぐぐっと空を仰ぐようにして首を真上に伸ばす。SF映画に出てくるあちこちから吸い上げたパワーを放出する兵器みたいに、体中のエネルギーが嘴の先端に集まっているのがわかる。

そして、嘴から、さっきの声が解き放たれる。

ヲォン。

喉を震わせるような、鋭い鳴き声。

それは、渾身の力を込めた一声だった。

ペンギンのことは知らなくても、なにを伝えたいのかはわかった。

彼は、愛を叫んでいる。

「エクスタティック・ディスプレイだ」

「必殺技、ですか？」

「なにをいっている。ディスプレイは、多くの動物に見られる仕草や鳴き声などの行動様式のことだ。特に、ある種のペンギンが巣を手に入れたあとに行う求愛行動のことを、エクスタティック・ディスプレイと呼ぶ。日本国内で使われる表現だと、恍惚《こうこつ》のディスプレイ、だな」

恍惚。その日常生活で使うには過剰な言葉は、人間の恋愛でもほとんど聞かない。

どんなに情熱的でも運命的でも、恍惚と呼ぶには物足りない。ただ、エクスタティックという言葉を直訳しただけなのだろうけど、全身から絞り出すようなペンギンの叫びは、恍惚という言葉がぴったりな気がした。

メスのペンギンも、同じように嘴を空へと向ける。

そして、勇気を振り絞るように、ヲォン、と鳴いた。

続けて二回。ヲォン、ヲォン。初めてメイクをして外に出た女の子が、最初は恥ずかしそうに俯《うつむ》いて、だんだん顔を上げて、笑顔でスキップを始める。そんな風に、メスペンギンの鳴き声は鮮やかに変わっていくように聞こえた。

二羽の鳴き声が、重なって響き渡る。周囲では、他のペンギンたちは祝福するでも邪魔するでもなく、思い思いに過ごしている。日向ぼっこをしていたり、忙しなくウロウロしたり。それは、自分たちの世界にどっぷり浸かって人ごみの中で抱き合うカップルのようだった。

空へ向けて愛を詠《うた》う、飛べない鳥たち。

そこで、映像が止まる。今回は感動までは至らなかったらしい。椎堂先生は、くるりと椅子《いす》を反転させて私の方を振り向いた。

うん。相変わらずのイケメン。

今日は土曜日だからかジャケットじゃなかった。サックスブルーのシャツにインクブルーのカーディガンにネイビーのパンツ。全部青系で統一されているのに絶妙なバランス感覚でオシャレに仕上がっている。もうこのまま雑誌の表紙を飾れそうだ。

「ペンギンのディスプレイは、いつだって疲れを吹き飛ばしてくれる。体がだるいときはフンボルトペンギン、肩が凝っているときはイワトビペンギンがよく効くな」

「そんな入浴剤みたいにいわないでください」

「だが、なんといっても俺のお気に入りはコウテイペンギンのお辞儀のディスプレイだな！」

「お辞儀するんですか。礼儀正しいんですね。皇帝なのに」

このまま放っておくと、延々とペンギンの話を聞かされそうなので、遮るように声を挟む。

「あの、そろそろ恋愛コラムの話してもいいですか？　ちなみにこれが、今回の相談なんですけど」

タブレットに相談を表示させて見せようとした途端、露骨に面倒そうな表情になる。

「人間の恋愛には興味がない。どういう動物の求愛行動が知りたいのかだけ、端的に伝えてくれ。時間の無駄だ」

「そういわれても……君は悪くない、と言われて彼氏にフラれた人が、どうしてフラれたのか本当の理由を知りたいという質問なんですけど」

「実に、人間らしい。くだらんな」

眉間に皺を寄せ、吐き捨てるように呟く。映画とかに出てくる人間を見下している悪い種族のボスみたいな言いっぷりだ。

「それで、なにかいい動物のネタ、ありませんか？」

「ふざけるな。それを考えるのは君の役目だろう」

「そうですけど……なかなか思いつかなくて」

「そもそも、そんな質問を他人にすること自体がナンセンスだ。人間は求愛の基準が曖昧《あいまい》な生き物だ。理由など個体ごとに違うに決まっている」

椎堂先生はわざとらしく腕時計を見る。

打ちのめされそうになった心に、時間差で、先生の言葉が届いた。

「それです！」

思わず大きな声を出してしまい、先生に睨まれる。

「動物たちはちゃんとパートナーを選ぶ基準がわかってる。でも、人間は違う。それですよ！相手を選ぶ明確な基準がある動物について教えてください！」

「なにを閃《ひらめ》いたのかは知らないが、ほとんどの動物が明確な基準を持っている。もっと条件を絞って質問しろ。俺の時間を浪費するな」

「初回なので、メジャーで一般の人たちからの好感度が高い動物がいいです」

椎堂先生は腕を組むと、パソコンの画面をちらりと振り向いてから告げた。

「ならば、ペンギンはちょうどいいかもしれないな」

たしかに、メジャーだ。街頭インタビューで、動物を好きと嫌いの二種類に分けてもらったら、かなりの確率で好きの方に入るだろう。

「いいですね、ペンギン。お願いします！」

「わかった。では――野生の恋について、話をしようか」

言いながら、眼鏡の縁に触れる。先生の中でスイッチが入ったのがわかる。

ゆっくり立ち上がると、張りのあるバリトンの解説が始まった。

「ペンギンは一夫一妻制だという話を聞いたことがあるか？　一たび夫婦になると、次のシーズンが来ても同じ相手とパートナーを維持し続ける確率が高いと言われている」

「そうなんですか？　動物ってみんな、恋の季節ごとに相手を探すのかと思ってました」

「もちろん例外はあるし、ペンギンの種類や生息地域によってカップルの維持率に差はある」

例外ってなんですか、というのを聞こうとして止める。野生の世界の厳しさはよくテレビでやっている。きっと、次のシーズンがきても再び巡り合えない恋人たちもいるのだろう。

「ペンギンのメスが、どうやってオスを選んでいるのか。これが、非常に興味深い」

椎堂准教授は、本棚から一冊の分厚い本を取り出す。タイトルは『ペンギンのすべて』。その中の、ペンギンの分類表というページを開く。世界中に生息するペンギンのイラストが一覧になっていた。

「ペンギンはいくつか分類の仕方があるが、一般的には十八種類しかない。そして、面白いことに、それぞれの種でメスがオスを選ぶための基準が異なる」

椎堂准教授は一羽ずつ指さしながら、よく通る声で教えてくれる。

「さっきの動画で見たフンボルトペンギンのディスプレイは、メスへのアピールだけではなく、他のオスに対して、パートナーが見つかったらこの場所を縄張りにして巣を作る、と宣言している。つまり、メスはオスのディスプレイだけに惹《ひ》かれたわけではなく、彼が獲得した縄張りにも惹かれたわけだ」

「えぇっ。二羽で空に向かって愛を叫びあっているように見えたのに。でもそれって、このあいだの——経済力が大事タイプですね！」

「オーストラリアとニュージーランドの沿岸に生息するリトルペンギンは、鳴き声が低いオスがモテるという研究結果が報告されている。さらに、オスは鳴き声が低い方が体が大きく強い個体であることもわかっている」

「強さが大事タイプ、ですね！」

「アデリーペンギンには、ユニークな求愛行動の報告がある。彼らは石を積み上げて巣を作る。彼らが住む海岸では石が貴重で、ペンギン同士で石の奪い合いをするほど大事にしている。求愛の時には、その貴重な石を、オスからメスにプレゼントするそうだ。メスがそれを受け取ればカップル成立となる」

「それは——よくわからないけどロマンチックなタイプですね！」

石をあげるペンギンなんているんだ。名前をつけるなら、エンゲージストーンだろうか。

椎堂准教授はペンギンを一羽ずつ紹介しながら、それぞれの求愛行動について教えてくれた。

種類や生息地ごとに、異性から選ばれる基準がまるで違う。

安全な住み家だったり、健康だったり、体の大きさだったり。自分たちが生きる上でもっとも大切と決めた基準で合理的に相手を選び、選ばれている。

「本当に、たった一つの基準で相手を選んでるんですね。でも、それって、ちょっと残酷な気もしますよね。モテない子はずっとモテない。人間だったら、貧乏だけど一緒にいて楽しいとか、カッコよくないけど料理は得意とか、いろいろアピールの仕方があるのに」

声の低いペンギンがモテるのなら、声の高いペンギンはどうやってパートナーを見つけるのだろう。幼い頃からコンプレックスに悩み続けてきた私は、どうしても選ばれない方のことを想像してしまう。

「俺には、その感覚が理解できない。明確なたった一つの基準がないと、まず、どうやったらモテるのかを悩まなければならない。それは、非効率的だとは思わないか？」

「非効率的、ですか？」

「たった一つの基準があれば、余計なことを悩まず、ただそれを磨けばいい。その結果として優劣が決まるのは仕方のないことだ。確かに、人間は動物とちがって、色んな基準で相手を選ぶ。だが、それが特別に優れたことだとは思えない」

イケメンがいうと嫌味に聞こえそうだけど、不思議とそうは聞こえなかった。それはきっと、自分という存在を取り除いて、フラットな立場で話しているからだろう。

「人間はいろんな価値観を持ち、パートナーを選ぶときにたくさんの基準がある。それは脳が発達した副作用かもしれない。社会生活をするようになり能力に多様性が必要になったからかもしれない。子孫を残すことのみが求愛の目的ではなくなったからかもしれない。だが、そのせいで、無駄に悩みを増やし、最適なパートナーに巡り合えないリスクを格段に増加させている」

「基準がありすぎるせいで、大切なことが見えなくなっているってことですか？」

「そもそも、大切な基準がなんなのか見失っている人間が多い。それなのに、その曖昧さに好みやタイプや、恋なんて都合の良い名前をつけて正当化している。俺には、たった一つの基準ですべてを判断できる動物たちの方が、よっぽど上手にパートナーを選んでいるように見えるよ」

そんなこと、考えたこともなかった。

基準がたくさんあることは、いいことだと思っていた。誰もが、色んな価値観で誰かを好きになる。だから、誰にだってチャンスがある。

だけど、色んな基準があるからややこしくなる。本当に大事なことを見落としてしまう。大切な人の心が自分から離れていくのにも気づけない。

ふと、真樹の優しげな笑顔が浮かぶ。

彼は、私の明るくて一緒にいると元気になるところが好きだと言ってくれた。だから、どんなに仕事が辛くても、明るくいようと誓った。よく喋《しゃべ》り、よく食べ、よく笑った。だけど、別れたとき、彼は自分の気持ちを察してくれないことや、話を聞いてくれないことで嫌いになったと言った。そんなの、初めから言ってくれれば気をつけたのに。

私が大切にしていた基準と、彼が大切にしていた基準は違ってたってことだ。

「人間には、他の動物なら生まれた時から決まっている、相手を選ぶたった一つの基準がない。そのせいで、いったいどれだけ無駄な労力を払っているのだろうな。本当に非効率的な生き物だよ」

椎堂先生はうんざりしたように口にしてから、テーブルの上の資料を本棚に仕舞い始める。

確かに、そうかもしれない。だから、私は彼を失ったんだ。

……違う。

心の奥の方で、なにかが弾けた。

もし私たちが相手を選ぶ基準がたった一つなら、どうなるだろう。

たとえば背の高さだったら。目の大きさだったら。足の速さだったら。歌声の綺麗さだったら。テストの点数だったら。年収だったら。

恋人になれるかどうかは出会ってすぐにわかるし、付き合ってからも互いに基準だけを気にしていればいい。見込みのない片想いに心を痛めることも、理不尽な別れに傷つくこともない。

ヤミ子さんや私のように、自分が嫌われた理由がわからずに苦しむこともない。

でも、そんなたった一つの基準に縛られた世界に生きたいとは思えない。

「私は、その考え方には納得できません。人間の求愛行動には、いえ、人間の恋には、人間の恋にしかない意味があるんだと思います」

「それは、いったいなんだ？」

「……わかりません。もう少し考える時間をください！」

先生の目に宿っていた熱が、ふっと消えた。

短い沈黙の後、先生はどこか気怠そうな表情に戻って呟く。

「答えが出たら教えてくれ――俺も、それを、ずっと知りたいと思っている」

その声は、先生もこれまで、痛みや悩みを抱えて生きてきたのを感じさせるものだった。

お礼をいって部屋を出ると、廊下の窓の向こうでは、カエデの青葉がゆらゆらと揺れていた。

校舎の三階まで届く高い木だけど、生まれたての葉っぱの緑色はまだ頼りなくて、真昼の日差しの中を不安そうに揺れている。こんな風に見えるのは、新緑の今だけだ。夏が来る頃には、深い緑色になって校舎に立派な影を作るだろう。

ふと、なにもかもが不安定で眩しかった学生のころを思い出す。

真樹と付き合うまで恋愛とは無縁だった。でも、そんな私の人生の中にも、恋にまつわる思い出がキラキラ光っている。子供のときにクラスで一番運動神経がいい男の子に惹かれたり、友達の恋愛相談にみんなで盛り上がったり。そういうことが楽しかった。

もしかしたら、人がたくさんの基準を持ったのは、人生を鮮やかにするためだったのかもしれない。たった一つの基準で終わらせるには、人生は長すぎる。思い悩み、苦しんだり喜んだり、そうやって人生を消費するために曖昧にしたのだとしたら。

そんなの無駄で非効率だ。

でも、その非効率さが、ちょっとだけ愛おしいと思った。

もしかしたら、私たちは、その非効率さのことを恋と呼ぶのかもしれない。


――こんな風に、ペンギンには種族ごとに求愛行動が決まっていて、パートナーに選ばれるためのたった一つの基準がある。

モデルを始めたばかりのとき、いつも考えてた。どうしてこんなにも、人が人を評価する

基準があるんだろ。たった一つなら、それだけを磨き、それだけを競えばいい。それってすごく大変だけど、すごく楽なのに。

だけど、ある日、気づいた。基準がたった一つだったら、私たちの仕事はもっとずっと退屈になる。みんな同じ顔、みんな同じスタイル、みんな同じ表情に髪型。選ばれるやつもみんな同じ。そんなの、最悪だ。相手によって選ばれたり選ばれなかったり、だから、この世界は面白い。

それは、恋愛だって同じ。

相手にとって大切な基準を見つけるのが恋の面倒で、面白いところだ。自分がどう見られるかばかりを気にして相手が求めているモノがわからないまま的外れな求愛行動をしているやつは多い。

そもそも男っていうのは、ちゃんと自分の基準を言わない生き物だ。ほとんどが口に出すとクズみたいな基準だから。胸が大きいとか、ママに口癖が似てるとか。別れ話をするときに「君はなにも悪くない」というのも、本当の理由をいうと自分がクズだってことがバレるから。「悪いのは全部俺」で別れることができれば、キモい暴露話をせずにすんで楽だし、ついでに俺はいい男だって自分に酔える。つまり、別れる理由をちゃんと言えない男はみんなクズ。

あんたがどんな理由でフラれたのかは知らない。けど、あんたのなにが悪かったのかはわかる。

相手のクズみたいだけど大切な基準に、気づけなかったことだ。

ペンギンたちはみんな、生まれたときから自分たちにとって一番大切な基準を知っている。次の恋は、ペンギンを見習って、相手にとって大切な基準を見つけることをがんばりな。

出社して真っ先に、原稿を紺野先輩に見てもらった。

見開き二ページの企画、その中には灰沢アリアのプロフィールやペンギンたちの求愛行動の解説イラスト、元々の相談者の悩みも載るので、私が書く部分は二分の一ページくらいだ。それでも、納得のいく記事を書き上げるのに日曜日を丸一日使った。ライターの仕事はたくさんこなしてきたけど、取材した結果や与えられた情報をまとめるのではなく、こうして自分の意見を前面に出した記事を書くのは初めてだ。

タイトルは『恋は野生に学べ』に決めた。椎堂先生の言葉を、ちょっとだけ変えたものだ。灰沢アリアが、動物の求愛行動を交えて恋愛のアドバイスをしてくれるというコンセプト。あの自由奔放で女王様キャラだった灰沢アリアが、実は動物が大好きだったというギャップは話題になるかもしれないって狙いもあった。

告白の返事を待っている中学生のようにドキドキしながら、先輩が読み終えるのを待つ。

先輩は原稿をキーボードの上に置いて、耳に掛かった髪を軽く払いあげる。それから、椅子ごと回転させて、私の方に向き直った。

「おもしろい。あんた、やっぱりライターの才能あるわ。あんたって企画とか考えるセンスはまだまだだけど、文章力とコミュニケーション力は高いのよね」

心の中でガッツポーズする。先輩にこんなに褒められるのは、初めてかもしれない。

「切り口がいい。なにより、相手の気持ちに寄り添ってる気がするのがすごくよかった。似たような実体験でもあるわけ？」

「え……ま、まぁ」

「とにかく、私的にはオッケー。アリアの方はどうなの？」

「さっき送ったんですけど、まだ連絡ないです」

今日中には原稿を上げないといけない。宮田さんにはメールを送ってから電話し、できるだけ早くアリアにチェックしてもらってください、とお願いしていた。

前に原稿を出したとき、すぐに電話がかかってきて罵倒されたトラウマが蘇る。

今回も、反応は早かった。宮田さん宛に送信してから十五分ほど、気になって他の仕事が手につかなくてモヤモヤしていたら、デスクの電話が鳴った。出ると、灰沢アリアじゃなくて宮田さんからだった。

挨拶《あいさつ》を省略して、「どうでした？」と尋ねる。

「面白かったです。これですすめてください。アリアにも了解を取りました」

「本当ですか、ありがとうございます！」

ずっと待っていた言葉だった。私の声を聞いた先輩が、よかったじゃん、と肘でつついてくれる。

「今後とも、よろしくお願いします」

そう言って、電話を切った。

何気なく自分で口にした台詞に、はっとする。

そうだ、今後ともだ。今回の企画は十回連載。まだ、その第一回の原稿が上がっただけ。

浮かれていたのが吹き飛び、急に不安がやってくる。

これを、あと九回も続けられるだろうか。

とりあえず、あのイケメンで変わり者の准教授のところへ通うのは、しばらく続きそうだ。


その日、仕事を終えて家に帰ると、不思議な幻を見た。

鍵を開けて電気をつける。冷え切ったリビング、一人暮らしには広すぎる部屋。真樹が持って行った家具のスペースには今も、孤独が居座っていた。

部屋の奥では、お腹を空かせたハリーがケージごしに顔を見せ「おかえりはよ飯よこせ」と訴えてくる。そっか、お前がいたね、と思わず笑ってしまう。真樹と別れてから、なぜかハリーは人懐っこくなった。

そこで、幻が見えた。

部屋いっぱいに、ペンギンたちがひしめいていた。

テレビの後ろに隠れているリトルペンギン、カーテンを叩いて遊ぶイエローアイドペンギン、ソファの上で腹這いになるイワトビペンギン、真ん中で向かい合ってお辞儀のディスプレイを行うコウテイペンギン。

慌てて目をこすると、幻は消えた。

それと同時に、私がこの部屋に感じていた孤独もなくなっていた。
ひとつ、大きく息を吐く。
寂しくなったら、しばらくこうやってペンギンたちをイメージして助けてもらおう。
ペンギンたちが寂しさを埋めてくれるうちに、この景色にも慣れるだろう。

第 二 話

恋が苦手なパンダと先輩

Giant panda

渋谷の路地にある焼鳥屋の入口は、相変わらずわかりにくかった。

この辺だったはず、とウロウロして、何度も通り過ぎた道端にやっと『夜空』という看板を見つける。隠れ家のような店、というのはグルメ雑誌でよく見るフレーズだけど、いくらなんでも隠れすぎだ。

『恋は野生に学べ』の連載を開始した『リクラ』五月号が発売された三日後、灰沢アリアから電話があった。不機嫌な様子で「お前、あのコラム、なんのつもりだ。とりあえず、すぐに顔を出せ」と怒鳴られた。指定されたのは、前回と同じ道玄坂《どうげんざか》の路地にある焼鳥屋。

アリアと会うのは初回の顔合わせ以来だった。あとはずっと、宮田さんを通じてやり取りをしている。

ここに来るまでの間、必死に考えていた。いったいなにがアリアの気に障ったのだろう。

原稿は事前に読んでもらった。そこから大きな手直しはしてない。本人のプロフィールも写真も指定されたものを使っただけだ。校了直前のゲラもメールで送っていた。

緊張しながらドアを開けると、細長い店内の一番奥、初めて会ったときと同じように灰沢アリアが座っていた。入ってきた私を見つけるなり、形のいい顎をくいっと動かして、さっさと来いと伝えてくる。

椅子に座ると同時に、アリアはつけていたサングラスをずらして正面から睨む。相変わらず、綺麗だった。攻撃的な感情を向けられているのに、見とれてしまう。

前に会ってから二ヵ月。春も終わりが近づき、アリアの服装は以前に会ったときよりすっかり身軽になっていた。ハイネックのノースリーブシャツにワイドパンツ。全体的に緩い服の効果で、太いレザーベルトで締められた腰の細さが際立っている。

テーブルの上にはビールグラスに入った日本酒と枝豆と、『リクラ』の五月号が並んでいた。

「なにか、気に障るところありましたか？」

「いったいどういうつもりだ。ずいぶん連絡よこさねぇと思ったら。あたしは、こんなの許可したつもりはねぇぞ」

考えていたよりも、もっと根本的なことで怒られた。

「原稿は、事前に目を通していただいて、ご了解いただいたはずですけど」

「あたしは読んでねぇ」

「ちゃんと確認しましたよ。この次の六月号のチェックもしてもらいました。宮田さんからメールで返事もらってますよ」

「宮田が？　そんな話、聞いてねぇ」

そこで入口のドアが開き、宮田さんが駆け込んできた。

アリアが問い詰めるより先に、彼はあっさりと自白する。

「それ、柴田さんは悪くありません。僕が勝手にオッケーしました」

宮田さんはテーブルにつくなり、真っ先に私の方に頭を下げる。

「全部、僕が自分の判断で返事してたんです。すいませんでした」

「えっ、アリアさん読んでなかったんですか！」

「宮田、どういうことだよ」

「最初の原稿が届いたとき……アリアは旅行中で連絡取れなかったんですよ。それで、もう時間がなかったし、すごく面白かったから、僕の判断で返事したんです」

旅行って。初回の原稿をチェックしてもらった日は、届いたらすぐに確認して返信してくださいと事前に頼んでいたはずだ。

「ふざけんなっ。それならせめて、あたしが帰って来てからすぐ言えってんだ」

「読んだらぜったいこんな企画中止だって言うじゃないですか。だから、発売するまで黙ってたんです」

「子供みたいなこと言っててんじゃねぇよ。お前、やっぱ、あたしのマネージャー無理だわ」

「その前に、インスタ見てください」

宮田さんはそう言うと、テーブルの上に置いてあったスマホを手で示す。アリアは苛立《いらだ》った様子で操作する。すぐに、気づいたようだった。

「なんだ、これ」

私もチェックしていた。アリアのフォロワーはこの数日で千人以上増えている。

「好評なんですよ、あのコラム」

宮田さんをフォローするように付け足す。インスタだけじゃない。雑誌のホームページのアンケートからも、読者のSNSの呟きからも、多くの人が興味を持ってくれたのがわかる。

「事務所のエラい人たちも、この仕事はちゃんと続けろって言ってます。久しぶりに、いいニュースじゃないですか」

「よりによって、なんで動物の求愛行動なんだよ」

サングラスごしに睨みつけてくる。だんだんアリアのことがわかってきた。キツい言い方だけど、これは本気で怒っているわけじゃない。

「アリアさんが言った、みんなが共感できるのに、これまで誰もやってこなかったことをするっていうのを私なりに考えたつもりなんですけど」

「全然ちげぇし。ほんっとなんにもわかってねぇ」

「どこが、違うんですか？」

「あたし、動物が嫌いなんだよ」

「えぇっ。そんな理由！」

「うるせぇな。色々あったんだよ」

「私のペット、見ます？　たぶん、この可愛さを見たら、動物が嫌いなんて気持ち、一瞬で消し飛ぶと思いますよ」

昨日撮ったばかりのハリーの写真を、どうだ、と見せつける。アリアは、目の前で急にフランべされたようにびくっと身を引く。

「……お前、これ飼ってるのか？」

「はい、可愛いですよね！」

しばらく私とスマホの写真を見比べる。それから、色んな意味ですげぇなお前、と言われた。褒め言葉として聞いておこう。

「……それによ。あたしは、モデルなんだよ。モデルの仕事がねぇから、雑誌の恋愛コラムなんて、ダセぇだろ」

そう言いながら、枝豆を口に運ぶ。それは、初めて元トップモデルが溢《こぼ》した、本音のような気がした。

「このあいだ、アリアさん、私に言いましたよね。今いる場所でがんばれないやつは、どこにいったってがんばれないって」

ほんの一瞬、アリアの動きが止まる。

「あたしはプロのモデルなんだよ。同じ目線で話すんじゃねぇ」

「そう、ですね。すいません」

アリアは体重を背もたれに預けると、日本酒に口をつける。この間と同じように、ほんの少し唇を湿らせるだけでグラスを戻す。それから、ちょっとだけ悔しそうに呟いた。

「でも、今回のコラムは、お前に任せるって言った。雑誌になったもんは仕方ない。動物だろうが求愛行動だろうが、もう好きにしな」

「はい、ありがとうございます！」

ちらりと宮田さんを見ると、彼は、思い通りに収まったというように微笑を浮かべていた。ちょっと抜けた振りをして、意外と策士なのかもしれない。

「そのかわり、次からは、ちゃんとあたしに読ませろよ」

「それは、宮田さんに言ってください。私は、ちゃんと送ってたんですから」

もう六月号の原稿は上がっている。椎堂先生に教えてもらったラッコの求愛行動を紹介して、告白する勇気が持てない女の子に、嫌われることや傷つくことを怖がるな、空気なんて読むな、ラッコのようにリスクを冒せ、というメッセージを書いた。見てもらうのは、まだ相談内容も決まっていない七月号からになるだろう。

「この動物ネタ、お前が調べてるのか？」

「求愛行動について詳しい大学の先生に協力してもらってます。監修に先生の名前のってますよ」

「んなとこまで見てねぇよ。物好きなやつもいるもんだな」

アリアは雑誌を脇にどけると、テーブル横に立てかけてあったドリンクメニューを突き出してくる。私も飲めってことらしい。許してもらえたようだ。

「どうやら、あたしの見込み違いだったみたいだな」

「なにがですか？」

「初めて会ったとき、お前のことを中途半端なやつって思ってた。誰かに与えられた仕事を適当にこなしてるようにしか見えなかった。だから、お前が書けって押し付けてやれば、どうせ諦めるだろうって踏んでたんだけどな。意外と粘《ねば》ったじゃねぇか」

その言葉は棘《とげ》のように私の心に引っかかり、小さな痛みを残した。

私は、アリアの言う通りの人間だった。言われた仕事を納期通りに仕上げる、クオリティはそこそこでいい。それ以上のことなんてやる気もなかった。私がやりたかった仕事はこれじゃない、叱られても呆れられても、その言葉がずっと私を守ってくれた。

この恋愛コラムだけは、アリアがいたから必死になっているだけだ。憧れていた人に見られていることが、私の言い訳を押さえつけている。

「これからも頼んだよ。期待、してるからな」

憧れの人が、笑いかけてくれる。

胸の痛みに気づかない振りをしながら、「はい、任せてください」と笑みを浮かべた。


パソコン画面右下のデジタル時計に視線を向ける。さっき確認してから二分も経ってない。

デスクの上には今日中チェックの原稿が束になっているけど、時間が気になってなかなか集中できなかった。

あと五分で、七月号に掲載される第三回の恋愛相談が決まる。

投票の締め切りが午後四時という中途半端な時間に設定されているのは、会社帰りの人がホームページを覗くきっかけになるかもしれないという編集長のアイデアだ。

数分前にチェックしたときは二つの投稿が僅差で並んでいた。アパレル店員と保育士さんだった。どちらが選ばれてもおかしくない。

「だから、あんたの記事は自己主張が強すぎるっていってんの。モノの紹介より編集者の顔が前に出てるのってどうなの」

少し離れた場所から紺野先輩の声が聞こえてくる。

ミーティングテーブルで、紺野先輩と違う編集部の安原《やすはら》さんが挑発し合うような会話を続けていた。雑誌が発売された後の恒例行事だ。

「顔の見えない記事なんて、誰が書いたって一緒ってことだろ。お前のこのハーバリウム教室の紹介なんてまさにそうだよな」

「テントを実際に使ってみたっていう記事書いてるのに、なんで、そのときに作った料理の感想に半ページ使ってんのよ」

安原さんは紺野先輩と同期で、アウトドア専門誌の編集者だ。アウトドア大好きなのが全身から滲み出ているように日焼けしていてワイルドな顎鬚《あごひげ》を生やしている。着ている服は、オフィスでも外でも関係なくアウトドアブランドだ。二人は仲が良く、会社から各雑誌のアンケート結果が発表されるたびに同じような言い争いを続けていた。

「じゃあ、そろそろ数字見ましょうか」

「よし、いいぞ。どれどれっと。げ、マジかよ。お前、なんかやってるだろ」

「なんかってなによ。これで三ヵ月連続、私の勝ちね。今度の同期会はあんたのおごり」

聞こえてくる楽しそうな笑い声。どうやら、今回も紺野先輩の方が人気だったらしい。

雑誌が違うのでアンケートの順位なんて比べても意味がないのはわかっているけれど、そうやってきっかけを見つけて軽口を叩き合うのが二人のコミュニケーションらしい。

でも、私はあれが、ただのコミュニケーションじゃないことを知っている。

一度だけ、安原さんと一緒に仕事をしたことがあった。『リクラ』でアウトドア関連の企画を取り上げることになり、協力してもらったんだ。企画が進んで親しくなった後、雑談のついでのようになにげなく聞かれた。

「柴田って紺野といつも一緒に仕事してるよな。紺野ってさ、俺のことどう思ってるか聞いてないか?」

冗談めかしていたけど、たぶん本気だった。

安原さんは、紺野先輩のことが好きなんだろう。

ふと気づいて時計を見る。四時になっていた。

リクラのホームページを更新する。集まった恋愛相談を公開していた画面に投票終了が表示され、一番いいねを獲得した恋愛相談が決定していた。

「あ、決まったの。どんなやつになった? エグいのがいいな。ドロドロした感じの」

席に戻ってきた紺野先輩が覗きこんでくる。安原さんとの恒例行事は終わったらしい。他人に渡した企画だというのにすごく楽しそうだ。

【相談者:七色の兎さん(アパレル店員・三十三歳・女性)】
現在、婚活中です。合コンや婚活パーティにいくと、必ず何人かに連絡先を聞かれるし、気になる人とも出会うのですが、しばらくやり取りを続けていると、だんだん既読になってからの返信が遅くなり、そのうちなくなります。どうすればちゃんと誘われるのか教えてください!

思わず、呟いていた。

「なんというか、贅沢《ぜいたく》な悩み相談ですね」

私からすれば、合コンや婚活パーティで連絡先を聞かれるというだけで、すでに羨《うらや》ましい状況だ。この世界には、そのステージに上がるために苦労している人がどれだけいるか。

「きっと美人なんでしょうね。アパレル店員かぁ、うらやましい」

「まぁ、七色の兎、なんてペンネーム、自分に自信がないとつけないよね」

横で、先輩が頷いてくれる。

「でもさ、この人の相談が票集めたの、ちょっとわかるな」

思わず振り向く。意外だった。

サバサバした性格で言いたいことはすぐに口にする、編集会議では後輩の企画を潰す勢いでガツガツアピールする、そんな先輩が、この相談者と同じ悩みを抱えているなんて信じられない。

「わかるんですか？　えっと、これって、自分からデートに誘えばいいじゃない、って話ですよね？」

「それができない人って、意外といるの」

ぜんぜんわからない。男から誘われるのを待つなんていつの時代だ。中世の社交ダンスかよ。

「わかんないって顔してるね」

「私はモテたことないので。自分ががんばらないとなにも始まらないって身に染みてますから」

「あんたは、そうかもね。うらやましい」

うん、まったく褒められた気がしない。

先輩は、いつも彼氏ができないと愚痴っているけど、モテないわけじゃない。合コンや婚活イベントに行った話はよく聞く。そのたび、良さそうな人がいたとか食事に誘われたとか教えてくれる。仕事で関わった人から個人的に連絡先を聞かれることもよくある。このあいだも、『リクラ』の企画で知り合った人とやり取りが続いていると話していた。

「そういえば、取材にいったコスメ会社の広報さんと連絡取り合ってるって言ってましたよね？　どうです？　続いてます？」

「あんた、今の流れでよく聞けるわね、それ」

「ダメだったんですか？」

「まさに、この七色の兎さんと同じよ」

「あー。でも、私なんて一度も連絡先聞かれたことなんてないんですから。元気だしてください」

「だからそれとは、悩みの種類が違うんだって」

うざったそうに、仕事に戻れと手を振る。

「待って、ちょっと待ってください。もうすこし話しましょうよ！」

今回の恋愛相談は、自分でいくら悩んでも答えを見つけられる気がしない。せっかく近くに共感できる人がいるんだ、そう簡単に逃がしてたまるか。

「なによ、話すことなんてないけど」

「この七色の兎さんの悩み、わかるんですよね？　もうちょっと、どんな感じで上手くいかないのかとか教えてください。モテるのに何年も彼氏できないとか、私にはさっぱり理解できないので！」

「あんたねぇ、もうちょっと聞き方ないわけ？」

そこで先輩は、ふと思いついたように手帳を開く。

直近の仕事の納期や雑誌のスケジュールを確認してから、面倒見がよくて適度に面倒くさい、いつもの笑みを浮かべて聞いてくれた。

「今夜、飲みにいくわよ。そしたら話してあげる」

「はいっ、ぜひ！」

紺野先輩の話が聞ければ、この恋愛相談はなんとかなりそうだ。時間を決めて、気分良く席に戻る。デスクの上の今日中チェックの原稿が、私たちのことも忘れないでね、と心配そうに見つめてくるのには気づかない振りをした。

そこで、スマホが鳴る。

「一葉さーん。たすけてぇー」

聞こえてきたのは、力が抜けるように間延びした声。

電話の相手は、意外にも北陵大学の村上助手だった。


生物棟に入ると、ちょうど廊下を村上助手が歩いていた。すぐに気づいて駆け寄ってくる。

膝の破れたデニムパンツに野菜のイラストと「Ｗｅ　Ｌｏｖｅ　ＹＡＳＡＩ」と描かれたＴシャツ、その上に白衣という相変わらず個性的な服装だ。

「あー。柴田さん、来てくれたぁ。あいつが帰ってきたのー。なんとかしてー」

「あいつって、椎堂先生ですか？」

「他に誰がいるのー」

椎堂先生は先週から実地調査で不在だった。帰ってくるのは調査の進捗次第と聞いていたけど、今日でちょうど一週間、無事に終わったらしい。

でも、なんで私が呼ばれたのかがわからない。

「すいません、状況が見えないんですけど」

「あいつ、すっごい落ち込んでるみたいなの。それでぇ、今日中に学生のレポート採点しなきゃいけないのに、まったく手がつかないみたいなの。まー、採点くらい私がやってもいいんだけどぉ、ほら、それってアレでしょ。だから、柴田さんに助けてもらおうと思って」

アレってなんだ、と言いたくなるのを我慢して笑いかける。この人には、まだ半年くらいお世話になるんだ。

「それで、助けるってなにをするんですか？」

「椎堂先生の話を聞いて、励ましてあげてください」

「えっと、なんで私なんですか？」

「なんでって、柴田さん、ほら、先生と仲いいじゃないですか」

村上助手は当たり前のように言いながら、ですよね？　と付け足すように首を傾げる。

首を傾げたいのはこっちだ。

先生に初めて取材を申し込んでから二ヵ月。ほぼ毎週のようにこの研究室に通っては、恋愛相談のネタ探しをしたり、原稿に載せる求愛行動の解説のチェックをしてもらったりしている。だけど、話題は動物の求愛行動のことだけで、仲よくなった感じはまったくない。

「別によくないですけど」

「ぶっぶー。毎日、椎堂先生と顔を合わせている私にはわかりますー。あの人間嫌いの先生が、毎週のように来客がきても平然としているなんて奇跡ですよ。柴田さんだからいいんですよね。ほら――なんというか」

そこでいったん言葉を止めて、私を上から下まで眺める。

「ちょうどいいんだと思います」

まったく褒められている気がしない。

「ちょうどいいって、なにがです？」

「ほら、柴田さんって、どことなく、森にいそうじゃないですか？」

「森にいそう？」

村上助手は、失言に気づいて慌ててフォローするように言葉を付け足す。

「あっ、森ガールっぽいって意味じゃないですよ。オシャレじゃない方の森っぽいです」

うるせぇよ。慌てて付け足さなくてもわかってますから。

「椎堂先生、求愛行動の話してるときはやたら喋りますけど、それ以外の話題だともう子供が勉強やりたくないレベルで話すら聞いてくれないじゃないですか。私には手に負えないというか関わるの面倒くさいというか」

「最後のが本音ですよね。面倒なだけですよねっ」

「そういうのいいからぁ。とにかく、お願いしますー」

村上助手はそう言うと、私の背中をぐいぐい押して椎堂先生の居室の前まで連れていく。それからすぐに「私は自分の研究があるのでー」と言って、中途半端な敬礼をしながら研究室に戻っていった。

納得いかない部分はあるけど、せっかく来たのに、このまま帰るわけにもいかない。

先生の居室のドアをノックする。

しばらく待つけど、返事はない。

仕方なく、失礼しまーす、と言ってドアを開けた。

部屋には電気がついていなかった。

小さな窓から差し込む光だけ、まだ夕方なのに薄暗い。

一歩足を踏み入れると同時に、息苦しさを感じる。もちろん空気が薄いわけじゃない。

部屋の一番奥の席、真っ白に燃え尽きたボクサーのようにだらんと腕を垂らして、椎堂先生はうな垂れるように座っていた。

「……遅かった。もう、遅すぎたんだ。なにもかも、手遅れになってしまった」

小さく独り言を言うのが聞こえる。

初めて見る打ちのめされた姿。

これまで毎週のように会ってきたけれど、私の知っている先生は自信満々に求愛行動を語っているか、邪魔だからどっかいけと面倒そうにしているかどっちかだった。

こんなに傷つくなんて、いったいなにがあったんだろう。

大切な人を失ってしまったような、心が擦《す》り切れているような切実ささえ感じる。

服装はいつものオシャレなスーツ姿じゃない。山登りでもしてきたような登山ウェア。実地調査から帰ってきてそのままなのかもしれない。

そっと近づく。あまりにも空気が重くて、足音を忍ばせてしまう。

そのせいか、部屋に入ってきた私にはなかなか気づいてくれない。いや、心の殻に閉じこもっていて、外の世界を気にする余裕などないのかもしれない。

「……あの、実地調査で、なにかあったんですか？」

思い切って声を上げると、椎堂先生は、やっと気づいたように顔を上げた。

「……あぁ、君か。いつからそこに？」

「つい、さっきです。あの……私でよければ、お話、聞きますけど」

「いや――こんな残酷な話を、誰かにするわけにはいかない。君とは、ただの仕事上の薄っぺらい付き合いでしかないからな」

「そんなに正直にいわないでください。薄っぺらくたって話くらいは聞けますよ。辛いことは、誰かに話すと不思議と軽くなったりするもんです」

椎堂先生は長い睫毛のかかる瞳を机の上に落とし、しばらく間を置いてから、ぽつぽつと話し出した。

この程度のやり取りで口を開いてくれるなんて、よっぽど落ち込んでいたのだろう。くやしいけど、落ち込んでる姿もイケメンだ。

「野生のツキノワグマの観察に……いっていた。山地で環境保護活動をやっている友人から、タロウと名付けられた観察対象の個体が求愛行動をしていると情報をもらったのだ。野生のクマの求愛を直に見られることは、滅多にないからな」

「えっと、落ち込んでるのって、求愛行動の話ですか？」

「他に、なにがあるのだ？」

あ、そうすか。大切な人を失ったとかじゃなくてよかったけど――そうだった、こういう人だったと改めて思い出す。

「その様子だと、見つけられなかったんですね」

「いや、見つけた。だが、駄目だった」

「駄目、というと？」

「俺が見つけた時には、タロウはもうリーシーのうえにのっかっていた。タロウのやつ、なんであと一時間待てなかった！」

いつもの求愛行動を語るときのスイッチが入ったらしい。気怠そうだった声に、急に力がみなぎってくる。

「わかるか？　君に、この失望がわかるか！」

「……まぁ、二人が無事に結ばれてよかったですね」

「よくないっ！　どうしてもう少し待てなかった。俺が見たいのは交尾ではなく、求愛行動だというのにっ！　どうして、こんなことにっ。俺は、呪われているのかっ、悪魔にでも目を付けられているのかっ！」

「……そんなニッチな呪いをかける悪魔なんていませんよ」

「いやっ、これは悪魔の仕業だ！　血でも寿命でも持っていくがいいっ、代わりに、タロウの求愛行動を、見せてくれっ！」

「……求愛行動を見るための代償、重すぎません？」

「とにかく、だ。これでわかっただろう。今日は君の薄っぺらい話を聞けるほど安定した精神状態にはない。悪いが帰ってくれ」

野良猫でも追い払うように手を振る。相変わらず、失礼な人だ。

「あの、今日は別に、仕事できたわけじゃないんですよ。先生がすごく落ち込んでるって聞いたので、心配になって寄っただけなんです」

「別に、頼んでいないが」

「頼まれてきたんじゃありません。まぁ、村上助手には助けてと言われましたけど」

思っていたような話とは違ったけど、きっと先生にとっては大切な人を失うくらい辛いことだったのだろう。

偉そうに言って話を聞いたものの、先生の悩みが軽くなった様子はまったくない。このまま帰るのも、なんだか落ち着かなかった。

そこで、この二ヵ月、駅から大学に歩いてくるまでの間にある気になっていたものを思い出した。

「あの、もしよければ、気分転換に少し出かけませんか？　大学の近くに、いつも気になってたお店があるんです。部屋に籠《こも》ってても気分が滅入るだけですよ」

椎堂先生は面倒そうに私を見るけど、やっぱりいつもの精神状態じゃなかったのだろう。小さく頷いてくれた。

大学を出て、駅の方に歩いて五分ほどで目的の場所に到着する。

黄色い壁に黄色と白の縞々のオーニング。店先に置かれた黒板には『クマちゃん焼き』と書かれている。

「ここです」

店の周りには甘い匂いが漂っていた。店頭に並んでいるのは、クマの形の金型に小麦粉ベースの生地を流し込み、中に餡《あん》やカスタードを挟んで焼いたお菓子だ。

「ずっと気になっていたんですよ！　いや、理性ではわかってるんですよ。形がクマなだけで、味は鯛焼きだって。わかってるんですけど気になるじゃないですか。なかなか買うタイミングがなくて——でも、先生の話を聞いて、今しかないと思いました」

「……こいつらの求愛行動を見て、タロウとリーシーのことを諦めろということか？」

「先生、これはお菓子です。いったん求愛行動から離れましょう」

お店に近づいて、一番人気と書かれていたカスタードを二つ注文する。先にきた一つを先生に差し出しながら、できるだけ明るい笑顔で告げた。

「これを食べて、クマもアクマもさっぱり頭の中から追い出すんです。クマ払いですよ！」

駄洒落《だじゃれ》だったのだけど、先生はなかなか気づいてくれなかった。やや間を置いてから、面倒そうに呟く。

「……あぁ、そうか。クマとアクマか。くだらんな」

「自分でも酷いこじつけだってわかってるんですから、せめてもうちょっと高いテンションで言ってくださいよ。あ、そういえば、甘いの苦手でしたっけ？」

「動物の形をしているものならば平気だ」

「それ、味関係ないじゃないですか」

店先に置かれていたベンチに座って、とりあえず一口目を頬張る。

一ミリも予想を裏切らない味だったけれど、可愛いクマのおかげで三割増しって感じだ。

椎堂先生はしばらくクマと見つめ合った後、「クマ払いか」ともう一度呟いてから、左右の耳を食いちぎった。

しばらく無言で食べていると、急に横から笑い声が聞こえる。

椎堂先生は、肩を震わせて笑っていた。

「あの……どうしました？」

「いや、あまりにくだらなすぎて、どうでもよくなってきた。失敗を悔やんでも仕方ないな。次の出会いを探せばいいだけだ。それに、季節が巡れば、また恋の季節がやってくる。クマは一匹じゃない、この世界には他にもたくさんのクマがいるのだから、もっと素敵な出会いがあるさ」

なんだか、自分の失恋にケリをつけたような言い方に思わず吹き出す。

「……ありがとう、お陰で吹っ切れた」

「意外です、椎堂先生もそんなこと言うんですね」

笑いながら振り向くと、同じタイミングで私の方に顔を向けた椎堂先生と視線が重なった。

先生は、いつもの気怠そうな表情のまま、微かに笑っていた。

心臓が跳ねる。

金縛りにあったように、体が固まる。

なにを、気楽に笑ってたんだろう。どうして仲のいい男友達にそうするように、二人でベンチに座ったりなんかして、気軽にからかっていられたんだろう。

求愛行動に憑りつかれたような言動のせいで、ほんの一瞬だけ忘れていた。

長い睫毛、美しい流線形を描く目、真っすぐに通った鼻筋、やや広めで形のいい口元、すべてがレインボーカクテルのように絶妙なバランスで並んでいる。視線が合うと息が止まるくらいのイケメンだった。

我に返ると同時、手に握っていたクマちゃん焼きを、まとめて口に放り込む。

「それでは、今日はこれで——失礼しますね！」

不自然なのはわかっているけど、少年のように駆け出したくなる衝動に押されて立ち上がる。

先生がなにか言うより先に、ぺこりと頭を下げて背を向けた。

……どうしてだろう。確かに、先生はイケメンだ。

だけど、そんなの知ってたはずだ。私はそこまで面食いじゃないし、タイプでもないはずだ。

なのに——なんで、こんなに。

駅についてからもしばらく、胸の高鳴りは収まってくれなかった。


会社の近くにあるイタリアン居酒屋は、今日も賑わっていた。

平日なのにテーブルは半分以上が埋まっていて、辺りは喧噪《けんそう》に包まれている。

大学から都内に戻る電車の中で、紺野先輩から今夜飲みにいくお店の連絡が届いた。いったん会社に戻ってから、今日中チェックの原稿に「明日やる」というポストイットを貼ってから店に駆けつけると、先輩はすでにカプレーゼをつまみに一杯やっていた。

ビールで乾杯して、まずは先輩の愚痴を聞く。

「この前のコスメ会社の人は良さそうだったんだけどなぁ。どっかにいい男いないかなぁ」

「どっかにって、先輩、しょっちゅう声かけられてるじゃないですか」

今年に入ってからだけで、仕事先で知り合ったカメラマン、和菓子職人、コスメ会社の広報さんから誘われている。他にも合コンや婚活で知り合った数人と連絡先を交換したと聞いていた。それなのに誰とも付き合うまで進まず、どっかにいい男いないかなぁ、と嘆き続けている。

「今度の人は、なにが駄目だったんですか？」

「しばらくやり取りしてたけどさ。いい人なんだろーなってのはわかるんだけど、好きになれそうな気がしなくて。それで、食事に誘われたのを一回断ったんだよね。がんばればいけなくはなかったけど、校了近かったし。そしたら、連絡こなくなっちゃった」

なんていう曖昧な理由。私だったら、明日がどんなに辛くなるってわかってても行くのに。

「その前の、和菓子職人はどうだったんですか？　けっこうタイプっていってたじゃないですか」

「一回、食事にいったんだけどね。野球のルール知らなくてさ、なんか萎《な》えちゃって」

「そんなことでっ！　ほら、趣味は一緒じゃない方が、お互いちょうどいい距離感で付き合えて上手くいくってカトリーヌ京子もいってましたよ」

「それはわかるけど、野球は私の大事な部分だから、せめてルールくらいは知っててほしかった。それに、私が西武ドームにシーズンシート持ってるって話したら、露骨に引いてたからね。趣味が違っててもいいけど、互いの趣味を尊重できなきゃやってらんないでしょ」

「それはそう、かもですね」

レオパがきっかけで振られたことを思い出す。確かに次に付き合うなら、レオパを受け容れてくれる人じゃないと無理だ。

でも先輩の話を聞いていると、本気で相手のことを好きになろうとしていないような、本気にならない理由を探しているような気さえする。

「わかっては、いるんだよね。恋人が欲しいって言ってるくせに、結局、いろいろと理由をつけて、恋人を作ることから逃げてるのかな」

「なんで、ですか？」

「まぁ、つまらない理由よ」

はぐらかすように笑うと、先輩は三杯目のビールを頼む。

今日はずっとビールの日らしい。これ以上、質問されたくなさそうだったので話題を少しズラす。むしろ、こっちが本題だ。

「今日、七色の兎さんの恋愛相談を見た時、気持ちわかるなって言ってましたよね。あの人は、どうしてうまくいかないんだと思います？」

「あぁ、そっか。今日の飲み会の目的はそれだったね」

「はい。今の話も、少し、先輩と七色の兎さん、似たところありますよね？」

「まぁね。これ、私も同じだからわかるんだけど、婚活やっててモテるのにやり取りが続かないっていうのはさ、だらだらと二十代感覚で興味があるのかないのかはっきりしないメールやラインばっかり送ってるからだと思うんだ。三十代からの婚活は時間との闘いだし、ガチ婚活している人は、はっきりしないやつに構ってるような時間ないからね」

「そんなに違いますか？」

「ぜんぜん違う。三回裏満塁と九回裏満塁くらい違う。状況が変わってるのに、同じように余裕たっぷりで時間かけてこられると相手も萎えるわよ。当たり前のことじゃない」

「どうして、はっきり興味がありますって言わないんですか？」

「あの投稿を見る限り、相談してきたのはけっこう自分はモテてきたって自信のある人でしょ。だから男から言い寄られることに慣れてて、待ち癖がついてんじゃないかな」

なるほど。私の人生にはモテ期とかいうシーズンは一度もなかった。逆立ちしても思いつかない理由だ。

「あとは複数の男と同時に連絡取り合ってるせいで、この人って決めきれなくて全員に中途半端な返事を送っちゃうとか。みんなに興味ありますって言えるほど必死じゃないんだろうね。嘘がつけない人なのかもしれないけど」

それも、私には思いつかない理由だ。複数の彼氏候補の男性とやり取りしたことなんて、もちろんない。

「今の話をまとめると、行きつくところは一つですね。待ち癖だったり、比べ過ぎだったりと、いくつか理由はあるにしろ、自分から積極的な発信ができてないことが一番のポイントってことですね」

「んーそうかもね」

七色の兎さんの相談には、やり取りをしているうちに返信が来なくなると書いてあった。気があるのかないのかわからない返事ばかりで相手に見切りをつけられてしまう、っていうのが真実に近いんだろう。

どんな動物をからめてアドバイスをするのかが悩むところだけど、一歩進んだ気がする。

「先輩はどっちなんですか？　待ち癖と比べ過ぎ」

「比べ過ぎの方、かなぁ」

「声かけてきた人たちを比べ過ぎて、結局、一人に選べないってことですか？」

「うーん、それとはちょっと違う」

先輩は減っていくビールの泡を見つめながら、酔っぱらったように間延びした声で呟く。

「私はさ、声をかけてきてくれた人たちを比べてるわけじゃない。もっと別のものに縛られてるんだ、きっとね」

ほんの一瞬、謎めいた呟きにも聞こえた。でも、すぐに閃く。それは、今日の飲み会で聞いた話の中でたった一つ、私にもよくわかる気持ちだった。

「つまり、元カレと比べてしまうってことですか？」

「まぁ、ちょっと違うけどそんなとこ。自分でも、馬鹿だってわかってんだけどね」

呟いてから、仕事中の先輩とは別人のように、寂しそうな笑みを浮かべる。

「その相談を送ってきた人も、それにいいねをした人も、私も同じ。さっきあんたが言った、自分から積極的に発信ができないってのは言い換えるとさ、本気になるのに臆病な人ってことだと思うんだ。キャリアとかプライドとか既に出来上がった人間関係とか、そういうものが邪魔をするの」

本気になるのに臆病。私の知っている先輩には似合わない言葉だった。どういう気持ちだろうと頭の中でかみ砕いていると、ふと、わかりやすい言葉が浮かぶ。

「つまり、恋に落ちるのが下手ってことですか」

言ってから、顔が熱くなる。私も酔っぱらっているんだろう、思わずクサい言葉を真顔で口にしてしまった。

笑われると思った。思い切り馬鹿にされると思った。

だけど、違った。

先輩は無言でビールを口に運び、それから、ため息をつくように呟いた。

「それ、いいね」

先輩に、いいね、と言われたことは前に一度だけあった。

一緒に記事を作っていたとき、ぴったりのキャッチコピーを思いついて口にした。そのときも、先輩はしばらく無言で考えた後、いいね、と呟いた。

私のさっきの言葉が、先輩にとってぴったりのキャッチコピーだったのかもしれない。

それから、くだらない話をしながら終電近くまでお酒を飲んだ。

帰りの電車に揺られながら、酔っぱらった頭で考え続ける。

恋に落ちるのが下手な動物。

そんなの、人間以外にいるわけない。

先輩がいった、いいね、がずっと頭の隅に残っていた。

いつもと違うアラームが鳴って、違和感で目が覚めた。

先輩と飲み過ぎて、自分でも知らないうちに設定を変えてしまったらしい。と思ってスマホを手に取ると、着信だった。

そりゃ、音が違うわけだと苦笑いを浮かべる。朝一の電話は、珍しい相手からだった。画面には、お姉ちゃん、と表示されている。

ベッドの上で胡坐《あぐら》をかいて電話に出ると、コットンで挟まれたような柔らかい声が聞こえてきた。

「おはよ、一葉。まだ寝てた？」

時計を見る、朝の七時。編集部は夜型の職場だ。そりゃ、寝てるよ。と言おうとしたけど、先にお姉ちゃんの言葉が続いた。

「一葉の職場ってさ、夜型だから朝ゆっくりなんでしょ。ちょっと話せる？」

昔から、お姉ちゃんはこうだった。優しい喋り方だけど、こっちがなにか言おうとすると先回りして会話を進める。たんぽぽの綿毛みたいにふんわりした雰囲気に似合わず、頭の回転の速い人だった。

お姉ちゃんの名前は、一花《いちか》。両親に他意はなかったんだろうけど、妹は葉っぱで姉は花。それだけでもグレていいレベルだと思う。

いつも似てないと言われた。二人とも、お父さんのがっちりした太い脚を受け継いでいるけれど、私のはラガーマンっぽい仕上がりなのに対して、お姉ちゃんの脚は白くてふわっとしたマシュマロみたいだった。

優しいけれどしっかりもので、副委員長や副部長なんかのまとめ役をいつも任されていた。みんなを引っ張るリーダーの隣にいて、ついていけなくなりそうな人を零れ落ちないようにそっと支える、そういうのが上手な人だった。

歳が離れていることもあって、お姉ちゃんはいつも優しかった。よく勉強を教えてもらったし、悩んだ時は相談に乗ってもらった。私がモデルになると言い出したときも、笑わなかったのはお姉ちゃんだけだった。

読書が趣味で、探偵小説マニアで、生まれ育った町のことが大好きだったお姉ちゃんは、短大を出てから県内の図書館に就職した。一日中、大好きな本に囲まれて幸せそうにしている。

「どうしたの、改まって」

「私、八月に、結婚することになったんだ」

「ん？」

「一週目の土曜日。予定、空けといてね。よろしくね」

「なんで？」

「聞いてた？　結婚式だよ。結婚するの」

繰り返された言葉の塊《かたまり》が、やっと耳から頭の中に到達する。

「えーーっ！」

それは、どんな目覚ましアラームよりも強烈に、私の意識を覚醒させた。

あのお姉ちゃんが、本が恋人だとばかり思ってたお姉ちゃんが、ミステリ研究部副部長として青春を満喫してたお姉ちゃんが、司書になってもう人生のゴールを見つけたみたいに楽しそうだったお姉ちゃんが、結婚だなんて。

いつもの柔らかい話し方で、私の質問に一つ一つ丁寧に、どういう相手なのかを答えてくれた。同じ職場の人で、名前は栗林《くりばやし》桔平《きっぺい》さん。一年も前から付き合っていたらしい。

お姉ちゃんと最後に会ったのは、今年の正月に帰省したときだった。そのときにはもう、恋人がいたってことか。全く気づかなかった。あの頃、私はまだ真樹と付き合っていて、結婚するのは私の方が先なんだと当たり前に信じてたのに。

「どんな人なの？」

「一葉も会ったでしょ。ほら、一緒に初詣いったじゃない」

「……あ、あの優しそうな人か」

お正月に、姉が仕事仲間と一緒に初詣にいくというので、せっかくだからとついていった。迷惑かと思ったけど、私の田舎は車がないとなにもできない。

そのときのお姉ちゃんの仕事仲間メンバーの中で、ずっとお姉ちゃんと仲良さそうに話していた人がいた。名前までは覚えてなかったけど、印象には残っている。たしか、二つ上の先輩だって紹介してくれたっけ。背が高くて、優しそうな人だった。勝手についてきた私にもお雑煮をおごってくれた。まさか、付き合っていたとは。

「ねぇ、お姉ちゃんって今年、何歳だっけ」

「三十三だけど？」

リクラの読者層ど真ん中。話がひと段落してから、ふと、気になって聞いてみた。

「その人と付き合う時さ、他の誰かと比べたりしなかった？」

「まあね。前に付き合ってた人とは、どうしても比べちゃうよね」

前に付き合ってた人いたんだ。いや、そりゃいるだろう。でも、私たちは仲のいい姉妹だと思うけど、そういう話はお互いにしてこなかった。

「一葉、なにか悩んでるの？」

柔らかい声で、私の考えていることを先回りして聞いてくる。

「私じゃないんだけどね。会社の先輩で、モテるのになかなか恋人ができない人がいてさ。昨日、一緒に飲みにいって、ずっと話を聞いてたから。恋に落ちるのが下手って、どういうことだと思う？」

それから、昨日の夜、紺野先輩から聞いたことを話してみた。

お姉ちゃんと先輩はまったく違うタイプだけど、なにかヒントになるかもしれない。そして、先輩の悩みを知ることが、七色の兎さんへのアドバイスにも役立つ気がした。

私の話を途中まで聞いたところで、お姉ちゃんは、大好きだった探偵小説の主人公みたいに告げた。

「話はわかったよ。その人は、なにかに縛られていて臆病になっている、そう言ったのね」

「……うん、そう。比べ過ぎて選べないとも言ってた」

「婚活で知り合った人でも元カレでもないなら、一つしかないでしょ」

「それがわかんなくて、考えてるんですけど」

電話の向こうで、少しだけ躊躇《ため》うのがわかった。口にするのが照れ臭かったんだろう。それは、思いがけなく古い写真を見つけたような、懐かしい言葉だった。

「片想い」

聞こえてきた透明な響きに、ほんの一瞬だけ思考が止まる。

あの紺野先輩が片想い？　先輩でも上司でもズバズバ言いたいことを言うのに？　頭より口が先に動くタイプなのに？　想いを胸に秘めるなんて似合わなすぎる。

私の考えていることを見透かしたように、電話の向こうから声が続く。

「大人だって片想いするよ。打ち明けられない気持ちもあるよ。相手が結婚してる人だったり、遠い場所にいっちゃった人だったりさ。で、その話を一葉にしないってことは、きっと、その人のことを一葉も知ってるんだ」

そういうタイプの人じゃないと思っても、ここまで自信満々に言われると、そうじゃないかって気になってくる。

「さすが、ミステリ研究会出身だね。お姉ちゃん、ありがと。参考になった」

「どういたしまして。まぁ、ミステリは関係ないけどね」

「そうだ。お正月に帰ったとき、東京に遊びにきたいって言ってたよね。今ならいつ来てもいいよ、案内するから」

正月に言われたときは、真樹と同居していたので、しばらく忙しいから泊められないと断っていた。だけど、もう部屋はずっと空いている。

「うん、そのうちにね。遊ぶなら今のうちだもんね」

お姉ちゃんはふんわりと幸せそうに言ってから、電話を切った。

たんぽぽの綿毛が飛んでいくのを見送ったような温かさが胸に残る。

お姉ちゃんと話をした後はいつも、こんな気持ちになった。どんなに悩んでいても話を聞いてもらえれば不思議と落ち着いた。実の母親よりも母親みたいだった。実家に帰れば、いつもこの声が、おかえりと言ってくれる気がしてたのに。

だから、しばらく実感がわかなかった。

お姉ちゃんが結婚する。そっか、結婚するのか。

しばらくベッドの上で胡坐をかいたまま、嬉しいのか寂しいのか、はっきりしない気持ちを噛みしめた。


入社してからずっと私が担当している読者プレゼントの記事を確認しながら、さりげなく編集部を見渡す。読者プレゼントは新人が担当すると決まっていて、私の後には誰も配属されていない。さすがに三年もやってると、ちょっとくらい考え事をしてても作業は進む。

ミステリ研究部元副部長のお姉ちゃんの推理によると、紺野先輩を悩ませている片想いの相手は、私も知っている人だという。そうなると、必然的に社内に絞られる。『リクラ』の編集部はほとんど女性。男性編集者は、女子トークに普通に交じれる乙女男子の杉《すぎ》田《た》先輩と、強面なのにおネエ言葉の編集長だけだ。

杉田先輩は独身なので、恋愛対象になるかどうかは置いといて、別に胸に秘めなきゃいけない相手じゃない。編集長は奥さんがいるのでお姉ちゃんの条件には当てはまるけど。

ちらりと、窓際のデスクで脚を組んでいるおっさんを見る。

「ちょっと、これ、本気なの？　こんなキッズたちでも考えそうな宣伝企画でスポンサー様からお金貰《もら》おうって思ってるわけ？　プライドないの、あんたたちプロフェッショナルなんでしょ？」

電話口で、おそらく営業担当だろう、いつもの無駄に英単語が混ざるおネエ口調でネチネチ嫌味を言っている。いかつい顔のスキンヘッドのおっさんなので、違和感しかない。どう考えても、紺野先輩が密かな想いを寄せているとは思えない。

先輩は、午前中は外出、午後戻りと聞いていた。やっぱり、タイミングをみてもうちょっと探りをいれてみよう。もしかしたら、私にできることがあるかもしれない。

ほんの一瞬、余計なお世話かもしれないと思った。だけど、すぐにこれは恋愛コラムを書くための必要なリサーチだと思い直す。

そんなことを考えているうちに、お昼休憩の時間になる。午前中には余裕で片付くはずだったプレゼント記事の確認は、どういうわけか終わらなかった。

ランチを買いに出ると、安原さんと一緒になった。

いつもは節約のために自分で弁当を作ってくる。でも、今朝はお姉ちゃんの結婚報告で物想いに耽《ふけ》っていたせいで、そんな時間はすっかりなくなっていた。

サンドウィッチでも買ってこようと、財布だけ持って近くの弁当屋に向かう。『月の葉書房』の社員が贔屓《ひいき》にしている店で、今日もお昼の行列ができていた。メインはお弁当だけど、サンドウィッチもかなり美味しい。私が並んでいると、すぐ後ろに安原さんがくる。相変わらずオフィスワーカーとは思えない、上から下までアウトドアファッションだった。

「よぉ、貧血娘。久しぶりだな」

貧血娘、というのは、私が入社式で倒れたエピソードから付けられたあだ名だ。一部の先輩は、未だにしつこくその名前で呼んでくる。

「そんな名前じゃありません。柴田一葉です。もういいかげん、忘れてくださいよ」

「悪い悪い。それより、お前が担当してる灰沢アリアの記事、すっげぇ面白いな」

「意外です、読んでくれてるんですね」

「そりゃあ、話題になってるものはなんでもチェックするさ。でも、アリアってあんなに面白い文章書くんだな。あ、もちろん、お前が手直ししてるおかげってのも知ってるからな」

ありがとうございます、と素直に笑っておく。手直しどころか全部書いてます、とはさすがに言えない。

紺野先輩が想いを寄せている相手は、安原さんだったりしないだろうか。

ふわりと浮かんできた仮説は、すぐに消える。それは、ない。安原さんは独身だし、なにより紺野先輩のことが気になってる。片想いじゃないなら、とっくに上手くいってるはずだ。

「にしても、珍しいな。弁当買いにくるなんて。寝坊でもしたのか?」

「朝一で、姉から電話がかかってきたんですよ。いきなり結婚するって言われて、それで話し込んじゃって、すっかりお弁当作る時間がなくなりました」

「へぇ。結婚式、いつなんだ?」

「八月の一週目、真夏のいちばん暑いときですよ。なに着ていけばいいんだか」

「あー、真夏の結婚式って、そういう問題もあんのか」

声に含むものを感じて視線を向ける。安原さんはすぐに気づいて、しまった、みたいな苦笑いを浮かべた。

「まだ、会社の人間にはあんまり言ってないんだけどな。俺も結婚すんだよ。結婚式は夏にあげようかって考えてて」

「本当ですかっ、おめでとうございますっ」

「声、でけぇよ」

そこで、順番が回ってきた。私はベーコンとチーズのボリューム満点サンドを買い、安原さんはデラックスハンバーグ弁当を買う。お互いランチは自席で食べるつもりなので、自然と会社まで一緒に戻ることになった。

話題は、もちろん安原さんの結婚相手のことだった。出会ったのは高校時代の友達が企画したバーベキューで、ネイルサロンで働いていて、歳は二つ上。同じアウトドアの趣味を持っていることがきっかけで仲良くなったらしい。

「決まり手は、なんだったんですか？」

「なんだよ、決まり手って。相撲《すもう》かよ」

「照れ隠しなんていらないですよ」

「普通に間違いを指摘しただけだろ。決め手だからな、決め手」

「そう、それです。その人の、どこが好きになったんですか？」

「んな恥ずかしいこと、聞くなよ」

「ほら、私、恋愛コラム担当してるんですよ。取材だと思って協力してくださいよ」

仕事熱心な安原さんは、取材と言われて心が動いたらしい。照れ臭そうに首を掻きながら教えてくれた。

「一緒にいて、楽ってとこだな。なにも考えずに言いたいこと言い合えるっていうかさ。あっさりした性格で、言い争いになっても楽しめるっていうか」

「なんか紺野先輩と話しているときも、そんな感じですよね」

別に、深く考えて言ったわけじゃなかった。条件反射のように思い出して、口にしていた。

すぐに、からかうような笑い声が返ってくる。

「なんだよ、それ」

「あ、すいません、変なこと言いましたよね」

婚約者と別の誰かが似てるなんて言い方をしたのは、失礼だったかもしれない。そう思いながら、言い訳のように付け足す。

「じつは、安原さんって、紺野先輩のこと好きなのかと思ってたんですよ」

冗談のように笑いかける。婚約者がいたってことは、私の勘違いだったんだろう。なに言ってるんだお前、って呆れた声が返ってくる、はずだった。

だけど、返ってきたのは短い沈黙だった。

角を曲がると、正面に『月の葉書房』のビルが見えてくる。大通りから外れた場所にあるので、周りに人通りはない。

「あぁ、好きだったよ」

時間差で聞こえた寂しげな声に、ドキリとした。それから、ほんの少し後悔した。お弁当を買いに行ったついでに、触れていいような話じゃなかったかもしれない。

でも、次の瞬間には、いつものワイルドな安原さんに戻っていた。昔の失敗談でも披露するように豪快に笑う。

「けどよ、あいつは俺のことなんて眼中になかっただろ。俺があいつのこと、そんな風に見てるって思ったら引かれる。だから、他の人を好きになろうと努力したってのもあんのかもな」

「そう、だったんですか」

「ガキみたいなこと言うけど。俺、あいつとの今の関係もけっこう好きだったから、それを壊したくなかったんだよな。あ、でも、勘違いすんなよ。今の彼女のことはすっげぇ好きだぜ。ただ、きっかけは、紺野にちょっと似てるなっていうのだっただけで」

「それが本当の決まり手でしたか」

「だから相撲じゃねぇって——おい、ぜったい、あいつには言うなよ」

安原さんの開き直ったような笑顔を見ていると、私の中の後悔はあっさり消えた。

もしかしたら、誰かに話したかったのかもしれない。それはきっと、私くらいの親しすぎない相手で、軽口の続きのようなタイミングがちょうどよかったのだろう。

「言うわけないじゃないですか。あ、ほら、噂をすれば」

反対方向から歩いてきた紺野先輩が、会社に入っていくのが見えた。

一階のロビーで、エレベーターを待っていた先輩に追いつく。後ろからやってきた私たちに気づくと、露骨に怪しむような顔をした。話題にしていたことが、顔に出ていたのかもしれない。

「珍しい組み合わせじゃない。なんの話してんの？」

どう答えたものかと迷っていると、先に安原さんが口を開く。

「俺、今度、結婚することになったんだわ、って話」

「えぇ、マジでっ。おめでと。ってか、なんで黙ってたのよ」

先輩は弾けたように笑って、背中を思い切り叩いた。

「いってぇ。今度の同期会のときに言おうと思ってたんだよ。みんなで集まったときの方がいいだろ」

「あぁ、そっかそっか。今週の金曜だっけ。じゃ、詳しい話はそんときに聞かせてもらおっかな」

エレベーターが到着し、自動ドアが開く。

安原さんの編集部があるのは三階で、私たち『リクラ』編集部は四階にある。あんたみたいな野生児を好きになる子がいるとはねぇ。デートって全部アウトドアだったんじゃないの。新婚旅行はちゃんとホテルに泊まりなよ。三階につくまでの数秒間に、紺野先輩は立て続けに安原さんのことをからかった。

エレベーターが三階に到着する。

「じゃ、また金曜な。柴田も、恋愛コラムがんばれよ。楽しみにしてるからな」

安原さんはそう言うと、幸せそうな笑みを浮かべて降りていった。

ゆっくりと自動ドアが閉まって、大きな背中が分厚いドアの向こうに見えなくなる。

「びっくりしましたね、安原さんが結婚だなんて。あんな年中、自分の趣味のことばっかりしてそうな人が――」

同期の結婚に、先を越されたとショックを受けてるかもしれない。もし愚痴があるなら聞いてあげましょう、と笑って紺野先輩を振り向く。

振り向いた先に、紺野先輩はいなかった。視線を下に向ける。先輩は、ドアが閉まると同時に、その場にしゃがみ込んでいた。

……なんてことだ。

恋愛のスペシャリストじゃなくても、ミステリ研究部出身じゃなくても、この鈍い私にだって、はっきりわかった。

先輩が好きなのは、安原さんだった。


午後もノーカラーのジャケットが似合う編集部のエースは、いつも通りバリバリと仕事をこなしていた。新しい企画のミーティングに出席し、ライターさんから上がってきたゲラをまとめてチェックし、私が作った読者プレゼント記事にもたくさんダメだしをいただいた。

エレベーターの中で見た先輩は幻だったみたいに、編集部のある四階についた瞬間から、先輩はいつもの先輩だった。

六時を回ったころ、急に話しかけられた。

「ねぇ、ちょっと休憩しない？」

それが昼間の、エレベーターの中で私が出会った、私の知らない先輩が話しかけていることはすぐにわかった。うなずいて、ノートパソコンを閉じる。

社内に食堂はないけれど、二階に自販機とコーヒーサーバーが並ぶカフェスペースがある。ランチを食べるときやちょっとした打ち合わせに使える場所だけど、中途半端な時間だからか利用してる人はいなかった。

先輩は無言で二人分の缶コーヒーを買って、一番端のテーブルに向かう。

「いただきます」

差し出された缶コーヒーを受け取りながら、隣の椅子に座る。

「昼間の、エレベーターでのこと、いちおう話しとこうと思って。見られちゃったから」

「あ、はい。でも、話したくなかったらいいですよ。墓場まで持っていきます」

「うっさい。黙って聞け」

コーヒーのプルトップを開けて、一口飲んでから、ため息を吐くように告げる。

「安原のこと、好きだったんだよ」

さすがにわかっていた。だけど、それでもショックだった。

「今まで、まったく気づきませんでした」

「そうだよね。普段の私を見てたら、そう思うよね」

「先輩と安原さんは、すごく気の合う同期って感じでした。恋愛とかそういうのとは違うと思ってました」

嘘をついた。安原さんが、紺野先輩のことが気になってるのは知っていた。でも、その逆はあるわけないと思ってた。安原さんにちょっと同情したりしてたんだ。

「なんで、ずっと黙ってたんですか？　二人で飲みにいったりもしてたじゃないですか。タイミングは、いくらでもあったじゃないですか？」

そこで、このあいだ先輩が言っていた言葉が頭に浮かんだ。

キャリアとかプライドとか既に出来上がった人間関係とか、そういうものが邪魔をするの。

きっと、そういうもののせいで先輩も安原さんも素直になれなかったのだろう。

お互いにすれ違い、気持ちを隠し合い、本当は両想いの片想いをしていた。

「あいつとは入社してからずっと仲がよかった。だから、あいつが私のことを好きになるわけないってのはわかってたよ。だから、この気持ちは見ない振りをしてた。なにもかも壊れてしまうよりは、気の合う仕事仲間でいたかった」

そんなことないのに。目の前に、チャンスはあったのに。

叫びたくなるのを、ぐっと堪《こら》える。

「あいつのことを諦めたくて、合コンしたり婚活したりしてさっさと恋人を見つけようとしてた。でも、そこで出会った人とあいつを比べて、やっぱり違うって思ってた」

そんなの、当たり前だ。出会ったばかりの人と好きな人を比べたって、どっちが勝つかわかりきってる。

「新しい出会いを見つけるなんて自分に言いきかせながら、本当は、あいつのことを諦めたくなかったんだよ。気が合いそうな人がいても自分から誘えなかったし、ちょっとでも嫌なところが見つかるとさっさと見切ってた」

話しながらじっとテーブルの上の缶コーヒーを見つめる。そこに、これまでの新しい出会いを探していた日々が映っているみたいに。

「このあいだ、飲みにいったときにあんたが言ったこと、覚えてる？」

「先輩が、恋に落ちるのが下手ってやつですよね」

しばらく私の頭の中で回り続けている言葉を口にすると、先輩は小さく笑った。

「たぶん私は、本気で恋がしたかったんだ。どうにもならないくらい自分を追い詰めて、やっぱりあいつしかいない、あいつじゃなきゃダメだ、いつか、そうやって開き直れるって期待してたのかもしれない。そんなの――いつだってできたのに」

先輩は、寂しそうに笑う。その表情が、昼休みに、紺野先輩のことが好きだったと打ち明けてくれたときの安原さんの笑顔と重なる。

「矛盾してるだろ。イタいやつだって思うだろ」

「……そんなこと、ありませんよ」

言いたいことはたくさんあった。だけど、もうなにを言っても意味がないのもわかっていた。だから、やるせない思いを、自分の中だけで噛みしめる。

恋愛コラムを書くために読んだハウトゥ本の中にも書いてあった。両想いなんてのは神さまの奇跡だ。そんなもの期待してはだめ。だから、振り向かせる努力が大事なんだと。

先輩の目の前には、奇跡が起きていたのに。ほんの少しだけ手を伸ばすだけで、それに触れることができたのに。

なんで、もっと早く素直になれなかったんですか。

せめて少しでもそんな素振りを見せられなかったんですか。

そうすれば、なにかが変わっていたかもしれないのに。

今さら、本当のことを知っても誰も幸せにならないのはわかってる。だけど、モヤモヤするのは止められない。

「どうして、私たちはこんなにも恋が下手なんでしょうね」

なんとか絞り出せたのは、そんな言葉だった。

「ほんと、その通りね」

先輩はそう言って笑いながら、缶コーヒーを口に運ぶ。

でも、この人はきっと、今日の夜は泣くのだろうと思った。

先輩の話を聞いて、コラムの方向性は決まっていた。

問題は、私の考えに近い求愛行動をする動物がいるかだ。

郵便はがき

料金受取人払郵便

小石川局承認

1025

差出有効期間
2021年12月
31日まで

112-8731

〈受取人〉
東京都文京区
音羽二—十二—二十一

講談社
文芸第二出版部 行

書名をお書きください。

この本の感想、著者へのメッセージをご自由にご記入ください。

おすまいの都道府県

性別 男 女

年齢 10代 20代 30代 40代 50代 60代 70代 80代〜

頂戴したご意見・ご感想を、小社ホームページ・新聞宣伝・書籍帯・販促物などに使用させていただいてもよろしいでしょうか。 はい (承諾します) いいえ (承諾しません)

TY 000044-1910

ご購読ありがとうございます。
今後の出版企画の参考にさせていただくため、
アンケートへのご協力のほど、よろしくお願いいたします。

■ Q1 この本をどこでお知りになりましたか。

① 書店で本をみて
② 新聞、雑誌、フリーペーパー 〔誌名・紙名 〕
③ テレビ、ラジオ 〔番組名 〕
④ ネット書店 〔書店名 〕
⑤ Webサイト 〔サイト名 〕
⑥ 携帯サイト 〔サイト名 〕
⑦ メールマガジン　⑧ 人にすすめられて　⑨ 講談社のサイト
⑩ その他 〔 〕

■ Q2 購入された動機を教えてください。〔複数可〕

① 著者が好き　② 気になるタイトル　③ 装丁が好き
④ 気になるテーマ　⑤ 読んで面白そうだった　⑥ 話題になっていた
⑦ 好きなジャンルだから
⑧ その他 〔 〕

■ Q3 好きな作家を教えてください。〔複数可〕

〔 〕

■ Q4 今後どんなテーマの小説を読んでみたいですか。

〔 〕

住所

氏名　　電話番号

ご記入いただいた個人情報は、この企画の目的以外には使用いたしません。

色々と考えた後で出てきたのは、あまりにもファンタジーな質問だった。

「あの……恋に落ちるのが下手な動物っていますか？」

クマちゃん焼きを食べていた椎堂先生の手が止まる。気にいったらしく、今日の打ち合わせのアポを取った時に、ついでに買ってきて欲しいと頼まれていた。

私の分も買っていたけど、廊下ですれ違った村上助手に「いつもありがとうございますぅ」となにも言ってないのに取られたので見てるだけだ。

「恋、だと？」

先生は、合コン二次会のカラオケでアニメソングがかかった瞬間の意識高い系の友達のように、露骨に冷めた目をする。

不愉快そうに眉を寄せた表情も、相変わらずイケメンだ。でも、この前のように、心臓がバクバクすることはない。あれはきっと、色んなタイミングが重なった末の発作だったんだろう。寝不足とか。

「そんなに嫌そうな顔しないでくださいよ。やっぱり、いないですよね。恋が下手な動物なんて」

「いるには、いるが」

「ですよね。動物は恋なんてしないですよね――って、いるんですか!?」

「恋が下手な動物ではないが、人間から勝手に恋が下手だと言われていた動物、ならばいるな」

「それ、使えるかもしれません。なんていう動物ですか？」

マイナーすぎる動物だと恋愛コラムには使えない。誰でも知ってる動物であってください、せめて名前を聞いたら姿がイメージできるくらいの知名度のあるやつでお願いします、と祈りながら次の言葉を待つ。

「こいつだ」

椎堂先生が、自分を指差す。

……え？　冗談かな？

少し迷ってからのっかることにした。

「確かに先生は恋に落ちるのが下手そうですけど。そもそも人間との恋愛に興味ないですよね？　聞いてるのはそういうのじゃなくてですね。本物の動物の話です」

「君は、なにを言ってるんだ？」

「え？」

そこで、気づく。先生が指さしていたのは、手に持っていたクマちゃん焼きだ。

「クマ、ですか？」

「クマ科だが、クマではない。クマちゃん焼きは、味ごとに種類が違うのだ。餡はヒグマ、カスタードはツキノワグマ――」

思ってたよりがっつり嵌《は》まっていたらしい。そして、今日、先生に頼まれて買ってきたのは新作の抹茶味。

「抹茶は、ジャイアントパンダだ」

聞こえてきたのは、動物園の人気者だった。

パンダ？

恋が下手と言われていた動物が、パンダ？

椎堂先生はクマちゃん焼きをテーブルに置くと、本棚から一冊の本を取り出す。

表紙では、パンダが笹をくわえていた。人間の赤ちゃんのようにぺたんとお尻をつけて座りながら食事する姿が、なんとも愛らしい。

「パンダ、いいですね！　教えてください」

椎堂先生は頷くと、そっと眼鏡の縁に触れる。先生の中で、バチンと回路が切り替わるのがわかった。

「それでは——野生の恋について、話をしようか」

張りのあるバリトンで言いながら、ゆっくりと立ち上がる。

「かつて一部の研究者は、パンダのことを恋愛不適合の動物と呼んでいた。恋が下手と言われていたと言ったのは、このことだ」

「なんか、インパクトのある言葉ですね」

「日本の動物園では、パンダの赤ちゃんが生まれるたびに大きなニュースになる。なぜだかわかるか？」

「可愛いからです」

「君たちの基準でいうなら、生まれたばかりの動物はどれも可愛いだろう。一番の理由は、珍しいからだ。パンダの発情期は他の動物と比べて極端に短い。メスのパンダが妊娠できる期間は一年のあいだに数日しかない。長い個体でも一週間ほどだ」

一年で、たった数日。野生動物なのに人間よりも短い。

そんなの、子供が生まれるだけで奇跡みたいなものだ。

「野生のパンダの生息数が減り、世界中の動物園でパンダを繁殖させようという試みがされているが、ある時期までほとんど上手くいかなかった。一年に数日しかない発情期にオスをメスと同じ檻《おり》に入れても、お互いにまるで興味を示さなかったからだ」

「なるほど。だから、恋愛不適合ですか」

「だが、多くの研究者たちが野生のパンダを観察し続けた結果、それが酷い言いがかりだとわかった。パンダには発情するために必要なものがあったのだ。求愛のシグナル、いや、恋に落ちるための魔法とでも呼んだ方がいいだろう！」

求愛のシグナル。恋に落ちるための魔法。恋愛コラムに使えそうなネタの匂いがする。こういうのを待っていた、ペンを握る手に力がこもる。

「それが、にょうだ」

にょう？　ニョウ？

頭の中で、聞こえてきた言葉が次々と変換される。

「あ、尿。おしっこってことですか？」

自分で口にして、愕然《がくぜん》とする。

うわぁ、思ってたのと違う。

「そんなに驚いた顔をするな。尿でメッセージを伝える動物はたくさんいるだろう」

言われてみれば、犬がおしっこでマーキングするのは子供だって知ってる。多くの動物にとっては当たり前のことなのかもしれない。

「パンダは群れを作らず、単独で暮らしている。そして、自分の生活圏の樹木に尿でマーキングをすることで、周囲にいる別の個体にメッセージを伝えるわけだ。時には縄張りを主張し、時には、自分が発情していることを宣伝する」

「おぉ。大胆ですね」

「発情期のパンダのメスの尿には、オスを発情させるフェロモンが含まれる。その臭いを嗅《か》いだオスたちはいっせいに求愛のスイッチが入る。動物園のパンダに足りなかったのは、このスイッチだった」

「あ、そうか。動物園って、普段はオスとメスで別の檻に入れられてたり、定期的に掃除したりしますもんね」

「木や壁に発情したメスの尿をかけたところ、オスが積極的に求愛するようになったそうだ。つまり、パンダは恋愛不適合どころか、一年のうちたった数日の発情期にピンポイントで効率的に恋を成就させる、いわば恋愛上級者だったわけだ！」

子供ができる状態になるには、エネルギーがいる。パートナーがいないときの生理なんて、無駄な苦痛でしかない。

きまった期間に確実にパートナーが見つけられるなら、その期間は短い方がいい。生理が一年に一回なんて夢のようだ。すごいよパンダ。あんな可愛らしい表情をして、なんて計算高いんだ。

「尿でメッセージを伝えるのは、オスも同じだ。オスは尿の位置によって自分の体の大きさをアピールし、ここに強い個体がいることをメスたちに知らせる。つまり、高いところにマーキングできる方がモテるというわけだ」

「なるほど。体が大きいと高いところにおしっこがかけられますもんね」

おしっこの位置でメスに選ばれるかどうかが決まるなんて、なんて微妙な争いをしてるんだ。

地元で小学生男子がどっちが遠くまで飛ばせるか競争をしていたのを思い出す。

「その競争のいきつく先に生まれた究極の技が、これだ！」

熱を帯びた声と一緒に、椎堂先生が本をめくる。次のページには、木に向けて逆立ちをした状態でおしっこをするパンダの写真が写っていた。

「え、これ、ズルじゃないですか！」

「ズルではない。この体勢でのマーキングは、体が大きく成長したオスでないとできない」

……あぁ、そうですか。

この体勢なら、高いところにおしっこがかけられるのはわかる。わかるけど、他にやり方はなかったのか。

とにかく、パンダが恋愛上級者だったってことはよくわかった。

今回の七色の兎さんの相談と、それに共感していた紺野先輩のことを思い浮かべる。

人間には、パンダみたいに便利なシグナルはない。

言葉や仕草で気持ちを伝えたり、推測するしかない。

そのせいでチャンスを見逃したり、恋をする気のない相手に必死でアプローチしたり、勝手に可能性がないと決めつけて身を引いたり、大切なことに気づけなかったりする。

自分でブレーキをかけて、手を伸ばせば届くところにあった奇跡を、見逃してしまう。

気持ちを知らせるシグナルがあれば、もっと素直になれたかもしれないのに。

「ありがとうございます。今回も、これでコラムが書けそうです！」

「そうか。ならば、よかった」

椎堂先生はそう呟くと、嬉しそうに笑う。その笑みを見て、急に鼓動が速くなった。

もしかしたら、私が先生と話をしていてドキドキするのは、求愛行動を話しているときの子供のように夢中な姿に惹かれるのかもしれない。まぁ、イケメンが重要な要素なのは否定しないけど。

「ところでだ。さっき君が口にしていたが、俺はそんなに人間に興味がなさそうに見えるか？」

どうでもよさそうに質問される。求愛行動の説明は終わったので、いつもの気怠そうな口調に戻っていた。

「見えるというか、実際、興味ないですよね？」

正直に答えると、意外にも不愉快そうな視線を向けられた。

「わずらわしい人間関係など時間の無駄だと思っていた。パンダが逆立ちして放尿する動画を見ている方がよっぽど有意義だ」

「……他に言い方はなかったんですか？」

「だが、最近になって久しぶりに、人間と付き合うのも悪くないと思った」

そう言いながら、思い出したようにテーブルの上のクマちゃん焼きを見る。

「どういう意味ですか？」

「話は終わったのだろう、いつまでそこに座ってるつもりだ」

先生は野良猫を追い払うように手を振りながら、反対の手でクマちゃん焼きを食べるのを再開する。

本当に、なにを考えているのかわからない人だ。だけど、いつもの気怠そうな声が、なぜか私の知らない色に包まれている気がした。

私たちはこうやって、声や態度から相手の気持ちを推測することしかできない。

パンダたちがこのことを知ったら、なんて不便な生き物だと呆れることだろう。

——こんなふうに、パンダのメスはおしっこで自分がパートナーを求めていることを伝える。オスはその臭いで発情し、恋のスイッチが入る。

きっとあんたは、それなりに美人なんだろう。だから、たくさんの男から声がかけられる。でも、そこから先に進めないなら、そんなものはゴミだ。

モデルの世界でいうなら、書類選考では残るけど、その次で必ず落とされるタイプだ。そこから先に進むには、他のモデルとなにが違うのかをアピールできなきゃいけない。スタイルでもいい、キャラクターでもいい、ウォーキングの技術でもいい、特別なオーラがあれば最高だ。見るものに、こいつを使いたい、と思わせるなにかがなきゃダメだ。相手を発情させるきっかけを自分から発信できないやつは、みんなそこで消えていく。

一番タチが悪いのは、中途半端な才能だ。

書類選考までは残るからって、いつかは上手くいくなんて甘い考えでなにも変えようとしないやつが一番救えない。そんなやつに発情するデザイナーはいない。

こんな恋愛相談を送ってくるくらいだから、自分から男を誘う度胸がないんだろう。どうせ受け身のやり取りしかしてないんだろう。時間が永遠にあると思ってんならそれでいい。死ぬまで指を咥《くわ》えてな。

選ばれるのを待ってるやつは、永遠に選ばれない。

これだけ情報が飛び交うようになった世界で、なんのきっかけもなく恋に落ちるやつなんていない。自分から男を誘えないなら、せめて、誘われるようなアピールが必要だ。

私たちには、相手を発情させるサインなんて便利なものはない。だから、必死に考えろ。言葉でも写真でもなんでもいい。相手を発情させるための努力をしろ。友達には見せられないくらい大胆に自分を曝《さら》して売り込め。

それができなきゃ、あんたは一生、書類選考止まりだ。

意識してるにしろ無意識にしろ、選ばれる女は普通にやってることだ。

恋愛不適合と呼ばれたくないなら、勇気を出して伝えろ。私は準備万端で、あんたが発情するのを待っている。さっさと私に発情しろ。

それで、あんたの世界は変わる。


読み終わった紺野先輩が、長い溜息をつく。

「どう、ですか？」

書き上がった原稿は、真っ先に、今回の相談者の悩みに共感できると言った先輩に読んでもらった。私たちがいるのはデスクではなく、編集部の隅っこにあるミーティングスペース。給湯室で淹れたコーヒーを飲みながら並んで座っている。

「うん、面白いと思う。私もこの相談者と同じだったんだろうね。恋人が欲しいなんて口で言いながら、目の前の相手に本気で向き合おうとしてなかった。さっさとそうしてれば、案外、すぐに忘れられたかもしれないのに」

そう言って、寂しそうに笑った。

紺野先輩の心に届いたということは、七色の兎さんや他の同じ悩みを持つ読者にも届くだろう。

「私は、パンダよりも恋が苦手だったわけか。もうちょっと、このコラムを早く読んでればよかったな。だったら、こんな遠回りせずにすんだかもね」

「ん……遠回りですか？」

「やっと、新しく踏み出せそうなの。このあいだあんたに話した和菓子職人、あのあとで食事に誘ってみたんだ。それから、ちょっといい感じなのよ」

「えぇっ！　ほんとですかっ！」

大声を出して、すぐにここが編集部の隅っこのテーブルだったことを思い出した。辺りを見渡す。幸い、誰も気にしていない。

「そしたらさ、誘われたのが嬉しかったって、しっかり野球の勉強してきてくれてさ。今度、一緒に試合を見に行くことになった」

「よかったですね！　ちゃんと相手を発情させられたんですね！」

「ちょっと、言い方」

そう言って、二人で笑い合う。

パンダよりも恋が苦手な私たちは、こうやって、一つ一つのことに一喜一憂していくしかないのだろう。

「それより、あんたの方こそどうなのよ？」

「私ですか？　なにもありませんよ。先輩みたいに誰かに言い寄られることなんてないですからね」

「大学の先生とは、どうなの？」

思わぬ方向に話を振られて、へ？　と間抜けな声を出してしまう。

「椎堂先生は確かにイケメンですが、別にそういうのは」

「あんた、気づいてないの？　最近さ、あんた、大学に打ち合わせにいくとき、すごいウキウキしたオーラ出してでていくわよ。椎堂先生のこと、好きなんじゃないの？」

今度はびっくりしすぎて、間抜けな声すら出なかった。

私が……あのイケメンだけど変人で、求愛行動の話をしている時以外は傲慢な、あの先生を……好き？

まさか。ない、ないないないないっ。

そう言いながらも、鼓動がやけに速くなっているのを感じる。

そういえば、最近、よく椎堂先生のこと考えてたかも。

動物モチーフのお菓子を見ると、先生はこれ食べるかなって悩んだりしてた。動物のイラストがついた雑貨を見るたびに、プレゼントしたら喜ぶかなとか空想していた。

目の前で、紺野先輩がにやにやと笑っている。

あれ？　なんで？　否定する言葉が……でてこねぇ。

いつの間にか、気づかないうちに——恋に、落ちていたのかもしれない。

近くの柱に、ジャイアントパンダが逆立ちしてマーキングしているのが見える。

可愛らしいパンダは、相手の気持ちどころか、自分の気持ちすらわからない恋愛不適合の動物を憐《あわ》れんでいるような気がした。

第三話

タンポポとチンパンジーに大切なこと

Chimpanzee

編集会議の後、一人だけ会議室に残された。

目の前には、ピンク色のラルフローレンのポロシャツを着たスキンヘッドのおっさんが座っている。いかつい顔に分厚い胸板、年齢は四十代後半。女性向けのカルチャー誌を作っているとは思えない。これが『リクラ』のボス、斎藤《さいとう》編集長だった。

「前も言ったよね。あなたの企画、もうちょっとトレンドにモディファイできないの？」

外見に似合わず、喋り方は女性っぽい。

すいません、と催眠術にでもかかっているような声で答える。言い訳をしたら話が長くなる。座禅体験でもしているように心を無にするのが正しい対処方法だと、先輩たちから教えられた。

会議が終わったのは七時。時計は今、七時半を指している。大人なのに、三十分も説教されるなんて。

「だいたい、三件ってどういうことよ。他のみんなは六件オーバーしてるの。一番、企画通ってないあなたが一番トライしないといけないんじゃないの」

先月の編集会議では十件出して「量じゃなくて質なの、色々考える前にコレっていう一本持ってきてよ」と言われたからそうしたんです。出かかった言い訳をぐっとこらえる。

「灰沢アリアのコラムが人気でてるっていっても、あれだけで給料分の働きしてると思ったら大間違いよ。もっとムービングなやつが欲しいわけよ。あなた、ムービングの意味わかってる？」

「えっと……引っ越し？」

「違うわよ。心が動くってことでしょ、いいかげんにして！」

くそぉ。仕事ならともかく、英単語で怒られるの、なっとくいかねぇ。

「あなたの企画、どれも薄っぺらいのよ。どっかで見た記事の焼き直しばっかり。あなたはいったいどこにいるの？　次は、柴田一葉にしかできないやつを持ってきて」

斎藤編集長はそう言うと、わざとらしく時計を見て会議室を出ていった。

テーブルの上に広げられ、編集長に何度も叩かれた企画書を拾い集める。

改めて目を通してみるけど、会議で通った企画と大きな違いはない気がする。

だいたい、カルチャー雑誌の記事なんてどっかで見たことのある企画ばっかりだ。趣味や習い事なんてそんなに多くない。一年経てば、忘れたように同じものが紹介される。低カロリー食材がテーマの料理教室ってこのあいだも取り上げましたよね。家でできるヨガの特集って何回目ですか。英会話ができるカフェとか、見飽きたんですけどー。

席に戻ると、紺野先輩が声をかけてくれる。

「おつかれ。なに言われたの？」

編集長に言われたことを話す。プライベートが充実しているせいか、ライオンズが連勝しているからか、いつになく上機嫌で聞いてくれた。

「なるほどねぇ。ムービングって、心が動くって意味なんだ」

「それはどうでもよくてですね」

「言い方はねちっこいし話は長いけど、編集長の言うこと、まぁ、当たってるのよね。あんたには、みんなの企画が同じように見えるかもしれないけど、少しずつ自分の視点を持ってるの」

それは、わかっている。

もう三年もやってきてるんだ、私の企画になにかが足りないっていうのはわかる。

先輩たちの企画には、同じ材料に見えても、塩コショウの加減を変えるように目新しさやオリジナリティ、先輩が言うところの自分の視点を織り混ぜている。紺野先輩は特にその匙《さじ》加減が絶妙だ。私も、トレンドのリサーチやライバル誌のチェックくらいはしている。だけど、そもそも元の食材に興味がないのだから、匙加減なんてまるでわからない。

「考え方を変えてみたら？　好きじゃないものを無理に好きになるのは難しいでしょ。あんたが好きなものと仕事をつなげてみるっていうのはどう？」

「……でも、『リクラ』はファッション系を載せないですよね？」

「まぁ、あんたの好きなファッションって、キラキラでピカピカだからね」

「私にとって、そのキラキラピカピカが、すべてだったんですよ」

厳密には、ファッションを載せないわけじゃない。これまで、ファッション企画は何度も組まれてきた。天然素材のコットンに囲まれた暮らし。フェアトレードのショップが扱うエスニックアクセサリー特集。自分で編める毛糸の帽子特集。山ガールファッションでいく森林浴のススメ。

ただし、私が好きなファッションとは、かけ離れている。

モデルも出てこないし、表参道や渋谷のショップも、憧れのハイブランドもない。

自分の席に戻ったところで、スマホが震えた。アリアのマネージャーの宮田さんからだった。

原稿のやり取りをしているうちに仲良くなり、最近では、仕事連絡のついでにどうでもいい雑談をするようになった。仕事はできるのにどこか抜けてる宮田さんは、けっこうな癒しキャラだ。せっかくだから癒されよう。

「はい。落ち込んでいる柴田です。どうしました?」

「お前の気分なんか知るかよ」

アリアだった。背骨を直接摑《つか》まれたみたいに、思わず体がピンとなる。

どうして、アリアが。宮田さんのスマホを勝手に取って電話、うわ、やりそうだ。

「今からこい。お前のせいで酷い目にあってんだよ」

時計を見る。もう夜の八時を回っていた。

どうやら、私の散々な一日は、まだ終わらないらしい。

いつもの焼鳥屋かと思ったら、指定されたのは広尾《ひろお》駅前だった。

駅を出ると宮田さんが待っていて、歩いて十五分ほどの場所にある高級そうなマンションまで案内される。灰沢アリアの、自宅だった。

歩いている間、宮田さんは「すいません、アリアに携帯を取られてしまいまして」と予想通りのことを謝ってくれた。

七階の角部屋、2LDK。そこまで広いわけじゃないけど高級住宅街のマンションだ、私の部屋の家賃の倍はするだろう。芸能人の自宅に招かれた、なんて感動はない。今日はいったいなにを言われるのかという不安でいっぱいだった。

部屋の中は、意外にも綺麗だった。グレーのラグにベッドカバー、黒いカーテンに銀色の照明。こだわって揃《そろ》えたんだろう。どれも大人っぽいメタリックな質感で、『リクラ』の特集記事で紹介できそうなくらい統一されている。

その部屋の真ん中に、一つだけ違和感のあるものが鎮座していた。

巨大なウサギのぬいぐるみ。

可愛いけど、アリアのイメージじゃない。私の考えが伝わったのか、ぬいぐるみじゃないですよ、と言うようにゆっくり首を振る。ん？

本物だった。ビジネスホテルの小型冷蔵庫くらいはある、巨大なウサギだった。警戒しているのか、鼻がヒクヒク動いている。

「やっと来たかよ」

奥から声がする。カウンターキッチンの向こうに、灰沢アリアが立っていた。

ノーメイク。それでも、思わず見とれてしまうほど美しい。オーバーサイズのTシャツにファストファッションブランドのソフトパンツ。完全に家着なんだろうけど、オシャレに見える。スタイルのいい人はなにを着ても似合うってこういうことか、くそぉ。私が日課のように行っている太い脚を目立たせない着こなし術の研究なんて、この人は考えたこともないんだろう。

「……おじゃまします。どうしたんですか、そんな隅っこに？」

「見てわかるだろ。ケモノがいるからだよ」

顎で、リビングの真ん中に鎮座している巨大ウサギを指す。

「ウサギ、飼ってたんですか？」

「んなわけねぇだろ。お前のせいだ、責任とれよ」

「コラムの反響を受けて、アリアに動物番組からオファーが来たんですよ。『メイプルトレインの体当たり動物王国』って知ってます？」

「ええ、たまに見てますよ」

　メイプルトレインは、最近人気がでてきたお笑い芸人だ。芸能人が色んな動物を飼ったり、動物関連の仕事を手伝ったりする番組だった。このあいだは、引退したばかりの元Jリーガーが警察犬の訓練を体験していた。

「その番組の企画で、一週間、世界最大のウサギを飼うことになったんです。フレミッシュジャイアントという種類で、元は食用として育てられていたので、こんなに大きくなったそうです」

　世界最大かぁ。どうりで大きいわけだ。サイズ的にはもう中型犬。抱き上げたら腰が砕けそうだ。

「僕が世話を手伝うからということで引き受けたんですが、急に、明日から別件で一週間ほど沖縄にいくことになってしまいまして」

「他のモデルのショーについていくんだってよ」

「会社から他の人間をつけようとしたんですけど、アリアが嫌がってですね。それで、柴田さんに電話したんですよ。アリアが。勝手に」

「お前の雑誌のせいで、こんなことになったんだ。責任とって面倒みろ」

　宮田さんの言葉を遮るように、アリアが叫ぶ。

なるほど。これが急に呼ばれた理由か。私の仕事と関係ねぇ。

「やらないってんなら、もうお前の雑誌でコラムを書くのはやめる」

「最初っから書いてないじゃないですか」

「細かいこと言うんじゃねぇよ」

ぜんっぜん、細かいことじゃない。そのせいで、毎月毎月、夢に出るほど動物の求愛行動について悩みながら恋愛コラムを書いているのに。

「そのウサギ、今日、テレビのスタッフが連れてきたんだけどよ。あたしと二人きりになると、いきなり足のまわりをぐるぐる回りだすんだ。あたしのこと食おうとしてんだよ」

「ウサギは草食ですよ」

最近、ウサギにまつわる資料を読んだのを思い出す。椎堂先生から届いたメールマガジン『求愛行動図鑑22』は、ウサギについてだった。

「相手の周りをぐるぐる回るのは、ウサギの求愛行動の一つみたいですよ。人間に対してですから、愛情表現でしょうか？　会ったばかりなのに、好かれてるんですね」

求愛行動、という言葉に、アリアはパクチーが苦手な人がうっかりパクチー入りの料理を注文してしまったと気づいたときのような顔をする。

「ウサギの求愛行動には色んなパターンがあって、他にも、舐めたり鼻でつついたり、顎の下にある臭腺《しゅうせん》という臭いが出る部分をこすりつけたり、のしかかるようにマウンティングしてきたり、あと、オスだとおしっこをかけることもあるそうです。あ、この子、オスですか、メスですか？」

「……オスだよ」

「ウサギは子だくさんな動物として有名で、基本的に一年中、子供をつくることができるそうです。なんと生後数ヵ月でもう求愛行動をするらしいですよ。交尾の回数も多いのに、妊娠率も高い。しかも、交尾中に排卵するので生理がないとか。羨ましい。人間も、このシステムならよかったのに」

「……なんか、お前の豆知識を聞くと、余計に飼う気が失せるな」

アリアは顔を顰めながら、部屋の中央に鏡餅のようにどでんと座っているウサギを、違う星からきた生物のように見つめる。

注目されていることに気づいたのか、巨大ウサギはゆっくりと重たそうに腰を上げた。のしのしとすごい存在感で私の方に近づいてくる。たしかに大きいけど、他のウサギにはないダイナミックな可愛らしさがある。

「名前は、あるんですか？」

「ん。ウサギだろ」

「マサキくんです。二歳で、人間だと二十五歳くらいだそうです」

まったく興味のないアリアの代わりに、宮田さんが答えてくれる。なんてことだ。元彼と同じ名前じゃないか。

「マサキ、よろしくね」

足元まで来てくれたマサキの頭を撫でてやる。気持ちよさそうに目を細めてくれた。うわ、可愛い。

「手伝いって、なにをすればいいんですか？」

「テレビ局のスタッフがウサギを飼う用のケージやマットを持ってきているので、これから、セッティングします。昼間は番組のスタッフが取材と手伝いに来てくれるので大丈夫なんですが、問題は夜なんですよ。ウサギは綺麗好きなので、毎日、ケージの掃除やエサやりをやらないといけないんです」

「つまり、私が、毎晩、この家にきてそれを手伝うってことですか？」

「柴田さんもお仕事がありますし、無理にとは言いませんけど」

アリアの方を見る。相変わらず、カウンターキッチンの向こうで腕組みしてるだけだ。

私の視線に気づいたのか、アリアは苛立たしげに言ってくる。

「あたしは、モデルなんだ。こんなの、あたしの仕事じゃねぇ」

「それなら、モデルの仕事をしてください」

宮田さんが、アリアに言い返す。

モデルの仕事？　アリアは、モデルの仕事が来なくなったから、恋愛コラムを引き受けてくれたわけじゃなかったの？

「てめぇに、あたしのなにがわかる」

「わかりますよ。僕は、あなたのマネージャーですから。僕だって本当は、あなたの専属になりたいんですよ」

アリアが大きく舌打ちする。二人の短いやり取りで、部屋の空気が急に重苦しくなった。きっと、部外者の私には話すことができない事情があるのだろう。

「わかりました、アリアさん。できるかぎりお手伝いしますよ」

気がつくと、声を上げていた。

別に、二人を手助けするためでも、居心地が悪かったからでもない。仕事のためだ。まだ連載は六回も残っている。良好な関係は維持しておきたい。幸い、今週はそこまで忙しくない。

「ほんとうですか、助かります」

宮田さんが笑いかけてくれる。アリアは相変わらず仏頂面だったけど、少しはほっとしてるのがわかる。

足元にすりよってきた巨大ウサギの頭をもう一度撫でて、よろしくね、と声を掛けた。

ふと、足元に温かいものを感じる。

マサキが私の足におしっこをしていた。


窓の向こうを、渋谷の繁華街が流れていく。

時計は十一時を回っていた。あれからバスルームを借りて足を洗い、マサキの世話をした。ケージを組み立て、トイレをする場所を作ってエサをあげる。終わったころには遅い時間になっていたので、宮田さんが車で送ってくれることになった。

「柴田さん、色々とありがとうございました」

振り向かなくても、繁華街のネオンに重なって運転席の宮田さんが映っている。ルームミラーごしに私を見て、生真面目な笑顔を浮かべていた。

「可愛かったし、いいですよ」

「ウサギのことだけじゃなくて、これまでのこと全部です」

「他になにか、しましたっけ？」

「あなたの依頼を受けるまで、アリアはずっと仕事を断り続けていたんです。モデルの仕事も、それ以外の仕事も」

「さっき、モデルの仕事をしてください、って言ってたのは、そういうことですか？」

「ええ。すいません、お見苦しいところをお見せしました……ああ見えて、彼女にも悩んでることがあるんです」

黄色信号。隣車線の車がスピードを上げるのを横目に、ゆっくりとブレーキをかける。宮田さんの運転は、彼の性格そのままに丁寧だった。

「今年になって、いいかげん仕事を受けないと事務所から契約を解除されるところまできていたんです。そこに、コラムの依頼がきた。雑誌のコラムならと、なんとか説得できたんですよ。おかげで契約解除にならずにすんだし、あれがきっかけで吹っ切れたのか、またテレビに出る仕事を引き受けるようになった」

「そう、だったんですか」

「アリアもあなたに感謝してると思いますよ。そうは見えないかもしれないですが」

「まったく見えません。あの人、口を開けば悪口ばっかじゃないですか」

「彼女は、嫌いな人には悪口なんていいません。それに、ウサギの世話をあなたにお願いしたのも、あなたが気に入ってるからですよ。嫌いな人を、家にはあげないでしょう？」

「いえいえ。モデル業じゃなくても、ちゃんとプロ意識を持って仕事してるんだなって感心してるんです」

フレミッシュジャイアントの世話を手伝うようになって四日目。

初日は緊張していたけど、さすがに四日も通い詰めていると慣れてくる。アリアの毒舌も、自然と聞き流せるようになった。

アリアは朝にラビットフードを皿に注ぐくらいはしてくれるけど、あとはときどきウサギの耳を引っ張ったりウサギ用のおもちゃを気まぐれに転がしたりするだけ。昨日にいたっては「旅行いくからたのむ」という伝言を残して家に帰ってすらこなかった。ちょっとくらいは勝手に振舞ってもバチは当たらないだろう。

「金もらってんだから、求められた仕事をするのは当たり前だろ」

横から伸びてきた手がリモコンを奪い取り、テレビを消す。

アリアの今日の部屋着はハイネックのシャツに太腿が剥き出しになったショートパンツ。相変わらず、同じ生き物と思えないほどスタイルがいい。背伸びしても届かない高身長に、誇張しすぎたマネキンみたいな細い腰と脚。人間がスタイルの良さのみで恋をする動物なら、私は彼女の近くにいる限り、一生オスに選ばれることはないだろう。

「このウサギを飼うのも、お金をもらってやってる仕事ですよ」

「あたしの仕事は、あたしを見せることだ。あたしじゃなくてもできる仕事は、あたしの仕事じゃない。ウサギの世話も恋愛コラムも同じだ」

なに言ってんだこいつ案件だけど、アリアの中には、自分の仕事について明確な基準があるらしい。

「そんなに嫌なのに、なんで引き受けたんですか？」

「お前が、あたしが言った通り、やりたくないって言ってた恋愛コラムを頑張ってるからな。これは、お前のおかげで私のところに来た仕事だ。あたしだけ好き勝手いってられねぇだろ」

「えぇっ、アリアさん、そんな風に私のこと見てくれてたんですか」

「きめぇ。よんな」

宮田さんから、恋愛コラムを始めるまで、モデルを含めてすべての仕事を断っていたと聞いた。子供のころから憧れていた人の役に立てたことは、泣きそうになるくらい嬉しい。

「それ、なに読んでんだ？　次のやつか？」

話を逸らすように、マサキの世話を終えてから私が眺めていたタブレットを顎で指す。

「そうですけど、見ます？」

八月号の恋愛相談が決まり、来週の月曜には椎堂先生のところに話を聞きにいくことになっている。今回の悩みも私の人生とは縁遠く、どういう回答をすればいいのかわからない。

アリアは興味なさそうな顔をしながらも、ハンドクリームのＣＭにも出られそうな綺麗な指先でタブレットを取り上げる。

【相談者：ハミさん（会社員・三十六歳・女性）】
先日、十歳以上年下の部下に告白されました。私は三十六歳の管理職、彼は入社二年目の若手です。彼のことは私も好きですが、周りの目が気になります。次にお付き合いする人と

は結婚を考えていましたが、彼がずっと私のことを好きでいてくれるかも不安です。どうすればよいか教えてください。

私は、社内恋愛をしたことがないし、付き合ったのは同年代の目の前のウサギと同じ名前の元カレだけだ。十歳以上も年下の彼を好きになる心境も想像できない。

「こいつは、長続きしないな」

アリアは読み終わると同時に、当たり前のように呟いた。

「男は結局、若い女が好きだ。一時の感情で迫られてるだけ。すぐに飽きられるに決まってるだろ」

「そんなこと言ったら、恋愛相談にならないですよ」

「昼のロケ弁、余ってるけど食うか？　京架亭《きょうかてい》の焼肉弁当だってよ」

「食べる、食べます！」

アリアは冷蔵庫から弁当を取り出して、無造作にテーブルの上に置く。京架亭は、銀座の一等地にある高級焼肉店だ。こんなロケ弁がでるなんて、テレビ業界はまだまだ好景気なんだろうか。

マサキの世話をしにくるようになってから、毎晩、晩御飯をごちそうになっている。アリアはいつものように瓶に入った野菜スティックを持ってきて私の正面に座る。ちょっと罪悪感が湧いてくるけど、相手はモデルなのだから仕方ない。焼肉弁当は美味しくいただきます。

「見られる側の仕事をしてれば、嫌でもわかるさ。あたしは十代の時に、実力のあった先輩モデルの席を若いってだけで奪ってトップになった。あたしもキャリアを重ねて実力をつけたけど、また若いモデルが出てきて奪われていった。歳をとっても綺麗なモデルはいる。でも、一番注目される時間は限られてる。今、宮田が沖縄にくっついてってるモデルなんて、まだ十代だ」

アリアの話に、私なんかが挟める言葉はなかった。焼肉を一枚口に頬張る。うまい。

「それにな、この投稿、ダサいだろ。ダサい相談しかしない女は、ダサい恋しかできない」

「どのへんが、ダサいんですか？」

「自分がどう行動するかじゃなく、他人がどう行動するかで悩んでいる時点でダサい」

そう言い捨てて、セロリのスティックを齧《かじ》る。

確かに、言われてみればその通りだった。

周りの目を心配して、彼の心変わりを心配して、自分の行動は後回しになっている気がする。ただの動物好きタレントなら、そこまでテレビ番組に呼ばれないだろう。こうやって当たり前のように、すっと心の深いところに落ちていく言葉を口にできるのが、アリアがバラエティで再ブレイクしかかっている理由なのかもしれない。

「好きならうだうだ考えずに付き合えばいい、それだけだろ」

「……でも、年の差を気にしてるって書いてあるじゃないですか。次は、結婚を前提とした相手と付き合いたいって」

「結婚なんて、国が決めたルールだろ。そんなものに縛られて恋ができないのもダサい」

「それは、アリアさんが強いから言えるんです。もちろん色んな生き方がありますけど、やっぱり、結婚したい、子供が欲しい、そういう願望のある人はいますよ」

「だったら、そいつと付き合って結婚すればいい」

「普通の人は、そんなに簡単に決断できないんです。だから、悩んでるんじゃないですか」

結婚、という言葉に、姉からかかってきた電話を思い出す。

恋を実らせるのは大変だけど、実ってから結婚までたどり着くのも同じくらい大変なのだろう。私も五年付き合った彼に振られたし、あの面倒見のいい姉でさえ直前で破局してしまうんだから。

「明日、姉と久しぶりに会うんですよ。地元から上京してくることになってて」

「なんだよいきなり」

「理由はわからないんですけど、結婚が駄目になったらしくて」

「ふぅん。それで？」

「傷心旅行なんだそうです」

アリアは興味なさそうにセロリスティックを齧りながら呟く。

「傷心旅行ってのも、ダサいな」

「なんですか、さっきから。ダサいダサいって。お姉ちゃんだって傷ついてるんですよ。それくらいいいじゃないですか」

「あたしは別に、ダサいのが悪いとは言ってないだろ」

ものすごい目力で睨まれた。少しでも嚙みつこうものなら十倍の力で嚙み返される。

「こうやって、でっかいウサギの世話をしてるモデルなんて、最高にダサいだろ。問題は、なんのために、そんなダサいことするのかってことだよ」

「アリアさんは、なんのためにしてるんですか？」

「なんで、お前にそんなこと言わなきゃいけねぇんだ」

「そうですよね。はい、知ってました」

「お前の姉のことを心配しろって言ってんだよ。ただの傷心旅行なら、知り合いなんて誰もいない場所にいくさ。お前に話したいことがあるんじゃねぇか？」

その言葉に、はっとする。お姉ちゃんがどうして旅行先に東京を選んだのかなんて、考えもしなかった。たぶん、ただ妹ってだけじゃない。私がお姉ちゃんの仕事先のことも婚約者のこともほとんど知らないからだ。知らないからこそ、話せることがあるのかもしれない。

本当にこの人は、横暴な女王様のようで、実は色んなことが見えているらしい。

部屋の隅では、ケージの真ん中でマサキが寝息を立てていた。巨大なウサギに心の中でお礼をいう。この子が来てくれたおかげで、アリアのことを知ることができた。

出会った時は、なんて我儘な人だと思った。一緒に仕事をして、あまりの自分勝手さに苛立った。だけど、こうして話してみると、毒舌の中に優しさがあったり、皮肉の中に哲学があったりする。

「なにみてんだよ、気持ちわりぃ」

アリアはそう言うと、私に向けてラビットフードを投げつける。今なら、それも照れ隠しのように見えてくる。

幼いころの神さまではなく、目の前にいる一人の人間として、灰沢アリアが好きになっていた。

待ち合わせは東京駅の八重洲《やえす》北口《きたぐち》改札だった。

土曜の朝の東京駅は、これから旅立つ人と到着した人が、大きな荷物を持って行き交っていた。その人込みの中に、小さなキャリーバッグを転がすお姉ちゃんを見つける。いつもの自然派ゆるふわファッションで手を振っていた。

肩くらいまでの髪に丸眼鏡。タンポポの綿毛みたいにふんわりとした雰囲気だけど、意外としっかりものの自慢の姉は、今日も柔らかい笑みを浮かべていた。

「ごめんね、せっかくの休みに」

「いいよいいよ。私も、こんな機会でもないと東京観光なんていかないし。それよりお腹すかない？」

「すいたー。なにも食べずに出てきたの」

お腹に手を当てて、歯を見せて笑う。とても、結婚がキャンセルになったばっかりの人の笑顔じゃなかった。

事前に目星を付けていたカフェに移動する。まずは私の近況報告。灰沢アリアと一緒に恋愛コラムを作るようになったこと、それが意外と人気になっていることを話す。

「すごいねぇ。一葉、ずっと昔から、アリアの大ファンだったもんねぇ」

「うん。自分でも信じられない」

理想と現実のギャップも信じられないくらいあったけど、それは胸に仕舞っておく。

お姉ちゃんは、あんまり自分のことを話さなかった。恋人のことも結婚のことも、私からは触れなかった。話したくなったら、お姉ちゃんから話してくれるだろう。それまで、今日はめいっぱい楽しませてあげるつもりだった。

サンドウィッチを食べ終えてから、これからの予定について相談する。

プランはいくつか考えていた。スカイツリーに上って浅草寺にいくという王道コースに、本好きなお姉ちゃんのために神保町を町ブラするコース。個人的には久しぶりに表参道のショップ巡りもしたいところだ。幸いにも今日は一日曇りで、気温もそこまで上がらないらしい。街歩きをするには一番いい。

でも、お姉ちゃんが行きたいといったのは、意外な場所だった。

「上野動物園に行きたいな。パンダ見ようよ、パンダ」

「どうしたの、急に」

「一葉のさっきの話を聞いてたら、なんだか動物が見たくなっちゃった。すごいんでしょ、上野動物園って」

まさか、休みの日まで動物と関わることになるとは思わなかった。でも、今日はお姉ちゃんのやりたいことをやると決めていた。

「まかせて、動物の蘊蓄《うんちく》ならいっぱい知ってるから。求愛行動限定だけど」

そう請け合って、お姉ちゃんを上野に案内する。

電車の中でも、お姉ちゃんは正月に会ったときと変わらなかった。コットンのような柔らかい声で、子供のころに家族で動物園にいったことや、私が近所の犬を怖がっていつも遠回りしていた話で盛り上がる。

土曜日の上野動物園は、相変わらずの混雑だった。入口付近で行列ができているパンダは後で見ることにして、ぐるりと東園を一周する。ホッキョクグマにゴリラ、さすが日本有数の動物園だけあって、他ではなかなか見られない動物が飼育されていた。

野生に近い環境を再現したり、色んな角度から見られるようになっていたりと展示の仕方も工夫されている。私たちが窓からゴリラを覗いていると、シルバーバックの大きなオスがすぐ近くまでやってきて、お姉ちゃんは子供のように声を上げてはしゃいでいた。

「ゴリラが胸を叩くといい音がするのは、胸の中に大きな袋があって太鼓みたいになっているからなんだって。ドラミングっていって、あれで色んな感情を伝えるの」

「グーで叩くんだと思ってたけど、パーなんだね。ほんと、太鼓みたい」

「そうそう。求愛のドラミングもあって、音とリズムでプロポーズすることもあるんだって」

言ってから、はっとする。

プロポーズって言葉は、今の姉には地雷だったかもしれない。

だけど、お姉ちゃんは気にした様子もなく、あのゴリライケメン、と笑っていた。

七月にしては涼しい日だったけど、さすがに昼まで動きっぱなしだったので疲れてくる。

いったん入口近くに戻って、休憩もかねて三十分待ちのパンダを見る列に加わった。待っている間、椎堂先生から聞いたパンダの蘊蓄を披露する。

「パンダはね、おしっこで色んな情報を伝え合うの。オスの場合は、体の大きさとか力の強さとか。メスだと、発情してるとか若さとか健康さとか」

「へぇ、すごいね、パンダ」

「でしょ。ああみえて、恋愛上級者なのよ」

「若さって、やっぱり大事な情報なんだ」

「そりゃそうでしょ。人間も動物も同じだよ」

「そう、だよね。若いって大事だよね」

お姉ちゃんのコットンのような柔らかい声に、砂が混じる。

今度は、気づかないうちに地雷を踏んでいた。

お姉ちゃんがあんまりいつも通りだから、つい傷心旅行ってことを忘れていた。もしかしたら、お母さんの勘違いなんじゃないかとさえ思い始めていた。

でも、今の一言ではっきり気づいた。柔らかい笑みは、見せかけだけの張りぼてだった。

若い、って言葉が引っかかったらしい。

結婚が駄目になったのって、若い子と浮気でもされたんだろうか。

「ねぇ……なにがあったの?」

思い切って聞いてみた。どちらにしろ、ずっと触れないわけにはいかないんだ。

「……知ってたんだよね、結婚が駄目になったってこと。全く触れないなんて、逆に不自然だよ」

春の終わりの強い風に吹かれて丸くなくなったタンポポの綿毛。片側から見ると丸に見えても、違う角度から見ると、綿毛はごっそり飛ばされて崩れる直前だったと気づくことがある。

お姉ちゃんは、あと一息で飛ばされてしまいそうなほど、傷ついた眼をしていた。

「パンダ、あとにしよっか。ちょっと話しようよ」

お姉ちゃんがそう呟く。頷いて、無言で列を離れた。

近くの自販機で飲み物を買ってから、少し離れた場所のベンチに移動する。

たくさんの人が通り過ぎるのを眺めながら、話を聞いた。

「お母さんに聞いたの？」

「うん。理由は、お母さんも知らないって言ってた」

「桔平さんのこと、覚えてるって言ってたよね？」

「冬に帰った時に会った、背の高い人でしょ？　私にお雑煮おごってくれた」

「やっぱり、勘違いしてたか。その人じゃ、ないんだ」

「……え？」

初詣にいったときに一緒になったお姉ちゃんの仕事仲間は三人だった。私に雑煮をおごってくれた二つ上の先輩の他に、後輩の女の子が一人、二年目といっていた若い男の子が一人。

「じゃあ、まだ二年目っていってた、学生って感じの、あの茶髪の？」

「そう、あの子が桔平くん。短大卒で、歳は二十一歳」

……なんてことだ。

お姉ちゃんとほとんど絡んでなかったから、そんなに仲良くないのかと思ってた。逆だったのか。職場の人にも言ってなくて、あえて絡んでなかったのか。二十一歳ってことは、お姉ちゃんより十二歳年下。私にとっても年下の義兄さんになる予定だったわけだ。

「ま、まぁ、年齢なんて関係ないよね」

ぐるぐる思考を回転させながら、なんとか言葉を絞り出す。

「十二歳差なんて、ほら、芸能人カップルだとよくあるやつだし」

「普通はなかなかいないよ。特に田舎だとね」

「どうして、うまくいかなくなったの？　浮気でもされたの？」

「桔平くんは、そんなことしない。私のこと大好きだから」

「じゃあ、なんで？」

「一ヵ月くらい前かな。向こうの両親に呼び出されてね、やっぱり結婚は認められないって言われたの。年齢が離れすぎてるのがどうしても気になるって。桔平くんは、先のことを考えずに恋に浮かれてるだけだって。恋はいつか冷める、そのときに後悔しても遅い。だから、やっぱり息子は任せられないってさ。十年後のことを考えてみろとか、その歳で孫の顔をみせられるのかとか、色々と言われたよ」

「なにそれっ。腹立つ、二人の問題でしょ！　外野は黙ってろだし！」

「簡単に言わないでよ。結婚したあとでも、向こうの両親とはずっと付き合わなきゃいけないんだから」

「桔平さんはなんて言ってるの？」

「がんばって両親を説得しようとしてる。駄目なら、両親と絶縁してでも結婚するって言ってくれてる。でも、やっぱり辛そうなんだ。一人っ子で、まぁ、ちょっとマザコンっぽいところもあるからね」

初詣のときの桔平さんを思い出す。確かに、頼りなさそうというか優柔不断そうというか、マザコンっぽい雰囲気はあった。

みんなの後ろをくっつくように歩いてたし、屋台の食べ物もなかなか決められなかった。車だからお酒は飲まないと言っていたのに結局流されて代行で帰っていた。

母性たっぷり頼りがいばっちりのお姉ちゃんを好きになったのも、その辺りに理由があるのかもしれない。

「桔平さんがお姉ちゃんのこと大好きなら、結婚やめる必要ないよね。信じて、待ってあげればいいじゃん」

「そうなんだけどさ。でも、それよりも、向こうの両親がどう言ってるかより……私の方が、このまま結婚してもいいのかって迷ってきちゃってさ」

お姉ちゃんはそう言いながら、思い出したように、ずっと手に持っていた紅茶を口に運ぶ。

「向こうの両親の話を聞きながら思っちゃったの。あぁ、この人たちの言う通りじゃないかって。桔平さんは、今は私を好きでいてくれる。でも、この先もずっとそうなのかなって。いつか、私との結婚を後悔するんじゃないかなって。そして、なにもかも壊れてしまうんじゃないかって」

「考えすぎだよ。大事なのは、お姉ちゃんが、桔平さんと結婚したいかどうかじゃないの？」

できるだけ言葉を選んで口にした。でも、もう色んな人に言われ飽きたアドバイスだったらしい。疲れたように笑うだけだった。

「そんなのわかってるよ。桔平くんのことは好き」

「だったら」

ふわりと笑う。お姉ちゃんの笑顔から、また数本の綿毛が飛び立っていくのが見える。

家でも職場でも、こうやってずっとギリギリのところで笑っていたんだろう。本当は辛いはずなのに、なんでもかんでも自分で背負い込もうとする性格のせいで、泣けばいいのか怒ればいいのかもわからず、笑っていたんだ。

「一言でいうとね――彼に愛し続けてもらえる自信が、ないの」

お姉ちゃんの柔らかな声が、今だけは、傷を庇《かば》っているように余計に痛々しく聞こえた。

周りの親子連れや恋人たちの楽しそうな声が、それをさらに際立たせる。

お姉ちゃんはいつもグループのまとめ役で、責任感が強くて、色んな人たちから頼られていた。一番前になってみんなを引っ張ることはなくても、ちゃんと誰も遅れないように後ろからフォローしてくれる、そういう人だった。

すぐ目の前を、仲のよさそうな高校生くらいのカップルが通り過ぎる。女の子の頭には、若者だけが着けることを許されるようなパンダの帽子がのっかっていた。

「もう、どうすればいいのかわからないの。結婚するのもしないのも、どっちを選んだって後悔しそう。なにをする気も起きないし、なにも決められない。ねぇ、一葉、どうすればいいと思う？　もうさ、私の代わりに決めてよ」

タンポポの綿毛が風に舞い上がる。もうお姉ちゃんの笑顔は、どこから見ても丸くなかった。

お母さんが、優しくしてあげな、と電話口で言っていたのが耳に蘇ってくる。

無責任なこと言わないでよ、やっぱり優しさでどうにかなる状況じゃないじゃない。

どれだけ探しても言葉が見つからない。周りから聞こえてくる楽しそうな喧噪に、私たちだけ違う世界に取り残されてるような気がする。

そこで、着信音が鳴った。


タイミングの悪い電話に、ほんの少しだけほっとした。

ごめんね、と小さく言って席を立つ。

電話の相手は、椎堂先生だった。わざわざ週末に電話をしてくるくらいだから、月曜日の打ち合わせについてだろう。電話に出ると、予想通りだった。

「来週の月曜だが、急な用事が入ってしまった。教授の付き添いで、学会にいかないといけなくなったのだ」

「そうですか。それは仕方ないですね」

日程調整をしないといけないけど、今、手元にはスケジュール帳がなかった。

『恋は野生に学べ』のコラムはいつも、時間との闘いだ。できるだけ早くセッティングしないと間に合わなくなる。

そこで、閃いた。

背後を振り返る。お姉ちゃんは頭から綿毛を飛ばしながら、寂しそうに行きかう人たちを見つめていた。どれだけ考えたって、大した恋愛経験のない私にはアドバイスなんて出てこない。それなら、賭《か》けてみてもいいかもしれない。

「今日、これからはどうですか？」

椎堂先生は週末もほとんど大学にいる。学生がいない分、週末の方が仕事に集中できるとも話していた。今も、研究室から電話をかけているんだろう。

「今日か？　別に構わないが、君はいいのか？」

「先生が教えてくれた蘊蓄のせいで、今、気まずい状況なんですよ。責任取ってください」

「言っている意味がわからないのだが」

「事情は着いてから話しますので。あと、姉も連れていきます」

「おい、面倒ごとを持ち込むなよ。あくまで求愛行動を話すだけという契約だからな」

「では、一時間くらいでそちらに着きますので」

電話口の向こうの不満そうな声を押し切り、電話を切る。

先生が教えてくれた動物たちのエピソードは、たくさんの人の心を動かすアドバイスになった。『リクラ』が発売されるたび、ＳＮＳではコラムに励まされたって人たちのメッセージがたくさん流れる。私が振られて落ち込んだときも、ペンギンの求愛行動が立ち直るきっかけになった。

お姉ちゃんのさっきの相談を聞いて、思った。

年の差を気にして、周りの視線や言葉を気にして、次の一歩が踏み出せない。

今回のハミさんの恋愛相談に似ている。そのことに、運命めいたものを感じた。

偶然なのはわかってる。でも運命ってことにして、それに縋ってみようと思った。

土曜日の生物棟は、相変わらず静かだった。

研究室の学生たちの話し声も、窓の外から聞こえてくる運動部の掛け声もない。

生物棟を囲むカエデの葉っぱは夏に向けて立派に大きくなって影を作っている。そのせいか、建物の中はどこかひんやりしていた。

ノックして椎堂先生の居室に入る。今日は求愛行動の動画鑑賞ではなく、パソコンに向かってデスクワークをしていた。

夏が近づいているからか、今日の服装はいつもよりラフだった。シャンブレーシャツにリネンっぽい素材感のある薄手のジャケット、合わせるのが難しそうなインディゴのパンツが涼しげにマッチしている。シンプルな着こなしだけど、おかげでスタイルの良さが引き立っていた。なにも知らずに同じ電車の車両に乗ったら、悔しいけど百パーセント釘づけになる。

「私の姉です。今日の取材、一緒に聞かせてもらってもいいですか?」

向き直った椎堂先生に、お姉ちゃんを紹介する。

急な仕事が入っちゃった、お姉ちゃんにとってもいいアドバイスが聞けるかもしれないから一緒に来てよ、上野動物園で椎堂先生から電話をもらったあと、そう言って、半ば強引に打ち合わせに同行してもらうことにした。

「妹が、いつもお世話になってます」

お姉ちゃんは手土産にと、私のために買ってきてくれていた柏屋《かしわや》の薄皮饅頭《うすかわまんじゅう》を渡す。あれはきっと、村上助手の胃袋に収まることになるだろう。

「どうも。准教授の椎堂です」

先生はお姉ちゃんに名刺を渡しながら、ちらりと私の方を見る。なんのつもりだ、面倒だからさっさと帰れ、そう視線で語っていたけど、気づかない振りをする。

名刺を受け取ると、今度はお姉ちゃんがちらりと私を見た。

ここに来るまでの間に、先生のことは話していた。すごいイケメンでオシャレな変わり者。予想以上だったのだろう、本当にハンサムね、と言ってるのが視線で伝わる。残念ながら、その通りなんです。

「それで、どんな求愛行動を話せばいい？　君の姉がここにいる事情の説明などいらない。さっさと必要なことだけを済ませてくれ」

いつもの気怠そうな様子で、椎堂先生が聞いてくる。

ハミさんへ回答するために質問したいことは、お姉ちゃんに会う前から決めていた。

でも、今のお姉ちゃんの前でそれを聞くのは、少しだけ覚悟が必要だった。ノートとペンを取り出し、姿勢を正してから口にする。


「ではさっそく。動物たちにとっても、若さって重要ですか？」


短い沈黙があった。

椎堂先生は言葉を選ぶように、椅子に深く腰掛け直しながら口を開く。

「若さ、か。君は、若さとはなんだと思う？」

若さとは何か。学生たちが居酒屋で交わすような青臭い議論みたいな質問だった。

そして、その青臭い議論なら私も学生時代に経験済みだ。胸を張って、自信満々に答える。

「若さとは、つまり、可能性ですね」

だけど返ってきたのは、質《たち》の悪いセクハラ発言を聞いたみたいに不快そうな視線だった。

「なにを言ってるんだ、君は？」

「若いってことはこれからなんでもできるってことですよね。色んな夢を持てるし、どんな未来だって目指せる」

「野生動物の話をしている。夢だとか未来だとか、そういうものを持ち込むな。頭の悪い回答は時間の無駄な上にストレスだ」

ちらりと横のお姉ちゃんを見る。ドヤ顔で答えたのを否定されて笑ってるかと思ったけど、他所行《よそい》きの表情を張り付けて微笑んでるだけだった。

「君の理解がどの程度かはよくわかった。それで、若さと求愛行動について話をすればいいわけだな？」

「はい。お願いします！」

「いいだろう。それでは、野生の恋について——話をしようか」

椎堂先生はそっと眼鏡の縁に触れる。

その瞬間、先生の中でスイッチが切り替わるのがわかった。声からも、さっきまでの気怠さは消えて、急に張りのあるバリトンに変わる。

「まずは、さっきの質問に答えよう。若さとはつまり、資源だ。体力があり健康である可能性が高いという強力な証明だ」

「やっぱり、野生でも若いメスがモテますか？」

「生き物が求愛行動をする最終目的は、自分と同じ遺伝子を次の世代へ残すこと。そのために若い個体が選ばれるのは当然だな。野生でも発情期に若いメスにオスたちが群がり、年老いたメスがぽつんと残されるのはしばしば見られる光景だ。そこは人間も同じだろう？」

過去に先輩から聞いた、婚活パーティの話を思い出す。二十代に群がるオスたち。確かに、同じ、かもしれない。

「それに、若さというのは実に平等な資源でもある。老いた個体も、かつては若さという資源を持っていた。若さという資源を使って、気づかない間に他の個体から求愛を受ける機会を奪っていたかもしれない。奪うものはいつか奪われるものになる。これも弱肉強食の一つだ」

完全に、期待と真逆のコメントだった。

もしこの内容で恋愛コラムを書いたら、『リクラ』読者のほとんどを敵に回すことになる。

お姉ちゃんの方を見ると、たんぽぽの綿毛がぶわりと派手に舞い上がっていた。

「今回の悩み相談には――それを否定するような話が欲しいんですよ。若さがすべてじゃない、若くなたってモテるメスはいるって」

「若さは強力な資源だ。それを否定するのは難しい」

「そこを、なんとかっ」

「ただ、年齢を重ねたメスの方が選ばれる動物ならいる」

その言葉に、真っ暗な道の先にぽつんと自動販売機の灯りを見つけた気持ちになる。

椎堂先生ならなにか教えてくれると期待していた。私たちが考えているよりもずっと、野生動物たちは多様で複雑だ。

「年上好きな動物、やっぱりいるんですね！」

自分で口にして、思わず笑ってしまう。年上好きな動物。なかなかのパワーワードだ。

「年齢を重ねたメスがモテる動物の代表としてあげられるのが、チンパンジーだな」

「え？　チンパンジーって人間にすごく近い動物でしたよね？」

「その通りだ。チンパンジーは人間と遺伝子が九十九パーセント同じだ。だが、求愛については大きく異なる。オスのチンパンジーは、交尾が可能な若いメスと老いたメスが目の前にいたら、多くが老いたメスを選ぶという。理由は明らかになっていないが、仮説の一つとして、チンパンジーは人間と違って閉経と寿命が同時に進むからだと言われている」

「えっと、お婆ちゃんになっても子供が産めるってことですか？　それが、どうして年上好きの理由になるんです？」

「これも仮説だが、年齢を重ねたチンパンジーは、子供を産み、子供を育てた経験を持つ個体が多い。チンパンジーたちにとっては、若さよりも、子供を産んだ実績や子供を育てた経験の方が、重要な資源なのではないかと考えられている」

「なるほど。逆の発想ですね」

「他にもニホンザルやネコなど、多くの動物で成熟したメスがモテる傾向がある」

戦国時代の大名が世継ぎを残すために、あえて出産経験のある女性や男を産んだことがある女性を奥さんにしたってエピソードを読んだことがある。人間だって時代や状況が変われば同じ考え方になっていたかもしれないってことか。

そこまで考えて、ノートの上を走っていたペンが止まる。

誰もが若い方がいいと思うわけじゃない。そんなことを言われて、ハミさんや『リクラ』の読者は、なるほどと言ってくれるだろうか？

私が考えたのと同じ疑問が、すぐ隣から聞こえた。

「でも、人間の場合、若いってだけでモテますよね。チンパンジーのような考え方をする人なんて、そうそういないですよね？」

ずっと黙って話を聞いていたお姉ちゃんが、我慢できなくなったように口を挟んでいた。

ちらりと見ると、クラスの優等生が授業中に質問するようにピンと背を伸ばしている。

「人間の恋愛のことは専門外だ、知らん」

いつものように、野良猫を追い払うようにしっしと手を振られると思った。

だけど、先生は珍しく、人間の恋の質問に、ふと思いついたように続ける。

「ただ、野生の求愛行動とは、突き詰めれば、持っている資源の比べ合いだ。最初に言った通り、若さというのは強力な資源だが、それが全てではない。なにがもっとも重要な資源になるかは、種によって違う。求愛行動の基準に、そもそも年齢など関係のない動物もいる」

求愛行動の説明が終わったからか、先生の言葉から急に熱が失われていく。そして、最後に呆れるような声で付け足した。

「どうも君たちの話を聞いていると、人間は、若さを唯一無二のものとして必要以上に特別扱いしすぎているようだ」

求愛行動とは持っている資源の比べ合い。若さは資源の一つに過ぎない。

その言葉で、急に視界が開けた気がした。

ハミさんの相談を受けてから、若さという時間とともに枯渇していく資源にばかり目を向けていた。

でも、ハミさんやお姉ちゃんが、すでに愛されているということは、相手に選ばれるような資源を持ってるってことだ。若さというたった一つの資源にこだわっていたから、大切なものが見えなくなっていただけかもしれない。

第一回のペンギンの恋愛相談の記事を書いた時のアドバイスを思い出す。人間は人それぞれにパートナーを選ぶ基準が違う。そして、相手が求める基準と、私たちが持っている資源は、求愛行動の表と裏だ。

若いってことが強力な資源だってことは否定できないけど、資源の一つなら、別の資源で覆すことだってできるはずだ。

容姿がいいのも、お金を持っているのも、社会的地位があるのも、性格がいいのも、話が面白いのも、料理が上手なのも、みんな横並びの資源に過ぎない。

大事なのは、相手が求める資源と自分の持っている資源をちゃんとわかっておくことだ。

私は、相談者のハミさんのことを知らない。でも、お姉ちゃんのことはよく知ってる。

お姉ちゃんは、魅力的な資源をたくさん持ってる。

タンポポのような雰囲気とコットンのような柔らかい声で一緒にいるだけで癒される。ついつい甘えたくなるような包容力がある。面倒見がとてもよくて、相談するとなんでも自分のことのように親身になって考えてくれる。

料理もおいしい、私の料理はだいたいお姉ちゃんに教えてもらったものだ。読書好きでミステリ好きだからか、一緒にいると色んな蘊蓄をくれるし、目に映るものから色んな推理をして教えてくれる。

一緒に住んでいるときは意識しなかった。だけど、上京して一人暮らしを始めてしばらく、ホームシックにはならなかったけどお姉ちゃんシックになったほどだ。

隣から、吹き出すような笑い声が聞こえた。

振り向くと、お姉ちゃんが笑っていた。どうやら、お姉ちゃんも私と同じようなことを考えていたらしい。

「私たちは年齢に縛られすぎていた。つまり恋愛とは、お互いが持っている資源のマッチングの結果でしかないのかもしれないですね」

コットンに挟まれたような柔らかい声だった。

なにかきっかけを見つけたような、力の抜けた笑み。もう、綿毛が飛び立ったりしていない。

ふんわりと、強くしなやかに背筋を伸ばしている。

手元に視線を落とすと、私のノートもびっしり文字で埋まっていた。ハミさんへの回答も、この中にちりばめられた言葉を繋ぎ合わせればできあがるだろう。

「意外でした。先生が、人間の恋愛についてこんなに話すなんて」

「最近、ときどき考えるようになった。人間の、恋愛について」

「なにかきっかけあったんですか？」

なにげなく聞くと、先生は急に無言になって私を見つめた。

鼓動が急に速くなる。

それは、イケメンに見つめられているからというだけじゃない。いつか、紺野先輩に言われた言葉が頭に蘇る。

椎堂先生のこと、好きなんじゃないの？

あぁ、そうか。やっぱり、そうか。

「君のせいだな」

「わ、私のせい、ですか」

「……君と恋愛コラムなどをやり出したから、ついくだらないことを考えるようになってしまった。おかげで時間を浪費してしまう。本当に不愉快だ、迷惑している」

あぁ、そうですよねぇ。

紛らわしい間に、ちょっとだけ妙な期待をしてしまった自分が恥ずかしくなる。

だけど、今のやり取りで、はっきりとわかってしまった。

最初は、イケメンを無駄遣いした変人だと思っていたけれど、今では生きづらいほど繊細で人間関係に不器用なところや、子供のように好きなモノに一生懸命なところを知っている。

私は、この人に、恋をしている。


生物棟の外に出ると、空を覆っていた雲が散って、隙間から青空が見えていた。

動物園にいたときの涼しさが嘘のように、夏を感じさせる日差しが照り付けてくる。私たちは逃げるようにキャンパスの中庭にあった日陰のベンチに移動した。

平日なら学生に占拠されているだろう一等地は、土曜日だからか誰も使ってなかった。

お姉ちゃんが近くの自販機で二人分の飲み物を買って来てくれる。自分には紅茶、私には冷たいグレープフルーツジュース。子供のころと同じ組み合わせだ。

「先生の話を聞いていて、なんとなく気が楽になったよ」

紅茶の缶を両手で包むようにしながら、お姉ちゃんが口を開く。

「桔平くんとの年齢差を悩むより、彼が必要としてくれてる資源に目を向けろってことね」

「そういうこと。お姉ちゃんのことをずっと好きなんでしょ。それって、お姉ちゃんの資源にぞっこんだってことだよ」

改めてさっき考えたお姉ちゃんの良い所を思い出す。

マザコン気味の男性には、たまらんタイプだろう。

「余計なことで悩むのはやめにする。自分の資源と彼のことを信じて待つことにする」

「うん、それでこそお姉ちゃんだ」

「ありがとね、一葉」

「私はなにもしてないよ」

「椎堂先生にお礼をいったら、動物の話をしただけだっていうんでしょ。だから、動物たちと私を繋いでくれた一葉にお礼をいっとく」

お姉ちゃんが、ふわりと笑う。

タンポポの綿毛は、いつもの丸みを取り戻していた。

「ところでさ、椎堂先生のこと、どこかで見たことあるような気がしたんだけど……どこだったかな」

「あんなイケメン、前に会ってたら忘れないでしょ」

「でも、どこかで見たのよね。思い出したら、教えるよ」

そう言って、顎に手を当てる。名探偵が推理を始めるような仕草に、いつものお姉ちゃんが戻ってきた気がして嬉しくなった。

「一葉。あの先生のこと好きなの？」

「え？　そんなこと――」

姉は、じっと私の目を見る。名探偵にぜんぶお見通しだと言われた犯人の気持ちになった。

「まぁ、うん……そうなんです」

言葉にして認めると、胸の中に小さな火が灯った。

「あんなカッコいい人が私なんて相手にするわけないってわかってるんだけどね。私なんて可愛くないし、脚太いし、ぜんぜん釣り合ってないし」

「一葉だってたくさん素敵な資源を持ってる。椎堂先生も一葉のこと、けっこう気にいってるように見えたよ？」

「それは、恋愛とは関係ないやつでしょ。それに先生は動物の求愛行動にしか興味ないし」

「そうかなぁ。さっき、恋愛に興味でてきたって言ってたでしょ。あれって、一葉のことを意識しかけてるって意味じゃないの？」

「まさかぁ。それにさ、先生は仕事関係者だし。仕事相手と恋愛とかそういうの面倒だし」

「別に関係ないでしょ。私と桔平さんだって同じ職場だよ」

さっきまであんなに落ち込んでたくせに、すっかりいつもの面倒見のいいお姉ちゃんに戻っていた。傷心旅行は、すっかり目的が変わってしまったらしい。

夏の日差しが、私たちの座る日陰のベンチを避けて降り注ぐ。

それからしばらく、お姉ちゃんはコットンのような柔らかい声で、私の新しい恋を応援してくれた。


——チンパンジーがパートナーを選ぶ理由には、ちょっと驚かされるだろ。

恋愛は人間も野生動物も変わらない。つきつめれば、持っている資源の比べ合いだ。

多くの男は、若い女が好きだ。特に芸能界では、口ではなんだかんだと偉そうなことをいっても、結局は若い女とくっつくやつは反吐《へど》が出るほど多い。

若さってのは、若いってだけでどんなにバカでも許されるくらい、強力な資源だ。

でもチンパンジーのように、他の資源がそれに勝ることもある。

モデルの仕事も同じだった。現場によっては、キャリアなんてものは、若さの前ではゴミ同然の価値しかなかったりする。だけど、特別なモノを持ってる人は、雑誌やステージは変わっても、いくつになったってトップを飾れる。

娘や息子のように年の離れたガキと結婚したタレントたちは、年の差を帳消しにするほど魅力的な資源を持ってたってことだ。金かもしれないし才能かもしれない、有名人と付き合ってるっていう優越感かもしれない。恋愛至上主義のやつらはそういう理由を否定したがるが、それだって横並びの資源の一つだ。

あんたがまずすべきことは、周りの目を気にすることでも、彼の心変わりを心配することでもない。

自分の持っている資源を知ることだ。

言い寄られてるってことは、あんたの資源に魅力を感じてるってこと。彼が求めている資源はなにか、あんたが持ってる資源はなにか、それをよく考えな。

恋なんてものは、結局のところ、お互いが持っている資源のマッチングでしかない。

あんたが持ってる資源が、年の差なんて覆せる自信があるなら、前にすすみな。

もし自信がないなら、時間を無駄にしないうちにさっさと手を引くことだ。彼を失うどころか、あんたが積み重ねてきたものに傷がつく。

可能性は低いかもしれない。

だけど、私は、同じように年齢を重ねたモデルとしてあんたを応援するよ。

あんたの持ってる資源が、彼を夢中にさせ続けるものだってことを祈ってる。

書き上がったばかりの原稿を、目の前でアリアが読んでいた。

いつもならアリアに見せるのは編集部内で確認が済んでからだけど、今日はタイミングがよかった。

お姉ちゃんと別れた後、頭に溢れてきたアイデアを逃したくなくて、そのままカフェに籠って原稿を書いた。書き上げたころに約束の時間になったので、そのままの足でマサキの世話に向かう。

部屋につくと、アリアは私の話を覚えていたらしく、

「お前、今日は姉がくるんだったよな。どうなった？」

と聞かれ、事情を話したついでに、できあがったばかりの原稿を読んでもらうことになった。

椎堂先生の話を聞いた後、お姉ちゃんは、スッキリしたからもう十分、と笑った。そして、せっかくキャリーバッグを引きずってきたのに、私の部屋には泊まらずに福島に帰っていった。

帰る前に、上野動物園に寄って見逃したパンダを見ていくというので、上野駅で別れた。今頃は帰りの新幹線の中だろう。

「……けっこう、面白いじゃねぇか」

原稿を読んだアリアは、ちいさく呟いた。

よっしゃ、と心の中でガッツポーズをする。

「弁当、残ってるけど食うか？　部屋が臭くてたまらねぇ、食ったらさっさと掃除だ」

アリアはそう言いながら、カウンターキッチンの上にある弁当箱を顎で示す。

今日も有名な洋食店の弁当だった。テレビ局っていうのは景気がいいらしい。

ふと、そこで気づく。今日は撮影はないと言っていたはずだ。私のために用意してくれたんだろうか。もしかしたら、これまでのロケ弁が余ってたっていうのも嘘で、わざわざ買ってくれて

いたのかもしれない。

「ありがとうございます、いただきます」

余計なことには気づかなかったことにして、手を合わせる。

「この動物の話も、監修やってる先生から聞いたのか？」

「そうですよ。それを、勝手に膨らませてまとめた感じです」

「相変わらず、変わってんな」

「一度、アリアさんも会いにいきますか？　動物の求愛行動を聞くの、意外と面白いですよ」

そう言うと、すごい目力で睨まれた。いくわけねぇだろ、って感じだ。

「所詮《しょせん》恋愛は、持ってる資源の比べ合いか」

アリアは、記事に書かれていた言葉を、口の中で転がすように呟いた。

「それは、恋愛じゃなくても同じなんだろうな。たとえば、他の人間関係でも、仕事でも」

「そうかもしれませんね」

「もうちょっと、その先生のこと聞かせろよ」

急に気になったように言われ、椎堂先生のことを話した。

アリアは私の話を、どこか懐かしそうに眼を細めて聞いていた。

ご飯を食べ終えてから、マサキの世話を始める。

ケージの中に散らばった排泄物《はいせつぶつ》を片付けて、寝床を整えて、足にまとわりついてくる巨大なウサギをなだめながらラビットフードを盛り付ける。

いつもはそっぽを向いて雑誌を読んでいるアリアが、今日はじっと私が世話をするのを見つめていた。そのせいで妙に緊張してしまう。

「手慣れたもんだな。クソの掃除もうまいじゃねぇか」

「そりゃあ、毎日やってますから」

誰のせいで毎日やる羽目になったと思ってるんですか、と言いたいのをぐっと堪える。

「お前、明日から来なくていいぞ」

「え？　宮田さん、まだ帰ってこないですよね」

「このデブウサギの面倒は、あたしが見る」

思わず、作業を止めて振り向く。

「大変ですよ。臭いし重いし、のっかってきますよ」

「動物好きってのも、今じゃ立派なあたしの資源なんだろ。ここまできたら受け入れてやるよ」

意外な言葉だった。どこか調子が悪いんじゃないかと思って、ケージの柵の傍まで歩み寄るけど、いつものアリアだった。

今の灰沢アリアにとって、たしかに動物好きなキャラクターっていうのは立派な資源だ。他の資源をたくさん持ってるのも知ってる。昔と変わらない美貌とスタイルも、かつてカリスマだったという過去も、人の心に響く言葉もそうだ。だけど、再ブレイクしたきっかけは『恋は野生に学べ』での動物好きという嘘が話題になったことが大きい。

でも、アリアが自分でそれを口にするのを聞いたのは、初めてだった。

「嫌だったんじゃないんですか、動物好きだって思われるの」

「あぁ、嫌だったよ。今の灰沢アリアが、あたしは大嫌いだった。モデルの仕事ができないくせに、タレントみたいなことをしてる、ダサくてしかたねぇって思ってた」

「モデルの仕事は、自分で断ってるって聞きましたけど」

「あぁ。自分が信じられなくなるようなことが、あったんだ。それのせいで、あたしは、一番大切なものを手放しちまった」

アリアが、モデルの仕事ができなくなるほどの出来事とはなんだろう。

考えても、わかるわけない。ただ、私が聞いても答えてくれないだろうことはわかった。

「最近になって、また思えるようになったんだよ。やっぱり、あたしにはモデルしかないってよ。お前と、この恋愛相談の監修やってる先生のおかげかもな」

「また、ランウェイに戻る気持ちになったってことですか?」

「あぁ。それも、とびっきりの舞台のな」

アリアはそう言うと、どこか遠いところを見るように、天井からぶら下がっているライトに視線を向ける。

「確かに、若さってのは強力な資源だ。あたしはもう若くない、ショーにでるには、若さに勝てるだけの資源がいる。資源はいくつあったっていい、好き嫌い言ってられねぇだろ」

そう言うと、そっとケージの中に手を伸ばす。

話し込んでいる間に、マサキはいつの間にか眠っていた。その頭に、アリアはそっと触れる。

「タレントだってやってやるし、苦手なものも好きになってやるさ。そんなの、大したことじゃねぇ」

「灰沢アリアなら、大丈夫ですよ。私が保証します」

ファンとしてでも編集者としてでもなく、ただ、この数日、灰沢アリアをすぐ近くで見てきた一人の人間として告げる。

アリアは呆れたように、お前に保証されてもな、と言って笑った。

足元で寝息を立てている巨大なウサギに、心の中でお礼を言う。

この子のおかげで、憧れの人のことをこんなにも知ることができた。


アリアの家からの帰り道、電車の窓ガラスに映る自分を見つめながら考えた。

私は、いったいどんな資源を持っているのだろう。

就職してから今まで、たくさんの企画を書いてきた。だけど、そんなこと考えたことなかった。

自分の強み、自分だけの魅力。

ファッション誌の編集者になれなかった可哀想な私、ずっと、そこで立ち止まっていた。苦労して就職した出版社を辞める気にはなれず、これじゃないと思いながらだらだら続けている。働くってそういうこと、辛くて当たり前、そんな風に言い訳してきた。

ちゃんと与えられた仕事はこなしているつもりだ。企画だってノルマ通り考えている。でも、心の中にはいつも、これは私がやりたかった仕事じゃない、があった。

だから、自分の内側で悩むことをせずに、先輩にアドバイスを求めたり過去の記事や他誌のアイデアを利用することばかり考えていた。

――好きじゃないものを無理に好きになるのは難しいでしょ。あんたが好きなものと仕事をつなげてみるっていうのはどう？


紺野先輩に言われた言葉が蘇る。

あの時は、できる人のアドバイスだと聞き流していた。でも、今になって、先輩のいいたかったことがわかる。

私も、アリアのように変わらないといけない。

いつまでも、ファッション誌の編集者になれなかった、を引きずってどうする。ダーウィン大先生の言う通りだ。仕事ができる人というのは、好きなことを仕事にした人でも、嫌いなことを努力できる人でもない。その仕事に適応した人なのだろう。

私の持っている資源を、もう一度、見直そう。先輩たちにはない資源が、一つくらいは見つかるはずだ。

私は今の自分の仕事が、そこまで好きじゃなかった。だけど。

アリアが見ている景色を、ほんの少しでいいから見てみたいと思った。


自分の席でデザイナーさんから上がってきたプレゼントコーナーのページをチェックしなが

ら、何度も編集長の姿を確認していた。

今朝、新しい企画を提出した。今、それを手に取って読んでいるところだ。

編集長が立ち上がる。ラジオ体操のように腰に手を当てて後ろに反らす。それから、ゆっくりと私の方に近づいてきた。

「柴田、今朝出してくれた企画だけど」

編集長の声は冷静だった。怒っている様子も呆れている様子もない。つまり、感触としては悪くないってことだ。

緊張しながら、次の一言を待つ。

「この企画ね、駄目だわ」

駄目。その言葉が、ピンボールの玉のように私の頭の中を跳ねまわっていく。

……そっか。やっぱり、駄目か。

わかってましたよ。どうせ、私が頑張ってもこんなもんですよ。でも、ほんのちょっと、今回のはいけるかもって思ってたのに。

私が出した企画は『あなたを癒す魅惑のペット・レオパードゲッコーの世界』だった。

私が『リクラ』に出せる企画で、誰かに語れることは多くない。そこで思いついたのが、社会人になってからずっと飼い続けているレオパだった。

ペットや動物の企画はたまに取り上げているし、最近、雑誌のターゲット層の女性に、レオパを飼う人が増えてきているというデータもある。『リクラ』読者層から支持されている女優さんにも、インスタで飼っているレオパの写真を投稿している人もいる。面白い記事になる気がしていたのに。

「……あの、どこが悪かったんですか？」

尋ねると、編集長は珍しく言いにくそうな顔をした。

「爬虫類、苦手なのよね」

それだけ言うと、背を向けて自分のデスクに戻っていった。

……なんだ、それ。しかも、よりによって、元カレと同じ理由かよ。

編集長がボツにした企画が、編集会議で通ることはない。結局、いつもと同じだ。悔しいけど、なにも変わらなかった。

そういえば、これまで何度も編集会議でボツになってきたけど、ボツになった企画が悔しいと思ったのは初めてかもしれない。

「あたしは、面白かったと思うよ」

隣から、声がする。

振り向くと、紺野先輩が、自分の作業を止めて振り向いていた。

「ボツになったんですよ」

「うん。でも、少なくとも、あなたはここにいる」

そう言いながら、ポンと私の企画書を指で叩いてくれる。まるで、自分の頭が撫でられたような気がした。

なにも成し遂げられていない。だけど、少しは前に進めたのかもしれない。

背後から、拍手が聞こえた。

振り向くと、窓際のカーテンレール、キャビネットの中、編集長の机の上、いつの間にか編集部のあちこちにチンパンジーがいて、嬉しそうに手を叩いているのが見える。

妄想の中で、九十九パーセント同じ遺伝子を持つ兄弟たちは、私の小さな一歩を祝福してくれた。

第四話

ハリネズミのミリタリージャケット

Hedgehog

目の前に並ぶアクアリウムは、夜の街を走る電車の窓明かりのように幻想的に輝いていた。

……まさか、本当にこんな場所に来てしまうなんて。

周りを見渡して、改めて思う。カップルが半分、親子連れが半分という感じ。都内でも有数のデートスポットだ。

そして、周りを歩く人たちの視線は、ちらちらと私の隣へと向けられる。それはそうだ、モデルのようなイケメンが、ただでさえ目をひくオシャレな服を着て歩いているんだから。

椎堂先生と、池袋サンシャイン水族館に来ていた。

「おぉ、タツノオトシゴじゃないか。タツノオトシゴはオスがメスから卵を受け取って育てることで知られている。だから求愛行動の最初は、卵を入れる育児嚢《いくじのう》を膨らませてアピールする。それでメスに受け入れられれば、尾を絡ませたり並んで泳いだりと、まるでダンスのような行動をするのだ。合理的でありながら、実に愛らしいな！」

このあいだ、お姉ちゃんにアドバイスしてもらったお礼にランチに誘うことにした。ただのお礼じゃなくてちょっと下心があるやつだ。

お姉ちゃんと紺野先輩にさんざん背中を押され、覚悟を決めて大学へいったのが一週間前。

「次は熱帯雨林のエリアか。カメレオンの中には体の色を変化させて求愛を行うものもいる。ルディスカメレオンは求愛のとき、オスは体の側面に黄色い帯のような模様を浮かび上がらせる。メスは気に入ればそのまま受け入れる。だが、拒絶するときは、体を真っ黒にさせて断るのだ。実にわかりやすいだろう！」

研究室の前でなにかを察したらしい村上助手に捕まり「誘うならぜったい動物園か水族館をセットにすべきですよぉ、それなら完璧に食いつきます」と言われた。

水族館にいきませんか、そう尋ねると二つ返事で行くと答えてくれた。動物が好きな椎堂先生には天国のような場所なのだろう。

「アカミミガメの求愛行動は、ビンタだ。オスがメスをビンタするように高速で叩く。動画を検索すればたくさん出てくるので見てみるか？　もちろん個人的にも保存してあるぞ」

待ち合わせに場所に来た時は、かなり緊張していた。

悩んだ末に選んだ白いチュニックとベージュのサマーニットベストの組み合わせ。ボトムスは太い脚を隠す定番のミモレ丈のスカート。お気に入りの帽子は、張り切ってるように見られそうなので泣く泣く置いてきた。窓ガラスに自分が映るたび、変に思われないだろうかと不安で逃げだしたくなった。

先生は私と一緒に水族館なんかいって楽しめるかな、そもそもよくオーケーしてくれたな、なんて今さらなことを考えた。

でも、待ち合わせに来た先生はファッションのことには一ミリも触れなかったし、水族館に入った途端ずっとこの調子だ。

心配して損したってくらい、いつもの椎堂先生だ。

うーん。楽しくないわけじゃないんだけど。求愛行動の話を聞いていると、もうほとんど仕事をしている気しかしない。

おまけに、先生の語りが面白いせいで、すぐにギャラリーができてしまう。途中から子供たちもついてくるようになった。もう全然デートって感じじゃない。

求愛行動を聞きながらアクアリウムを眺め、最後に屋外エリアのペンギンたちを堪能してから外に出た。

水族館の下のフロアには、大型のショッピングモールが広がっている。

飲食店やショップが立ち並ぶサンシャインシティの中は、大勢の人たちで賑《にぎ》わっていた。夏休みということもあって、どの店も華やかに飾り付けられている。

だけど、隣を歩く先生はいつもの気怠そうな表情に戻っていた。さっきまで水族館ではしゃいでいた人とは別人だ。

「なにか食べていきませんか？　姉の相談にのってくれたお礼に、奢《おご》らせてください」

勇気を出して聞いてみる。そもそも、そっちがメインの企画だった。

「別に相談になどのってない。ただ求愛行動について話をしただけだ。君たちが勝手にいいように解釈しただけだろう」

「いいから食べていきましょう、私もお腹すいたので。なにか食べたいものがありますか？」

「……和食だな」

半ば強引に誘って、近くにあった和食レストランに入る。

窓辺の席に座って注文を済ませた。先生はサバの味噌煮定食、私は生姜焼《しょうがや》き定食。ようやくデートらしい状況になってきた気がする。

そこで、ふと気づいた。

「先生ってやっぱり注目されますよね」

お店の中でも、先生は周りの注目を集めていた。こんなオシャレなイケメンが入ってきたら、私だって釘付けになる。

視線の多くは、先生をキラキラと見つめた後、隣に座る私を見て、えっ、という表情をして納得いかなそうに顔を逸らす。白馬とタヌキが並んでいるようなもんだ。イケメンの隣にいる私は、さぞ滑稽《こっけい》で場違いに見えるだろう。

「やっぱり大学でもモテますか？」

「興味がないな」

「女子学生から誘われたり、プレゼントとかもらったりしないですか？　バレンタインデーとかすごいことになってそうですよね」

「興味がないと言っている。授業に関係なさそうなメールはそのままゴミ箱だ。プレゼントの類は机に放置していたら村上君が勝手に持っていってくれる。プレゼントについていた手紙も、そのままゴミ箱だな。数など覚えてない」

「それはさすがに、非人道的じゃないですか」

「勝手に一方的な感情を向けられただけなのに、どうして時間を割かなければならない。なんの生産性もない行為に付き合ってやるほど暇ではない」

相変わらず気怠そうな声だった。

でも、数を覚えてないってことは、それくらい沢山もらってるってことだ。まぁ、こんなにイケメンなんだから無理はない。

その気になれば、すぐに恋人ができるんだろう。価値観は人それぞれだから大きなお世話なのはわかってるけど、それでも、もったいないなぁと思ってしまう。

もしかしたら、先生は、今まで誰とも付き合ってこなかったんだろうか。

椎堂先生って何歳だ？　若く見えるけど、三十歳を超えてるのは間違いない……そうか、女性経験ないのか。いや、別にいいけど。

私がくだらないことを考えていたのがバレたのか、先生は面倒くさそうに口を開いた。

「ずっと人間に興味がなかったわけじゃない。若い時は、告白されるたび、可能な限りはその相手と付き合っていた」

「あぁ、そうなんですか。昔は女性に興味があったんですね」

「断るのが面倒だっただけだ。だが、どういうわけか、付き合うと余計に面倒なことになった」

「そんなの、当たり前じゃないですか」

「面倒になって別れる、その繰り返しだ。ほとんど長続きはしなかった。ちゃんと続いたのは、一人だけだったな」

そこで、椎堂先生は少しだけ懐かしそうに唇の端を緩めた。

見たことのない、表情だった。

「……その人とは、どれくらい付き合ってたんですか？」

「ちょうど一年だ。付き合ったのも別れたのもクリスマスだった」

先生が求愛行動に関係なく自分のことを話すのは、初めての気がする。

知りたいけれど知りたくない、不安と好奇心が喉と胸のあいだを行ったり来たりする。

「高校卒業してからしばらく、動物とは関係のない仕事をしていた。彼女とは、その仕事がきっかけで知り合った。誰かと付き合ったのは、それが最後だった」

「えっと……高校卒業してからってことは、十年以上前ってことですよね」

「そんなになるか。前の仕事では、人間関係で色々と揉《も》めてな。そのせいで、興味のないことで人間と関わるのが面倒になった。誰かに気を遣っても意味などない。時間の無駄だとわかった」

「それで、今の仕上がりなのですね」

「俺は今の自分に、不満などない」

そう呟いてから、腕組みをして窓の外に視線を向ける。変わり者だけれど、本当に、一つ一つの仕草が絵になる人だ。

もし椎堂先生がこんな性格じゃなかったら、恋愛コラムの監修を引き受けてくれることも、一緒にランチをすることもなかった。何があったのかは知らないけど、こうしていられるのは、過去に先生を悩ませた人間関係のおかげなのだろう。

「一年続いた彼女さんは、求愛行動に興味がある人だったんですか？」

「そういうわけじゃない」

ふと、先生はなにかを思いついたように、真っすぐに私を見た。

長い睫毛の下の瞳が、しばらく無言で見つめる。ちくしょう、別にイケメンだから好きになったわけじゃないけど、やっぱり緊張する。

「君のようだったよ」

「なにがですか？」

「たった一人だけ、付き合ってよかったと思えた女性だ」

「私に、似てたんですか？」

「いや、全然似ていない。人間の基準でいえば、個体によって基準が大きくことなることを考慮したとしても、ほとんどの側面で君よりもずっとオスから選ばれる能力の高い女性だった」

「他の言い方、なかったんですか」

「ただ、性格も外見も喋り方もまるで違うが、今の君のように、俺がする求愛行動の話を、いつも楽しそうに聞いてくれた」

心臓が、大きく脈打つのがわかる。

それは、私といると楽しいってことですか？

あんまり、期待させないでください。こんなの、ずるいですよ。

「……どんな人、だったんですか？」

思い切って、聞いてみた。

先生は、偶然古いアルバムを見つけたように懐かしそうに笑う。

けれど、その写真を私には見せてはくれなかった。

「酷いやつだった」

ぽつりと、それだけが口に出せるせいいっぱいの答えだというように呟く。

きっとそれは、他の誰かが簡単に触れられないような、大切な宝物なのだろう。

そこで、注文していた料理が届く。先生はいつもの気怠そうな表情に戻って食事を始めた。

「おいしいですね」「先生、サバの骨とるの上手すぎません？」「生姜焼き一枚いります？」食べ始めると先生は言葉数が少なくなり、ほとんど私ばかり喋っていた。

でも、私の話には、いちいち面倒そうな顔をしながらも、ちゃんと相槌《あいづち》を打ったり笑ったりしてくれる。

食べ終わってから何気なく辺りを見ると、窓の外、ショッピングモールの柱に設置されていたスクリーンの映像が切り替わるのが見えた。

さっきまでずっとサンシャインシティ内のショップの宣伝を映していたのが、急に、見慣れたピンク色のロゴに変わる。

思わず、笑顔になってしまう。

「どうした？　クオッカの真似でもしているのか？」

「そんなに幸せそうな顔してましたか？」

クオッカは、笑ってるように見える顔をしたワラビーだった。本人たちは笑ってるつもりはないのだろうけど、世界一幸せな動物なんて呼ばれている。先生と仕事をするようになってから、すっかり動物に詳しくなった。

椎堂先生が、私の視線の先にある看板を見る。

「あぁ、そうか。もう、そんな時期か」

「知ってるんですか？」

驚いて声を上げるけれど、すぐに気づく。

椎堂先生は動物の求愛行動のことだけを考えて生きてるような人だけど、着ている服はいつもオシャレだ。ファッションにも興味があるんだろう。

店の外のスクリーンに表示されたのは『東京デザイナーズコレクション』、略して東京ＤＣと呼ばれるイベントの広告だった。

東京ＤＣは、日本最大のファッションショーの一つで、毎年十二月の初めに開催される。日本で注目されているデザイナーが一堂に集まって、各ブランドの新作を発表。普通のコレクションやファッションウィークと違ってエンターテイメント色が強いけれど、その分、注目度はかなり高い。毎年楽しみにしているイベントの一つだ。

しかも、今年は特別だった。

昨日、登場ブランドごとの出演モデルが発表された。

モデルはブランドのカラーやデザイナーの意向、ショーの客層などさまざまな要素で選ばれる。東京ＤＣはどちらかというと若いモデルが選ばれる傾向が強い。

雑誌の表紙を飾るようなトップモデルや綺麗目のタレントの名前が並ぶリスト。

その中には——三年ぶりに、灰沢アリアの名前があった。

アリアが出るのは、日本中の女性が憧れるハイブランド『ロラン・ロアン』だった。もう想像しただけで美しい組み合わせだ。きっと、鮮烈な復帰戦になるだろう。

「じつはこのあいだ、チケットを貰ったんですよ。それもランウェイのすぐ側の席です」

幼い頃から、ネットで配信される映像を、家族が呆れるくらいに繰り返し見ていた。

それを、生で見られる。しかも、私が憧れていた人からの招待で。

まだ何ヵ月も先だけれど、想像するだけで幸せな気持ちになれる。

「恋愛相談のコラムでお世話になってる灰沢アリアが出るので、アリアのマネージャーさんがプレス席を押さえてくれたんです。あ、灰沢アリア、知ってます？」

「あぁ、知ってる」

「ですよね」

椎堂先生の年齢は知らないけど、たぶんアリアと同世代だ。彼女が一番メディアに出ていたころに学生だったりしたんだろう。

「さっき言った、一年交際が続いた女性というのが彼女だ」

「……え？」

予想外の言葉すぎて、すぐには理解できなかった。

アリアと椎堂先生が、付き合っていた？

気持ちを落ち着けようと、お茶を飲む。味は、しなかった。

「十代の頃、ほんの数年だが、モデルの仕事をしていたんだ」

確かに、椎堂先生くらいイケメンでスタイルもよければ、モデルになれる。むしろ、大学の研究者よりもそっちの方が似合ってる。

どんなモデルだったんだろう。この人ならどんな服でも似合いそうだ。

色々な感想が浮かぶけれど、それは、膨れ上がる前に萎《しぼ》んでいく。

頭の中に浮かんだのは、灰沢アリアと椎堂先生が並んで立つ姿だった。

息を吞むくらい、絵になっていた。

そのままファッション誌の表紙を飾れそうなくらい、美しい妄想だった。

……あぁ、そっか。

私はいったい、なにを浮かれてたんだろう。

なにを、馬鹿な夢を見ていたんだろう。

私がアリアと似てるなんて、あるわけない。

自分がモデルにはなれないと知った時と同じ、人工衛星がすれ違うように、大切なものがものすごい速さで遠いところに飛んでいってしまうような感覚が胸を過る。

椎堂先生は、私がずっと憧れていた世界にいた人だ。

私なんかが相手にされるわけない。

かつてアリアが立っていた場所に、私なんかが立っていいわけない。

気がつくと、一筋の涙が頰を伝っていた。

家に帰ってから、エサを置いてもなかなかケージからでてきてくれないハリーを眺めていると、スマホが震えた。

お姉ちゃんからだった。

今は話したくない気分だったけど、気持ちを奮い立たせて電話に出る。

「どうだった、お姉ちゃん?」

地元に戻ってからの話は、時々聞いていた。

八月の結婚式は取りやめになったけれど、桔平さんは無事に両親を説得することができて、あらためて冬に式を挙げることになったという。招待を一度キャンセルしてしまったので、家族だけのコンパクトな式にするそうだ。

今日は、そのための式場の下見に行くと言っていた。

地元では有名な神社で神前式になったと教えてくれた。元々、ドレスよりも白無垢《しろむく》が着てみたかったの、そんな風に笑うお姉ちゃんの声は、いつものコットンのような柔らかさにプラスして、淡いラベンダーの香りが加わっていた。

そう、よかったね、と相槌を打ちながらも、頭の中は、今日のことでいっぱいだった。

サンシャインシティで涙を流してしまったのは、目にゴミが入っただけ、と慌てて言い訳をした。椎堂先生は怪訝《けげん》そうな表情をしながらも、そうか、と呟いただけだった。

それから少しだけ、アリアと知り合った経緯や、どうしてモデルになったのかなどを、面倒そうに話してくれた。

普段の私なら、大興奮の話題のはずだった。

でも、どうにも気持ちが重たくて、楽しく話を聞くことができなかった。

明るく振る舞ってはみたけれど話が弾むことはなくて、なんとなくそのまま別れた。


「一葉のほうは椎堂先生とはどうなの？」


いきなりお姉ちゃんが、一番気にしている名前を告げる。

「べ、べつになにもないけどっ」

思わず焦った声を出してしまう。元ミステリ研究部副部長の姉は、なにかに気づいたかもしれない。だけど、特に触れずに話を続けた。

「そういえばさ、椎堂先生って、昔、モデルやってた人じゃない？」

「……なんで、知ってるの？」

「このあいだ、そっちにいった時さ、どこかで見たような気がするって言ったでしょ。気になって、あんたが集めてた雑誌のバックナンバーを見てみたんだよね。そしたら、ツカサっていう名前のモデルとそっくりだったから」

雑誌を飾った女性モデルの名前や紹介されたブランドの名前はしっかり覚えていたけど、男性モデルの名前は、あまり興味がなかったので覚えてなかった。

パソコンで、ツカサという名前を検索してみる。

椎堂先生は、十年以上前に数年間だけ、デザイナーだった母親の手伝いでモデルをしたと言っていた。その控えめな言葉とは違って、写真はたくさん表示された。

そこにいたのは、個性的でオシャレな服に身を包んだ、息を呑むほどに美しい男性モデルだった。自然なのに絵になるポージング、飾らないのに吸い込まれそうな視線。写真からでも、オーラのようなものを感じる。

そのモデルは、どう見ても、若いころの椎堂先生だった。

写真の中に、灰沢アリアと並んでいる一枚を見つける。

その瞬間、心臓が思い切り跳ねた。

私は、この写真を知っている。知ってるどころじゃない、この写真のアリアを切り抜いて、パスケースに入れて持ち歩いていた。

これは、アリアが初めてファッション誌の表紙を飾った時の写真だった。アリアが選ばれただけじゃなく、男女のモデルが初めて『Ｒｅｎａ』の表紙を飾ったことも話題になった。

この写真は何度も見ていたけど、アリアばかりに視線がいって、隣に立つ男性モデルのことまで覚えてなかった。まさか……椎堂先生だったなんて。

椎堂先生は、アリアと並んでもまったく見劣りしなかった。

背景はどこかの教会。背中を預け合うように並んだ美しい男女は、私が想像したそのままに、一枚の名画のような輝きを放っていた。

「ねぇ、一葉、聞いてる?」

お姉ちゃんの声に、ふと我に返る。

「あ、うん。ごめん。先生の写真に見とれちゃって」

「すごいよねぇ。でも、私は、大学の先生やってる今の方が素敵に見えたよ」

「そう、かな?」

「それで、もっかいきくけど、どうなの? 水族館に誘ったんじゃなかったの?」

お姉ちゃんには、デートのことをはしゃぎながら相談していた。

あの時の自分を思い出すと、締め付けられるように惨めになる。

「じつはさ、今日ね、いっしょにいったんだよ」

「あ、今日だったんだ。それで?」

「でも……やっぱり、違ったよ」

画面に映る、アリアと並ぶ椎堂先生を見つめる。

「ねぇ、お姉ちゃん。私って、なんで身の程知らずの夢ばかり見ちゃうんだろうね。こんな人と、私がさ、なにかあるわけないのに」

お姉ちゃんはなにか言おうとしていたけど、今はどんな励ましも聞きたくなかった。聞くだけ、惨めになるのがわかっていた。

「ごめん、まだやらなきゃいけないことあるから」

そう言って、強引に電話を切る。

ツカサの情報は、写真の他にもたくさんネットに残っていた。

お母さんも有名人だった。『ロラン・ロアン』、東京ＤＣでアリアを起用したハイブランド、そのブランドを率いる世界的に有名なデザイナーのケイカだ。モデルに憧れていた時も、ファッション誌の編集を目指していた時も、ケイカの名前は目に焼き付くほど目にした。

そうか、あの人のお母さんがケイカさんだったのか。それは、オシャレなわけだ。

「もう、本当に、違う世界の人だ。神さまだったアリアと、同じ世界の人だ」

今日、先生と一緒にいるときに向けられた視線を思い出す。

みんな先生に見とれ、隣にいる私に白けていた。

私は、その視線を知っている。幼い頃、モデルになる、そう口にするたびに向けられたものと同じだ。

そうだ、もっと早く気づくべきだった。

椎堂先生と付き合うなんてあるわけない。

私がモデルになれないのと同じくらい、決められたことだ。

気がつくと、頰を涙が伝っていた。

こんなに真剣に思っていたなんて、知らなかった。

でも、今ここで気づけてよかった。これ以上、好きになる前に踏みとどまれてよかった。

先輩から借りた恋愛格言の本には、ココ・シャネルの言葉も載っていた。「恋の終わりは、自分から立ち去ること」、その通りだ。さっさと回れ右をして立ち去るんだ。

子供の頃、モデルになるという夢が叶わないと気づいた時、私は心の奥に頑丈な箱を用意した。その中に夢を押し込めて、ぶっとい南京錠で鍵を掛けた。

それから高校を卒業するまで、私は夢という言葉を口にしなかった。

この恋も、同じように箱に仕舞って鍵を掛けよう。

仕事の邪魔にならないように、もう二度と迷わないように、これ以上、惨めにならないように。

人は、どうして叶わない恋をしてしまうのだろう。そんなもの無駄で非効率なだけなのに。

いつか先生に、人間の恋には人間の恋にしかない意味があるはずだと言った。それがなにか、見つけてみせると宣言した。

ため息をついて、天井を見上げる。

答えは、みつけられそうにない。

恋なんて、存在しなければよかったのに。

心の奥で、がちゃんと鍵が閉まる音がした。


待ち合わせにしていた飯能《はんのう》駅前ロータリーには、赤いスポーツカーが停まっていた。

性格やファッションだけじゃなく、車まで男前らしい。

近づくと運転席の窓が開いて、環希が顔を出す。

「待たせたな。さ、乗れよ」

「おはよ。聞いてたけど、いい感じの車ね。強そう」

「雑な感想をいうな。六代目セリカは知名度は同世代のスポーツカーに比べたら高くないかもしれないけどさ、名車だぞ。スポーツカーなのに丸いライトってのがいいだろ」

「そーなんだ。ほんと、あんたってこだわり多いよね」

言いながら、後部座席に背負っていたリュックを放り込む。

今日は、環希と二人で取材にいくことになっていた。

企画は紺野先輩が通したもので『高尾山だけじゃない。登山ができる神社仏閣《ぶっかく》のススメ』というものだ。山の上や麓に神社やお寺がある場所というのは日本中にいくつもある。その中で、気軽にハイキング感覚で登れる場所をいくつかピックアップして紹介するという企画。

メインの記事は紺野先輩が考えるけれど、各スポットの写真や記事起こしは、手の空いてる編集者やライターさんが分担して作ることになっていた。

私たちが来ているのは、関東エリア代表として選ばれた天覧山《てんらんざん》という山だ。記事に使う写真は環希に依頼した。プライベートでも一緒に食事にいく仲なので、取材というよりは小旅行気分だ。

助手席に座ると、環希はルームミラーを確認しながら「あ、失恋した？」と言った。

昨日、泣いたのをメイクで誤魔化しきれてなかったらしい。

「してないっ。失恋じゃない。恋する一歩手前で踏みとどまった」

「なにその強がり、ウケんね。ドライブしながら話してよ」

「また今度、話す。まだムリ。とにかく、今日から私は、仕事一筋でいくから。仕事に燃える女になるから」

「あんたが仕事に燃えてるとこなんて、見たことないわ」

環希がしつこくからかってくるので、うっさい、話題を変えろ、と手を振ってみせる。

まだ、誰かに話せるほど自分の中で消化しきれてない。

次に、『恋は野生に学べ』の恋愛相談について椎堂先生と打ち合わせの約束をしているのは、一週間後だった。それまでには、いつもの自分を取り戻さないと。

「そういや、次の恋愛相談は、もう決まったのか？」

頭の中で考えていたのを読んだように聞いてくる。

「あ、うん。ちょうど昨日、決まったとこ」

運転している環希に聞かせるように、スマホを開いて恋愛相談を読み上げる。

【相談者：アイコさん（スポーツインストラクター・二十八歳・女性）】
真剣に婚活中だけど、全然うまくいってない。真面目で落ち着いた人がタイプなのに、なぜかチャラい男にばっかり言い寄られる。ちゃんとタイプの男性に好かれるようにするにはどうすればいいの！　教えてアリア！

今回も、私が苦手なジャンルの相談だった。

好きなタイプと好かれるタイプにギャップがあるというのは、婚活中の女性ではわりとあるあるな悩みらしく、今回の相談の中で断トツの支持を集めていた。

でも、男に言い寄られる経験自体ない私には共感できない。寄ってくるだけいいじゃん、って思ってしまう。そもそも、なんでこの人はチャラい男にモテるんだろう。チャラい男を呼び寄せるフェロモンでも出ているのだろうか。

「あー。なんかわかる、それ」

環希が片手を窓に置き、片手でハンドルを操作しながら笑う。運転まで男前だなこいつ。

「環希の場合は、恋愛そのものに興味がないんじゃないの？」

「そんなことないって。ただ、仕事よりも好きだと思える男に、なかなか出会えないだけ」

「あんたに、仕事より好きだと思える男なんて存在するの？」

「するよ。どこかの世界線には」

「この世界線の話をしてんだけど」

くだらないことを言い合ってるうちに、目的地が見えてくる。

天覧山は埼玉県飯能市にある。標高二百メートルに満たないうえに、登山道は整備されているし中腹に綺麗なトイレがあるという、普段は運動をしていない登山初心者にもってこいの山だ。山麓には能仁寺《のうにんじ》という歴史のあるお寺と発酵《はっこう》食品のテーマパークがあって、登山とセットで巡ることもできる。

駐車場に停めて、登山の準備を整える。

動きやすいレギンスの上からハーフパンツ、今日のために新調したウィンドブレーカーを羽織って登山用の帽子をかぶる。それからアウトドア大好きな安原さんに借りたストックを取り出し、リュックを背負って完成だ。

「一葉、今日登るのがどんな山かわかってる？」

環希が、呆れたような声で聞いてくる。

そういう彼女の恰好《かっこう》は、迷彩柄が差し込まれたカーゴパンツに古着っぽいミリタリー風のワッペンがついたTシャツ一枚だった。

「登山なんて中学の時以来なんだから、しっかり準備するにこしたことはないでしょ。山をなめちゃだめだって、このステッキ貸してくれた先輩も言ってた」

「ま、そうなんだけどね。その先輩に、どの山を登るか言ってないでしょ」

登り始めてすぐに、環希の言いたいことが分かった。

天覧山の登山道はとても綺麗に整備されていて、ストックなんて必要なかった。すれ違う人たちは町中と同じ服装の人ばっかりで、むしろ浮いている。

さらに季節は夏真っ盛り。歩いている間に気温はぐんぐんと上がり、エアコンの室外機に囲まれてるような温かい風が流れてくる。ウィンドブレーカーなんて着てられねぇ。せっかくわざわざアウトドアブランドで新調したのに。

「暑い、これはキツい」

登山を始めて何度目かの不満を呟く。不満をいったってなにも変わらないのはわかってるけど、だからって黙々と登るなんて余計にやってられない。

「恰好をそれらしくする前に、もうちょい体力つけろよ」

少し前を歩く環希が、呆れたように振り返って言う。けっこうな重量の撮影機材を肩から掛けているはずなのに全然疲れた様子もない。

不満をいいながら登っていると、急に開けた場所に出た。

辺りを見回すと、山頂を示す看板を見つける。

「え、ここが山頂？　もうついた？」

「手軽に登れる山って企画なんだろ、どれくらいで登頂できるかくらい調べてこいよ」

「もちろん下調べはしてきたけど、ああいうのって昔のカーナビの到着予測時間みたいなもんで、もっとキツくて時間かかると思ってた」

「キツそうではあったけど。あんただけな」

私のことをからかいながら、環希は登ってきた道を振り返ってカメラを構える。

山頂にはコンクリート造りの展望台があった。そこに立ってみると、わ、と思わず声が出る。

展望台からは、飯能市の町並みが一望できた。遠くに視線を向けると、景色は東京まで続いている。池袋や新宿の高層ビル群にスカイツリー、夏の空と合わさって、とても絵になる風景が広がっていた。低い山だと侮っていたけど、想像以上の眺めだ。

「すごいね、環希。登ってきた苦労が報われるね」

「私は、報われるほど苦労してないけどな」

今度は展望台からの景色を撮り始める。何回かポジションを変えながら撮影し、しばらくして納得がいくものが撮れたらしく、私の方に戻ってきた。

「どう？」

デジカメで撮った写真を表示させて私の方に渡してくれる。

登山道に山頂からの展望、事前に依頼していた写真は全部揃っていた。どれも納得のいく出来栄えだ。アングルも完璧。余計なものの映り込みも当然ない。

デジタルカメラで切り取られた風景は、私が生で見たよりも鮮明で、登山をしているときの温度や空気感さえも閉じ込めているようだった。

「完璧。さっすが。景色の写真を撮ってもらうならやっぱり環希だね。コメントすることなんて、なにも見つかんないわ」

環希は、『リクラ』編集部がいつもお世話になっているカメラマン事務所に正社員として所属している。知り合ってからは、だいたい環希を指名して依頼していた。

仲がいいからだけじゃない。仕事が丁寧で腕もいいからだ。他のどの編集者に聞いても、環希の写真は評判がいい。

ふと、環希が不満そうな顔をしているのに気づく。

「なにか、気になることある？　私はもう十分いいものが撮れてると思うけど」

「あ、ごめん。今日撮った写真に不満があるわけじゃないんだ」

「じゃあ、なにが不満なわけ？」

「もっと、個人的なこと。こんな言い方したら悪いんだけどさ、仕事もらえるのすっごくありがたいし、楽しいけど、最近は同じような仕事ばかりだなって思って」

景色の写真なら環希だね、と言ったのが引っかかったんだろう。そういえば、環希と仲良くなって、写真を撮るのが好きなことはいつも聞いてるけど、どういう写真が撮りたいかなんて話は聞いたことがなかった。

「ねえ、なんであたしが『リクラ』の仕事にいっつも回されるか知ってる？」

「私が環希を指名してるんだから、当たり前でしょ」

「うん、あんたはね。でも、他の編集さんは事務所にカメラマンを依頼するだけで、私を指名したりしてないんだ」

そういえば、紺野先輩も他の先輩たちも、みんな当たり前のように環希と仕事してるけど、わざわざ名指しで依頼はしていなかった。環希が所属している事務所はそこそこ大手だ。正社員のカメラマンはたくさんいるはずなのに。

「そういえば、なんでなの？」

「『リクラ』の編集部がほとんど女だから。女同士でうまくやれってことなんだよ。腹が立つ考え方だよな。あたしはもっと色んなものが撮りたいのに」

意外だった。私と違って、環希はやりたいことができてるんだと思っていた。カメラマンとしての仕事に、不満なんてないと思っていたのに。

展望台の手すりに体を預ける。遠くに見える東京の街並みを見ながら聞いてみた。

「ねぇ、環希が本当に撮りたいものってなに？」

「人間の情熱を肌で感じるような写真、かな」

そう言いながら、私から受け取ったカメラを優しく撫でる。

「静物も風景も好きだよ。でも、やっぱり、私は人が劇的な何かを起こす瞬間を切り取りたい。そういうものが撮れたとき、いちばんヒリヒリするんだ」

環希がカメラに興味を持ったきっかけは、運動会で弟のバトンリレーの写真を撮ったことだと聞いたことがあった。お父さんの一眼レフを借りて、バトンを繋ぐ瞬間の緊張感を写真に収めた。その日に、すべてが決まったそうだ。きっと、それが環希の夢の原風景なんだろう。

「ファッション誌や報道の写真が、うちの事務所じゃ花形なんだ。だから、ぜんぶ先輩たちが持っていく。あたしは、アシスタントにも呼ばれたことがない。いつも小物や花や風景ばかり。あたしより後に入った男のカメラマンは、もっとおっきな現場に出てるのによ」

カメラマンが男社会だっていうのはよく知ってる。環希に憧れたのは、そんな中で必死に頑張っているからだ。でも彼女は、外から見える以上にたくさんのものと闘っているんだろう。

「ごめん、愚痴っちゃったな。大丈夫、もっとキャリアを積んでけば、撮りたいものが撮れるようになるさ。今の事務所でダメなら、独立も考える」

「やっぱりすごいね、環希は。私も、環希みたいにがんばらないと」

ふと口にした言葉に、驚く。環希の仕事の話を聞いたとき、いつもなら、すごいね、と言うだけだった。その後には必ず、私はやりたいことしてるわけじゃないからなぁ、という自虐が続いた。

私もがんばらないと、そんな風に同じ立場で相槌を打ったのなんて初めてだ。

すぐ近くでシャッター音がする。

振り向くと、環希がレンズを向けていた。

「一葉、最近、いい顔するようになったと思うよ」

「……そう、かな」

自分が変わったとは思えない。でも、『恋は野生に学べ』の企画を始めてから、ファッション誌の編集者になれなかったことを思い出して愚痴ることはなくなった気がする。

「でも、たまには愚痴も聞いてね」

「あぁ、いいよ。近いうちに飲みにいこう。そろそろ、いつもの店の味が恋しくなってきたところだし。それに、失恋の話も聞かせてもらわなきゃだしね」

「だから、失恋じゃないって。一歩手前で踏みとどまったって」

そう言って笑い合う。登っているときはあんなに苦痛だった夏の日差しもエアコンの室外機みたいな風も、今だけは私たちを応援してくれてるみたいに思えた。

環希から飲みにいこうと誘われたのは、それから二日後のことだった。


『ランプ軒』は今日も繁盛していた。

温かいオレンジ色に包まれた店内のいつものカウンター席。私の隣には、環希が不機嫌そうな顔で座っている。

ダメージ加工のデニムパンツにミリタリー風のワークシャツという男前スタイル。腕についているフォリフォリの時計がワンポイントで可愛さアクセントになっている。こういうのズルい。

ちょうど会社から出るところで、環希からラインが入った。「グチ聞いて、飲みにいこう」という吹き出しがついたゾンビのスタンプ。デフォルメされた可愛らしいやつならまだ許せるけど、けっこうリアルなCGだ。これで誘ってくるやつは、きっと頭のどこかが腐っているんだろう。

「あー、マジで最低」

環希は、とりあえずビールを一気に飲み干すと、うんざりしたように呟いた。

「どうしたの。ひとのことさんざん笑っといて、あんたも失恋とか言わないでよ？」

「その逆よ、逆」

「失恋の逆って、なに？」

「告られたの。仕事仲間に。あー、もう、めんどくさい。せっかくうまくやってきたのに」

なるほど。逆だ。

「まぁ、環希は、ちゃんとすれば美人だから」

「知ってる。でも、仕事にそういうのマジ邪魔。あー、また仕事やりにくくなる。ただでさえ、最近、行き詰まってるっていうのに」

行き詰まっているっていうのは、このあいだ、天覧山に登ったときに聞いた悩みのことだろう。

撮りたいものが撮れていない、シャッターを押したときにヒリヒリしない。それと告白されたってのは全然違う話だと思うけど。

「ほんと、仕事以外のことで足引っ張んじゃねぇよ。ってかさ、仕事仲間なんだから、百パーオーケーされる自信が持てないんなら口に出すんじゃねぇ。空気読んで、お願いだから」

「まぁ、でも、その人にも葛藤があったんだよ。勇気を出して言ったんだよ。それだけはわかってあげなよ」

「そんなの知らないし。勝手に好きになったやつに、なんであたしが気を遣わなきゃいけないわけ。マジ迷惑。マジウザい。もう『新感染』のあのオヤジくらいウザい。『ドーン・オブ・ザ・デッド』のラストくらい救えねぇ」

「いちいちゾンビ映画でたとえられても、わかんないから」

こんなアルファメスが好きになるなんて、可哀想な人がいたものだ。

この間、椎堂先生から送られてきた『求愛行動図鑑19』には、イワドリという南米に棲む鳥のことが書いてあった。イワドリは五十羽以上のオスが一ヵ所に集まって、森のどこかにいるメスたちに向けて集団で求愛行動を行うそうだ。

集団で求愛行動をするのは広大な森の中でメスに見つけてもらうため。出会わなければ、愛を囁くこともできない。だけど、メスがやってきたとしても、当然ながら全員がそのメスと交尾できるわけじゃない。

選ばれるのはたった一羽。そして、たった一羽を選ぶ権利はメスにある。

オスたちは一メートルくらいの間隔を開けて地面に並び、メスがやってくるとお尻をフリフリして求愛のダンスを踊る。メスはそれを木の上から見下ろして、そのうちの一羽を選んで舞い降りる。

女性一人に対して男性が五十人、地獄のような婚活パーティ。さらにこの婚活パーティが地獄なのは、選ばれた男が抜けるわけじゃないってことだ。交尾した後もなに食わぬ顔で居座って、五十対一の婚活パーティが繰り返される。

当然ながら、これまでコラムで取り上げてきた動物たちと同じようにモテるには基準がある。

それが、集団のセンターにいることだ。たぶん、センターを取れるのは強い個体ってことなんだろうけど――もう求愛のダンスとか関係ねぇ。

選ばれないイワドリたちは、毎回センターを引き立てるためにダンスを踊る。いつかは自分もセンターに立ってやると下積みアイドルのように競い合いながら。

そのセンターに立ち続けてモテまくる、憎むべきオスのことを、アルファオスと呼ぶそうだ。

「こういうのって、前にもあったの?」

「あー。片手じゃ数えられないくらいあった。同じ事務所だけじゃなくて、たまたま一緒に仕事したフリーのカメラマンとか、スタジオのスタッフとか。クライアントから誘われたこともある。もううんざり」

「モテるってのも、いいことばかりじゃないのね」

動物と同じように、人間にもアルファオスやアルファメスが存在するのは、二十五年生きてきて嫌というほど知ってる。でも、その憎むべきアルファたちにも、選ばれない鳥たちにはわからない悩みや苦しみがあるらしい。

「ちゃんとアピールしてるつもりなんだけどね」

「アピールって、なにしてんの?」

「あたしが、なんでいっつもミリタリー系の服着てると思う?」

「そういうのが好きなんだと思ってた」

「まぁ、大前提としてそれはある。でも、他にも理由があんの。あたしの現場ってまだまだ男社会だから、周りに舐められたり、変に気を遣ったりされたくないってのもあるわけ」

「へぇ、そんなこと考えてたんだ」

「けど、一番の理由はね、仕事相手から惚《ほ》れられたくないから。女として見られたくないわけよ。もちろん男として見られたいわけじゃない。カメラマンとして見られたい。わかる?」

「へぇ。そんな風に選んでるなんて、知らなかった」

「オシャレが好きな人には、ありえないって話かもしれないけどさ。私はそこまで、ファッションにこだわりってないしね。なんだかんだで、服って人間の印象のそこそこの割合を決めるでしょ。だから、メッセージを重視して選ぶのもありだと思ってる」

そこで、また今日の出来事を思い出したらしい。

「なのにっ、なんで告白してくるかなぁ。マジ、面倒くせぇ。高校生じゃないんだからさぁ」

あとで椎堂先生のことを話そうと思ってたけど、今日は止めておこう。

仕事相手を好きになるんじゃねぇ。環希が不満をぶちまけている相手は、私だ。今の環希に椎堂先生のことを話したら、どんなゾンビにたとえられるかわかったもんじゃない。

隣のテーブルから、わざとらしい笑い声が聞こえてきた。

ちらりと見ると、合コンをやっている男女三人ずつのテーブルがあった。遠目にも、女の子の中でセンターに座る一人が飛び抜けて美人で、男たちが彼女に気を遣っているのがわかる。どんな小さな世界にも、アルファメスはいるのだ。

彼女も、私には想像できない悩みを抱えているのだろうか。

「あの子、美人だけど、けっこうしたたかだよ。なんかさ、目配りとか話し方とか、計算ずくって感じ。性格悪そう」

私の視線に気づいたのか、環希がぼそりと言ってくる。完全に、お前が言うな案件だ。ファッションには、かなり気を遣っているようだ。袖コンシャスは最近のトレンドだし、グレーのチュールスカートが甘くなりすぎない感じでマッチしてる。ただ可愛いわけじゃない。男ウケしそうな可愛らしさだ。

合コンだから、男ウケしそうな服を選ぶ。さっきの環希の話だと、これもファッションにメッセージ性があるってことなんだろうか。

じろじろ見過ぎたのか、彼女と目が合ってしまった。

気分を悪くさせたかと思ったけど、アルファメスは小さく笑って、人差し指を口に当てる仕草をする。

稲妻が走った。

私は、彼女を知っている。

知っているどころか、このところ頻繁に会っている。

物凄くよくできたミステリ小説を読んだ後のように、信じていたものが足元から崩れ落ちていくのを感じた。

衝撃すぎて、それからしばらく、上の空で環希と話をしていた。

うっかり椎堂先生のことを話してしまい、ゾンビに食われて死ね、とさんざん罵《ののし》られた。ゾンビに食われたらゾンビになるんじゃなかったっけ。

半ばやけ酒のようにだらだらと飲んで、トイレに立ったところで、合コンテーブルでひときわ目立つ彼女が近づいてきた。もしかしたら、タイミングを合わせて話に来てくれたのかもしれない。二つ並んだ手洗い場で、少しだけ立ち話をする。

「柴田さん、こんなとこで会うなんてびっくり」

村上助手は、いつもの間延びした声で話しかけてくる。だけど、身だしなみをちゃんとしているだけで、おっとりと魅力的に聞こえてくるから不思議だ。

素材はいいのにもったいない、なんて思っていたのが恥ずかしい。オシャレ上級者じゃねぇか。なんだよ、あの研究室の擬態《ぎたい》。

「私も、違う意味でびっくりしました。普段と全然違いますね」

「大学で綺麗な格好して、学生に告白されたら困るから。恋愛範囲じゃないところで好きになられても、面倒なだけでしょ」

くそぉ、お前もそっち側の人間だったのか。

「モテる人は、大変なんですね」

「私は別にモテないよ。ふつう。本当に大変なのは椎堂先生だよ。あの人、女子学生にモテて大変なんだから。変人なのに、みんな見てくれで判断しちゃうのよね」

「そりゃあ、モテるでしょうね」

「私の服はね、女子学生から目を付けられないようにするためでもあるの。私、椎堂先生の仕事も手伝ってるでしょ、妬《ねた》まれたら怖いしぃ」

「それは……確かに、大変そうですね」

「あいつこそビーチマスターだよ。私は絶対に、ハーレムの頂点には立ちたくないなぁ」

お酒のせいか、それともオフだとこんな感じなのか、今日の村上さんはいつもよりよく喋った。笑いながら、トイレから出ていく。

ビーチマスターという言葉には、覚えがあった。

『求愛行動図鑑48』に書いてあった、ゾウアザラシの王様につけられる名前だ。

ゾウアザラシのオスたちは、繁殖地のビーチの覇権を巡って激しい戦いを繰り広げる。一トンを超える巨体に強靭《きょうじん》な牙。その戦いは苛烈《かれつ》で、命を落とすこともあるらしい。そうして、勝ち残った一匹が、繁殖地のメスをすべて手に入れる。つまり、ビーチマスターだ。

真夏のナンパ師のような名前に聞こえるけれど、実際は少年漫画も真っ青な血みどろの戦いを潜《くぐ》り抜けてきた戦士の称号なのだ。

私にとってファッションは、単純に楽しむものというより、コンプレックスを隠すものという意味合いが強かった。

でも、環希や村上助手は、自分の価値観を表現したり、相手から向けられる感情をコントロールするために使っている。

ふと、今回の恋愛相談と繋がる気がした。

相談者のアイコさんがチャラい男にばかりモテるのは、ファッションなり仕草なりに、そういうメッセージが出ているからじゃないだろうか。自分が望まない方向に自分をミスリードしているのかもしれない。

席に戻ると、環希はいつの間にか日本酒を注文していた。

「ねぇ、環希。さっきのファッションでメッセージを出すって話さ、もうちょっと聞かせてくれない？」

「ん。いいけど、なんで急に？」

「ちょっとね、今やってる恋愛相談のコラムに使えるかもしれないと思って」

それからしばらく、環希がどういう風に服を選んでいるのかを聞いた。気に入って使っている
ブランドの名前や参考にしている雑誌。オンとオフでの使い分けなど。

「うーん、外見的な特徴で自分の気持ちを表現する動物、いないかな？　みんなが知ってそうな
やつで。それと絡めれば、面白いコラムになりそう」

「あんた、恋愛コラムの仕事の話するときだけは楽しそうね」

「そうかな？　別に、好きでやってるわけじゃないけど」

「でも、いいと思うよ」

環希は笑って、伝票を私に押し付けてきた。おごらねぇよ。

隣のテーブルに視線を向けると、村上助手たちはいつのまにか解散していた。あの擬態の得意
な助手は、好きになれそうな相手を見つけられただろうか。

ふと、気になって聞いてみる。

「環希は、ほんとに好きな人とかいないの？」

そういえば、環希から男の話を聞いたことがなかった。だいたい仕事かゾンビ映画の話ばかり
で、恋愛には興味もなさそうに振る舞っていた。いつか紺野先輩と二人で飲みにいった時、環希
って同性の方が好きなのかもね、なんて言葉が出たほどだ。

短い沈黙のあとで、遠くの空に投げるような声が聞こえた。

「……いるよ。ずっといる」

「カメラが恋人とかナシよ」

「違うって。ねぇ、場所変えない？　私が心から愛している人のこと話すよ」

環希は日本酒をさっさと空けようとするみたいに、勢いよくグラスを傾けた。

仕草から、いつもより酔っぱらってるのが伝わってくる。だけど、その目は真剣で、ずっと胸に秘めていた物を私に見せようとしてくれているのがわかった。


お店を出てから、電車に乗って六本木に移動する。

環希はどこに行くのか言わなかった。別の場所で飲み直すつもりなのかと思ったけど、わざわざ六本木まで移動するわけがない。その場所にしかないものがあるんだろう。

今さら帰るわけにもいかず、あまり会話も弾まないまま、いつもと雰囲気の違う友人と一緒に夜のオフィス街を歩く。

環希って同性の方が好きなのかもね。

いつか、紺野先輩がいった言葉が頭に蘇る。

まさか私じゃないよね。私に告白するつもりとかじゃないよね。

目の前の親友がいつもと違い過ぎて、そんなことまで考えてしまう。

六本木通りに面した商業ビルの前で、環希は立ち止まる。それから、ここ、と呟いた。

ビルの一階には、ギャラリーが入っていた。入口に現在やっている企画展のパネルが表示されている。企画の名前は『大川益男《おおかわますお》とその視点』、写真家の大川益男の作品展だった。

「こんな遅くまでやってるんだ」

「オフィス街だからね。仕事上がりに来る人もいるから、夜十時まで開いてる」

言いながらギャラリーに入る。受付には年配のおじさんが座っていた。おじさんは、環希を見ると、ニコリと笑って何も言わずに頭を下げる。

「知り合い?」

「そういうわけじゃないけど。私さ、この展示が始まってからもう十回くらい来てるから、顔を覚えられちゃった」

貼られているポスターを見る。企画展が始まったのは一週間前だ。一日一回以上のペースで来ているらしい。

大川益男の名前は聞いたことがあった。報道カメラマン出身で、今では芸術写真を撮る写真家として活動している人だ。

入ってすぐの場所に、本人の写真が大きく飾られている。

会社員なら定年になってそうな、初老の男性だった。面長《おもなが》の顔に癖の強い白髪。年齢の割にはがっしりとした体格。なにか実体のないものが見えているような虚《うつ》ろな瞳が不気味だった。

「私がカメラマンになろうって決めたのは、高校生のときにこの人の写真を見たときだ。カメラは大好きだったけど、それを仕事にするかどうかずっと迷ってた。雑誌に掲載されていたこの人の写真を見て、腹が決まった」

隣で、環希が囁くように言う。

ギャラリーには、あと少しで閉館の時間だからか、他に見に来ている人はいない。それでも律儀にマナーを守るように、集中しなければ聞き逃してしまいそうな小声だった。

「専門学校を出てすぐ、この人のスタジオに頼み込んで就職させてもらった。一緒に働いたのは三年だけだったけど、色んなことを学んだよ」

「今のスタジオが、最初じゃなかったんだ」

「大川さんは、私が働きだしてから三年で事務所を閉めた。あとは、もう自分一人で好きなものを撮りながら暮らすって言ってね。今の事務所は、大川さんに紹介してもらったの」

環希の話を聞きながら、一緒に展示されている写真を見て回る。

風景や静物の写真は一枚もなかった。被写体になっていたのは、どれも人だった。アスリートや俳優や伝統工芸の職人、なにかを極めようとしている人たちの一瞬を切り取ったものばかり。

この中に、環希の好きな人がいるのだろうか。

最初の展示は、有名ホテルの料理長を二十年務めたという男性だった。まな板の上に包丁を並べ、どこか虚ろな瞳でじっと見つめている。料理を作っている写真じゃない。だけど、どんな料理を作っているよりも、料理へ真摯《しんし》に向き合っているのを感じさせた。

次は陸上選手だった。表示されたタイムに天を仰いでいる。すべてを出し切り、結果が現れ、それが感情に変わる直前。次に彼に訪れるのは歓びなのか悲しみなのかわからない、虚無の一瞬。

「情熱には虚無が付きまとう。いつか、大川さんが雑誌のインタビューで言ってた」

私がなにを感じるかわかっていたように、環希が呟く。

それからの写真も、すべて虚無を感じさせるものばかりだった。そして、そのどれもが、被写体になっている人たちが歩んできた歴史を感じさせた。

奥の展示で足が止まる。

そこに飾られていたのは、私のよく知る人だった。

「……アリア」

思わず、声に出して呟く。

そこには、ランウェイに踏み出す直前の灰沢アリアが写っていた。全盛期、まだ二十代前半のころだ。その瞳に虚無はなかった。真剣な表情なのに、唇の端に微かに笑みが浮かんでいた。

綺麗なアリアはたくさん見てきた。だけど、そこに切り取られていたのは、彼女が灰沢アリアになる前の、純粋にわくわくしている子供のような表情だった。

「それ、私が一番好きな写真だよ。スタジオにいたころは、雑誌の仕事や芸能事務所からの依頼も多かった。モデルの写真も、よく撮ってた」

「アリアは、他の写真とちがって楽しそうだね」

「きっと、そういう風にしか撮れなかったんだ。この人には、虚無を見つけられなかったんじゃないかな」

その答えに、心の底から満足した。アリアはギラついた太陽みたいな人だ。虚無なんて似合わない。

「ここにある写真が、環希の目指すものなの？」

「まぁ、そうだね。でも、同じものが撮りたいわけじゃない。私は、料理人なら料理をしているところを、アスリートなら競技をしているところを、モデルならランウェイを歩いているところを撮りたい。情熱っていうのは、その最高潮の一瞬に宿る。じゃないと嘘だ」

恩師を否定するような言葉に、思わず笑ってしまった。確かにそうだ。このアリアの写真は、アリアの内面を切り取ったのかもしれない。でも、物足りない。みんな、ランウェイを歩くアリアが見たいんだ。

「大川さんとは、まだ会ってるの？」

「たまにね。今の事務所にもふらっと遊びに来て、最近の仕事でいちばんいい写真を見せてくれって、みんなに言って回るんだ。仕事で使ったものがいいって言うから、私はいっつも雑誌用に撮った風景や静物を見せる。最近、褒められたことないなぁ」

天覧山で見せた環希の不満そうな表情は、このことと繋がっているんだろう。褒められてないから拗《す》ねるなんて、子供みたいだ。

三十分ほどでギャラリーを一周して、入口の大川益男のポスターの前に戻って来る。

環希はその写真の前で立ち止まり、そっと手を伸ばした。

「私はね、この人のことが好きなんだ」

いつも仕事の愚痴を言いながら皮肉っぽく笑う友人の顔が、今だけは違って見えた。

「カメラマンとしてだけじゃなく、男としても」

ここに来た目的をすっかり忘れていた。そうだった、環希の好きな人の話を聞くのが目的だった。隣に並んで、飾られている大川の写真を正面から見る。

「でも、この人って、今、何歳なの？」

「六十四歳。結婚していて、奥さんはものすごくいい人で、子供も三人いる。でもそれ、関係ある？」

答えられなかった。いや、私が何を言ったって、環希は、そんなの関係ないと突っぱねるのがわかった。だから、違うことを聞く。

「どうしたいの？」

「どうもしないよ。この気持ちを話したのは一葉が初めて。当たり前だけど、本人に伝えるようなことはしない」

さっき『ランプ軒』で、仕事仲間に告白されたことにあんなに苛立ってたのは、この気持ちが根底にあったからかもしれない。尊敬していた恩師を好きになってしまった。それを抱えて仕事に打ち込んでいる環希には、余計に許せなかったんだろう。

「でも、どうもしないなら、ずっと好きでいたって仕方ないでしょ。だって――」

「だって、叶わない恋なんて生産性がない。恋人作るならもっと近くにいる人の方がいいし、年齢も条件ももっと身近な方がいい。他の誰かを好きになれば、古い恋なんて忘れられる。そんなとこ？」

私がたぶん、時間をかけてひねり出しただろう言葉を先に言われた。これからは、こいつに恋愛コラムを書いてもらった方がいいかもしれない。

「そう、そんなとこ」

「言いたいことはぜんぶわかる。でも、この人の写真に追いつくまでは、この人のことを愛し続けると決めた」

環希はポスターから視線を逸らすと、ガラスのドアの向こうに広がる夜の街に向き直る。

「恋っていうのはエンジンだよ。この恋がある限り、私の情熱は死なない」

そう呟くと、静かにギャラリーから出ていく。

素面じゃ言えないような、恥ずかしい台詞だった。いつもより飲んでいたから、酔っぱらっているんだろう。明日には覚えてないかもしれない。もし覚えていたら恥ずかしくてきっと悶絶《もんぜつ》する。

だけど、今の話を聞けてよかったと思った。

想いを告げないと決めた恋。そして、夢と仕事のために恋を貫くという決意。歪《いびつ》で窮屈で。でも、なぜかそれは、これまで聞いたどんな恋愛相談よりもロマンチックに思えた。

最後に大川益男の写真を見て、ふと気づいた。白髪の写真家が着ている服は、環希が冬場にいつも着ていたM‐65のミリタリージャケットだった。

環希は、自分が着ている服のことを男社会で生き抜くための武装だと言った。それはきっと、大切な物をずっと傍に感じるための誓いでもあるんだろう。

まだ煌々《こうこう》と明かりが灯るオフィス街の下、大きく伸びをしながら歩く親友の背中を見て、私も彼女のようになりたいと思った。


大丈夫。私はもう――大丈夫。

暗示をかけるように頭の中で繰り返しながら、生物棟に足を踏み入れた。

夜のオフィス街を颯爽と歩く環希の背中を思い出す。先輩から借りた本の中で、ヴィンセント・ヴァン・ゴッホも「美しい風景を探すのではなく、風景の中に美しいものを見つけなさい」と言っている。余計な期待はしない。今、私の目の前にあるものだけに集中するんだ。

椎堂先生と一緒に水族館にいってから十日が経った。

今日は、『恋は野生に学べ』の恋愛コラムのネタについての打ち合わせの日だった。

「あー。柴田さん、どもー」

廊下の先から、村上助手の声がする。

今日もまた、微妙な服装だった。見たことのないゆるキャラたちが肩を組んで、その下に「頂《いただき》に立つ野心はあるか」とプリントされたTシャツにデニムパンツに白衣。

これまでは純粋にダサいと心の中で突っ込めたけど、今では高度な擬態だってことを知ってる。もうあのころの私には戻れない。

「そうそう、柴田さん。最近、先生となにかありました？」

いきなり聞かれて、必死で自分にかけた暗示が吹き飛ぶ。

「い、いえっ、特にこれといってないですけど」

「ふーん。水族館にいったときも？」

「ないです。ただ、いろいろと求愛行動を教えてもらっただけです」

「一週間くらい前かな。先生に一回だけ聞かれたんですよね。柴田さんの様子がおかしかったけど、なにか聞いてないかって。あの先生が他人を気にするなんて衝撃すぎて、二分くらいお菓子が食べれなかったんですよ」

「だから、なにもないですから」

「ふーん。まぁ、いっかー。私の知ったことじゃないしー」

相変わらず気の抜けた声でいいながら、ひらひらと手を振って研究室に戻っていく。あれくらい割り切って人付き合いができたら、楽に生きられるのかもしれない。

……椎堂先生、私が泣いたこと、少しは気にしてるのかな。

なら、なおさら、いつも通りに振る舞わないと。

深呼吸してから、先生の居室のドアをノックして中に入る。

先生のファッションは今日もオシャレだった。ウィンドウペンチェックのシャツに涼しげなカットジャケット、スタイルの良さが際立つテーパードパンツ。靴や時計などの小物もすべてデザイナーが専用に仕立てたようにまとまっている。『ロラン・ロアン』のケイカがお母さんだと知った今だと、このセンスも納得だ。

椎堂先生は、机の上で書類仕事をしていた。入ってきた私をちらりと見ると、すぐに書類に視線を戻す。

「君か、もうそんな時間か」

いつも通りの気怠そうな声だった。私のことなんて、欠片も気にしていた様子はない。

当たり前だ。村上さんにからかわれただけ、いったいなにを期待してたんだ。

心の奥に仕舞い込んだ箱からうっかり漏れ出てきそうになった気持ちをぎゅっと押し込む。

いつも通りを全力で意識しながら、笑いかける。

「このあいだは、ありがとうございました。水族館も椎堂先生と一緒に回ると、色んな話が聞けて楽しかったです」

「そうか。別に、君を楽しませようと思って話したわけではないが、それならよかった」

「それで、さっそくなんですが、今日の恋愛コラムのネタについて相談させてください。今回、教えて欲しいのは、自分の意思を、体や仕草で表現する動物がいないか、です。できるだけ有名で人気ありそうな動物で」

先生は書類を脇にどけると、考え込むように腕を組む。

「なら、ハリネズミはどうだ？　背中の針で、意思を表現するのが知られている」

「あれ、求愛行動にも使うんですか！　いいですね、お願いします！」

椎堂先生は、頭の中の情報を検索するように目を細めながら、眼鏡の縁に触れる。

さっきまでの気怠そうな様子は吹き飛んで、いつもの張りのあるバリトンが聞こえた。

「それでは——野生の恋について、話をしようか」

右手を伸ばし、本棚から一冊の本を取り出す。タイトルはそのまま『イギリスのハリネズミ』。イングリッシュガーデンに生息するハリネズミたちの写真集らしい。

「ハリネズミは世界中に広く分布しているが、特にイギリスでは民家の生垣の下などによく生息していて、その姿が愛されている。ハリネズミというが、実際はモグラの仲間だ。彼らの求愛行動は、とても情熱的で、なにより男女平等だ」

「情熱的はわかりますけど、男女平等、ですか？」

「彼らの一番の特徴を想像してみるといい。オスが無理やりメスを押さえつけようとして拒絶されたら、無防備な下腹部が串刺しになるかもしれない。完全に合意の上じゃないと、次のステップには進めない、これを平等と言わずにどうする！」

「なるほど、男女平等ですね」

下腹部が針で串刺し、とノートにメモして時間差でぞっとする。サッカーボールが当たったくらいで蹲《うずくま》るんだ、針に刺されたらきっと大変だろう。

「まず、求愛中の二匹が出会うと、オスはメスの背後に回ろうとする。交尾が可能な状態なのか、尻の臭いをかいで確かめるための行動だ。メスはそれに対して、身を翻してオスに体の正面を向け、尻を守るための行動に出る。そして、完全に拒絶するときは針を立てる」

「当然ですね。出会っていきなりお尻の臭いをかぐなんてありえない」

「だが、オスはそう簡単には諦めない。メスの尻の臭いをかごうと何度も試みる。メスはその度に尻を守るために体の向きを入れ替える。こうして二匹は同じ場所をくるくる回るのだ。まるで、ダンスを踊るようにっ。この瞬間、小さな草むらは舞踏会に変わるわけだ！」

「まぁ、目的がお尻の臭いをかぐためってのがアレですけどね」

「ハリネズミのダンスは、メスが受け入れるか、オスが諦めるまで続く。長いときでは、その駆け引きは数時間、彼らは夜行性だから夜明けまで踊り続けることもあるそうだ」

「それはしつこ――いえ、情熱的ですね」

「ハリネズミが求愛行動を行った後には、奇妙な文様を描くように倒れた草木が残される。ダンスの跡を残すなんて、実に愛らしいと思わないか？」

先生がページをめくると、そこにはハリネズミが求愛行動を行った後の草むらの写真があった。ミステリーサークルのように草が倒れている。

ふと、想像する。

イングリッシュガーデンの美しい芝生、朝になると浮かび上がる求愛行動の跡、上手くいったのか、それとも上手くいかなかったのか。それを見つけたイギリス人たちは、前夜に起きた恋の結末を想像しながらスコッチを飲んだりする、かもしれない。

「なにか、くだらないことを考えてないか？」

「あ、バレました」

笑いながら、視線を手元のノートに落とす。

ハリネズミのメスは、その針で見込みが有るのか無いのかをはっきりと見せつける。

今回の相談者のアイコさんに足りないのは、こういうメッセージ性なのかもしれない。

環希が冬の間に着ていたM‐65のミリタリージャケットを思い浮かべる。あれが、あいつにとっての針だったんだ。

「うん、これでコラムが書けそうです。ありがとうございました」

「そうか、ならばよかった」

筆記用具を仕舞いながら帰り支度をしていると、求愛行動を語っていたときとはまるで違う、優しい声が聞こえた。

「アリアは、元気にやっているか？」

顔を上げると、私の顔に懐かしい写真のスライドショーでも映っているみたいに遠い目をしていた。

「昔のまんまですよ」

「…………そうか」

答えが聞こえてくるまでのわずかな時間。水辺に浮かんだ花びらをそっと掬い上げるのを躊躇うような、柔らかな沈黙だった。

「コラムニストがアリアだったから、この恋愛相談に協力してくれたんですか？」

そんなこと、聞く必要がないのはわかってる。だけど、聞かずにはいられない。

邪魔な恋心は、心の奥の鍵のついた箱に仕舞い込んだ。でも、未練のようなものが、まだ残っているらしい。

失恋というのは、幼い子供が傷口を自分で触って化膿《かのう》させてしまうのに似ている。触れるなと言われたって止められないし、どうしようもなくなるまで悪化しないと本気で治す気にならない。

「いや。君に誘われた時は、コラムニストが誰かなんて知らなかった」

「そう、ですよね」

「ただ、アリアの名前を見た時、引き受けてよかったとは思った。彼女の役に立てるなら、よかった」

それって、まだ好きだってことですか？

聞かなくてもいい問いが、また浮かんでくる。

人間に興味がなくなったなんて嘘じゃないんですか？　本当は、アリアがずっと好きだっただけ。忘れられなかっただけなんじゃないですか？　他の女なんて眼中に入らなかった、だって灰沢アリアですよ。あんな人と付き合ったら、もう誰も相手になりませんよね？

なんとか、口にする前に止めることができた。そこまで子供じゃなかったらしい。

アリアは、椎堂先生が監修していたことを知っていたのだろうか？

そこで監修者がどんな人かを聞かれたのを思い出す。その時、アリアは、さっきの椎堂先生と同じ遠い目をして笑っていた。

あぁ、そうか。二人はわかっていたんだ。

声も交わさず、顔も会わさず、コラムを通じて互いの日記を読み合うように、心を向け合っていたんだ。

やっぱり、私の入り込む余地はどこにもなかった。

アリアに認められたとか、椎堂先生が好きかもしれないとか。なにも知らない私だけが、間に挟まって盛大に空回っていた。アリアも先生も、私を通して大切な人を見ていただけなのに。

なんて惨めで、滑稽だったんだろう。

「原稿できたらまた持ってきますので、チェックお願いします」

すぐにでも逃げ出したくなるのを我慢して静かに席を立ち、先生に背を向ける。

部屋から出ようとしたところで、気怠そうな声が聞こえてきた。

「……そういえば、このあいだ泣いていたが……なにか、あったのか？」

もし部屋に入ってすぐ、それを聞かれていたら、また余計な期待をしてしまっていたかもしれない。そんな自分の単純さに、よけい惨めになる。

どうせ、特に気にしてないのに思い出しただけだ。聞いてくれたのが、今のタイミングでよかった。変な期待をせずに済んでよかった。

「ゴミが入っただけって、言ったじゃないですか」

振り向いて、精一杯の余力で笑いかけてから、ドアを閉める。

これで、仕事に打ち込める。環希のように強く歩ける。

生物棟の外に出ると、夏の終わりを感じさせるような肌寒い風が吹いていた。

建物を囲むカエデの葉っぱが、もうすぐ色が変わって散っていくのを知っているのか寂しそうに揺れている。

そういえば、もうすぐ編集会議だ。今度こそ、選ばれるような企画を考えよう。そうすれば、心の奥に仕舞い込んだ惨めな気持ちも、少しは救われるはずだ。

ざくりと針が刺さったような胸の痛みに気づかない振りをして、そんなことを思った。


――こんな風に、ハリネズミたちは背中の針を使って自分の気持ちを表現している。眼中にないオスには出会った瞬間から針を突き立て、気になる相手とはそっと針を寝かせてダンスを踊る。針を使って上手に、恋をしている。

私たちがハリネズミから学ぶことは、自分の気持ちを伝える針を身につけろってことだ。

服でもコスメでも、どんなブランドにもメッセージがある。どんな出版社から出ているファッション誌にもイメージがある。ブランドを選び、決まったファッション誌を参考にするってことは、そのメッセージやイメージを身にまとうってことだ。それが、あんたの針になる。

近寄ってほしくないやつらには針を立て、仲良くしたいやつらには針が寝て見えるように演出する。自由に針を立てたり寝かせたりできないあたしたちは、そうやって自分自身を武装するんだ。

私が昔、頻繁にテレビに出てたときも、服だけは自分で選んでいた。

モデルとしてショーに出るときは、服を引き立たせるのが私の仕事。私たちは服の奴隷だ。

でも、テレビに出るときは違う。私がどんな人間なのかを表現しなきゃ誰も見てくれない。五十人に嫌われても五十人に好かれる、そんな服を選んだ。私が他のモデルとちがってバラエティで受け入れられたのは、自分が身につけるべき針をちゃんと知っていたからだ。

おそらく、あんたは自分で気づかないうちに、自分を演出してしまっている。メイクかもしれないしファッションかもしれない。仕草かもしれないし言葉遣いかもしれない。自分が好きなタイプの男と話すときに針を立て、自分が好きじゃないタイプの男と話すときに針を寝かしている。

あんたへのアドバイスは、自分の針を自分でコントロールしろってことだ。

それができない女に、ダンスを踊る資格はない。


編集会議は、毎月二週目の月曜日に行われる。

一週目に校了が明けて、週末に一息ついて、それから頭を切り替えてリスタートという感じだ。

これまでの会議では、私の企画がホワイトボードに書かれることはほとんどなかった。あったとしても、みんながいいねと口にする企画が出尽くして、それでも紙面が余っているときくらいだった。

だけど今回は、雑誌の顔である特集企画の検討をしているときに、私が出した企画の一つが読み上げられる。

タイトルは『なりたかった私、今の私』、著名人のかつての夢と現在の姿を取材し、その二つを繋ぐ記事を書くというものだ。何人か候補者のリストもつけている。その中には、灰沢アリアの名前もあった。

斎藤編集長が、私の名前を呼ぶ。

「この企画は、五票を集めてる。柴田、ちょっと説明してちょうだい」

「はい、わかりました」

立ち上がり、準備していた説明を続ける。

恋愛コラムをやっていて、気づいたことがあった。

子供のころ、モデルに憧れた。そして、思春期の入口でモデルにはなれないと知った。ファッション誌を飾る美しい人たちを見るたび、どうして私はこんな風になれないのだろうと傷ついた。

今回の失恋は、あの時の気持ちに似ている。

椎堂先生のことが好きになって、すぐにその隣に立てるわけがないって気づいた。彼の隣に並べるのはアリアのような人だ。私じゃない。

これまでの恋愛相談を投稿した人たちも、恋愛相談にいいねを押した人たちも、みんな同じようなコンプレックスを抱えていた。

なりたいものになれなくて、欲しいものが手に入らなくて、どうしてこんな自分なのだろうと傷ついて、それでも生きていかなくちゃいけなくて。

恋愛コラムの仕事に必死になれるのは、憧れていたアリアと関わったからだけじゃない。椎堂先生と出会えたからだけじゃない。

そういう、悩みやコンプレックスを持つ人たちの心に触れている気がするからだ。

そうやって、悩める人の味方になれることが、私の資源だ。

今回の企画は、そんな思いを形にしたものだった。

現在、夢を叶えたように見える人たち、その人たちが挫折《ざせつ》をどんな風に乗り越えてきたかを伝えることで、現実に苦しんでいる人たちを勇気づけることができるかもしれない。

『リクラ』は働く女性をターゲットにした雑誌、夢やキャリアをテーマにした特集は読者層とマッチしてるはずだ。

そんなことを、必死で喋った。

「私、ずっと考えてたんです。どんな仕事をしたいのか。ずっと、ファッション誌に憧れを持っていました。入社式で廃刊を聞いて倒れて以来、うじうじ悩んできました。でも、私が本当にやりたいのは、ファッション誌じゃなかった」

気がつくと、目じりに涙が溜まっていた。

みんなが引いているのがわかる。紺野先輩が吹き出すのを我慢している。だけど、もう走り出したんだ、壁にぶつかってクラッシュするまで止まれない。

「ファッション誌が、私をコンプレックスから解き放ってくれた。私がずっと書きたかったのは、そんな風に、悩んでいる人を自由にする記事です。この企画は、きっと、そうなります」

椅子に座ると同時、反応に困るような、気まずい沈黙が流れた。

失敗した。みんなのリアクションを見て、そう思った。

必死すぎたんだ。記事の内容より自分の気持ちばかり喋ってしまった。紺野先輩にしばらくネタにされそうだ。

「いいじゃない、やってみなさい」

静まった会議室に、掠《かす》れた声が響く。ホワイトボードの正面に座る編集長だった。

他のみんなと違って、真剣な表情で私の方を見ている。

「これは、あんたにしか書けないものだ。あんたのプレゼン、最低だったけどムービングだったわよ。ムービングの意味、わかるわね？」

引っ越し、じゃなくて、心が動くってことだ。

「私ね、笑いながら仕事の話をする人って、好きよ」

そこで、気づいた。目には涙が溜まっている。みんなに思いっきり引かれている。でも、笑っていた。心臓がドキドキしている。楽しかった。

「はい、がんばります」

おめでと、と紺野先輩が目配せしてくれる。

初めて、特集企画の担当に選ばれた。

仕事で涙を流すなんて、ありえないと思っていた。だけど、目じりに溜まっていた涙は、いつの間にか頬を伝っていた。

第五話

ランウェイを歩く美しい獣

Long-tailed widowbird

窓の外から見える景色は、茜色《あかねいろ》に染まっていた。

生物学部の校舎を囲むカエデが鮮やかな赤に衣替えして、木々の間をすり抜けて廊下に射しこんでくる西日に淡い秋色を添えている。

季節の移ろいを感じながら、通い慣れた通路を進む。そして、いつものドア前に掲げられているプレートを無視してドアをノックする。

椎堂准教授の居室。でも、今日は少しだけいつもと違う感慨があった。恋愛コラム『恋は野生に学べ』の第十回、記念すべき最終回の相談に来ている。

やっと、ここまできた。

椎堂先生への恋心は、心の奥にあるぶっとい南京錠のついた箱に仕舞ったまま。ひたすら、いい記事を作ることに専念してきた。

おかげで『恋は野生に学べ』のコラムは大人気で、発売のたびにＳＮＳで話題になり、『リクラ』のホームページの閲覧者数もぐんと伸びた。

この仕事が終わることに、寂しいとか、名残惜しいとかいう感情はまだない。最後の一回を最高の形で終わらせる。それで頭の中はいっぱいだ。

先生の居室に入ると、今日も求愛行動の動画を見ていた。

今回は、鳴き声はない。

それもそのはず、映っているのは、水中カメラで撮影したクジラの映像だった。画面の奥の方を一頭がゆっくり泳いでいる。マイクのハウリングみたいな音だけが響いていた。

「クジラですか？」

「シロナガスクジラだ」

間髪をいれずに訂正された。重要だったらしい。

「シロナガスクジラは、繁殖地に集まるザトウクジラやセミクジラと違って、群れを作らず単独で活動することが知られている。そのため、この広大な海で仲間やパートナーと出会うために、音によるコミュニケーションが発達している」

クジラは巨大だけど、広い海の中では米粒みたいなものだ。

おまけに、海中世界は縦にも広がっているので、きっと地上よりも出会うのは難しい。

せっかく同じ場所にいるのに泳いでいる水深が違うせいで運命の相手とすれ違う——クジラが主人公の恋愛ドラマができたら、そんなもどかしいシーンが描かれることだろう。

「シロナガスクジラは、約十ヘルツから四十ヘルツという低音で求愛のシグナルを出す。そのシグナルは、太平洋の東から西まで届くという。わかるか、我々が国際電話やインターネットを開発する遥か昔から、彼らは世界を股にかけて求愛をしていたのだ！」

「あ、もしかして、このマイクのハウリングのような音がそうですか？」

「そうだ。彼らは遠距離恋愛では我々の大先輩だ」

どうりで一頭しか出てこないと思った。どうやら、クジラのオスとメスの求愛行動ではなく、求愛のシグナルを録音した資料だったらしい。

「クジラってすごいロマンチックなんですね。会えもしないのに、そんな遠くにメッセージを送り届けるなんて」

太平洋の東と西で恋の歌をやり取りするなんて、遠距離恋愛にもほどがある。

一生会うことのない相手とラブレターをやり取りする、そんなストイックな恋愛観は人間にはなかなかない。

「まったく、今まで何を学んできたのだ、君は」

椎堂先生が肩をすくめてため息をつく。アメリカのコメディ番組のようなジェスチャーだ。

「野生動物が会えないのに求愛するなど、そんな無駄なことするわけがないだろう」

「え、だって太平洋の東と西ですよ？」

「彼らは、実際に会いに行っている。クジラに電子タグを取り付けた調査では、日本の北のサハリン沿岸に住んでいたメスのクジラが、太平洋を横断してメキシコ沿岸に移動し、たった数時間だけ滞在して戻ってくるという行動が確認された。そこに恋の相手がいたのではないかと推測されている」

「ええっ、たった数時間のデートのために、太平洋を横断したんですか！」

さすが遠距離恋愛の大先輩。私なんて名古屋日帰り出張ですらしんどいのに。

動画が止まると、椎堂先生はいつもの気怠そうな表情で振り向く。

「それで、今日は、どんな話が必要なのだ？」

「あぁ、そうでした。三日ほど前に、最後のテーマが決まったんですよ」

タブレットを取り出して、恋愛相談を確認する。

【相談者：おもちマニアさん（会社員・二十九歳・女性）】
十年間、片想いをしている幼馴染《おさななじみ》がいます。気持ちを打ち明けられない理由は、彼と私があまりにも釣り合わないからです。彼は背が高くて昔っからお洒落で頭も良くて、考え方も大人で起業の準備までしてます。私は背が低いし家から出たことないし子供っぽいままです。だけど、貴方《あなた》のコラムを読んでいて、このまま諦めたくないと思いました。お願いします、背中を押してください。

恋愛コラムを開始したばかりなら、最後の一文のようなコメントはつかなかっただろう。

最近になって、世間のアリアに対するイメージは変わった。

動物とは関係ない、普通のトーク番組でも彼女を見るようになった。若い頃は生意気に聞こえた毒舌も、聞く人の心をスカッとさせるような爽快さに変わっている。

『リクラ』の読者層、かつてアリアがトップモデルだったころに彼女の真似をした人たちの多くは、もう一度、アリアを自分たちの世代の代表として受け入れていた。

「教えていただきたいのは、特定の動物についてじゃありません」

今回の悩みは、私の身近にあるものだった。

私だって幼い頃からコンプレックスに悩んできた。この人の気持ちは痛いほどわかる。

自分に自信がない。だから、背中を押して欲しいんだ。

だったら、全力で応援してあげようじゃないか。

それも、最終回に相応しい、これまでとはちょっと違うネタで。

「先生、今回は特定の動物の求愛行動じゃなくて、『ハンディキャップ説』について教えて欲しいんですけど」

「驚いたな。君から、そんな言葉を聞くとは」

「ここに通うようになって長いですからね。私も色々と成長したんですよ」

初めてこの部屋を訪れたのは、春先のことだった。スケジュール帳に視線を落とす。もうすぐ十一月が終わり、本格的に冬がやってくる。

頭の中に白いイメージが広がる。雪の色、冷たい空気に吐き出される吐息の色。東京では滅多に雪は降らないけれど、私の生まれ育った町は、もうじき白く染まるだろう。

冬の初めには、いつも楽しみにしていたイベントがある。

「そういえば、覚えてます？　来週、東京デザイナーズコレクションなんですよ」

なにげなく口にしてみる。

椎堂先生は、きっとアリアのことを思ったのだろう、遠い目をして頷いた。

「あぁ、知っている」

「このあいだ、アリアに会いました。すごく気合入ってましたよ」

「彼女なら大丈夫だろう。ブランクなんて関係ないさ」

「そうですよね！　なんたって、灰沢アリアですから！」

コレクションが終わったら、アリアのインタビューをさせてもらうことになっていた。

『なりたかった私、今の私』、初めて担当することになった特集企画。記事には『リクラ』の読者たちが憧れるような三人の女性を選んだ。その中の一人が、灰沢アリアだった。

東京デザイナーズコレクションに復帰してすぐのインタビューは、きっと話題になるだろう。

恋愛コラムの最終回のネタをたっぷり仕入れてから研究室を後にする。今回の相談は、あまり悩まずに書くことができそうだ。

色んなことが上手くいっている。そう、思っていた。


着信音で目が覚めた。

楽しみにしていた東京デザイナーズコレクションの当日。

だけど、遅くまで仕事をしていたのでかなり眠い。子供のころの遠足のように布団をはね上げるようなテンションにはまったくならない。これが大人になるってことなのか。

瞼《まぶた》を擦りながら時計を見ると、まだ六時半。リビングでは早朝からハリーが活動しているらしく、微かな物音がする。

手を伸ばして引き寄せたスマホには環希の名前があった。環希には、東京デザイナーズコレクションでアリアの撮影を依頼している。モデルとして返り咲いたアリアの姿を、特集企画に使うつもりだった。

なにかあったんだろうか。病気じゃなければいいけど。この仕事、久しぶりにヒリヒリするものが撮れそうだって、楽しみにしてくれてたのに。

そんなことを考えながら、電話に出る。

だけど、聞こえてきた言葉は、予想のどれとも違った。

「灰沢アリアの記事、もう見た？」

環希は今朝からネットで大騒ぎになっている話題を教えてくれた。

——自分が信じられなくなるようなことが、あったんだ。それのせいで、あたしは、一番大切なものを手放しちまった。

しばらくモデルの仕事を断っていたと聞いたとき、アリアはそんなことを呟いていた。

それは、この三年間、彼女がモデルの仕事ができなくなった理由だった。


編集部に駆け込むと、編集長と紺野先輩が話し込んでいた。テーブルの上には、問題の記事が載った週刊誌がある。

あのあと、先輩からも電話があった。すでに週刊誌を買って編集部にいるということだったので、私も合流することにした。編集長までいるのは意外だったけど。

先輩はデスクの上にあった雑誌を手渡してくれる。

大手出版社の週刊誌『ＪＡＭ』。政治家や芸能人のゴシップをいくつもスクープしてきたことで有名な雑誌だ。

環希から、話は聞いていた。

でも、そこには、想像していたのとは違う見出しが書かれていた。

――灰沢アリア、東京ＤＣに返り咲くまでの涙の軌跡

記事には、三年前、アリアがメディアから唐突に姿を消したのは、彼女が乳ガンになったからだと書かれていた。左乳房を全摘出、その後の乳房再建は行わず、シリコンの人工乳房をつけて仕事に臨んでいたそうだ。

「本当なの？　知ってた？」

紺野先輩が、確認するように聞いてくる。

「知りませんでした。まったく、気づきませんでした」

頭の中、スマートフォンの中の写真をスワイプするように、これまでのアリアの姿が次々と浮かんでくる。

そういえばアリアはいつもハイネックやビッグサイズの服を着ていた。オシャレな着こなしにばかり目がいっていたけれど、真夏でも、自室でも、胸元が隠れるような服ばかりだった。

モデルなのに部屋には少ししか服がなかった。お酒が好きだって聞いていたけれどほとんど飲んでなかったし、極端な食事制限をしていた。旅行といって不自然なほど唐突にいなくなることがあったのも、治療だったのかもしれない。そして、モデルでありたいと願いながら、モデルの仕事を断り続けていた理由。すべてが、繋がった気がした。

先輩は、私の表情から考えていたことを読み取ったらしい。握りしめた右手、人差し指の固い部分で、コツンとテーブルの上の雑誌を叩く。

記事の内容自体はアリアを称賛するものだった。彼女がどれほどの苦しみを味わったか、どれほどの困難を克服したか、乳ガンの一般的な知識や同じ病気の女性のインタビューを交えて書かれていた。モデルという職業でありながら、手術を克服して東京ＤＣへ戻ってきた。それは、灰沢アリアだからこそできた奇跡だと美談のようにまとめていた。

だけどそれは、身勝手な称賛だった。

勝手に人の秘密を書き立てておいて、美談のわけがない。この記事が出たことによってどんな影響がでるか、想像できなかったわけがない。

しかも、よりによって東京ＤＣの当日に発売を合わせてくるなんて、美談の振りをして炎上商法を狙っているとしか思えない。アリアだけじゃない。同じ経験を持つ人たちを傷つけ、馬鹿にしている。

「こんなの、酷すぎる。アリアは、ただ、一人のモデルとして舞台に戻りたかっただけなのに」

会社に来るまで、電車の中でネットの反応を確認した。

最初は、ＳＮＳのアリアに関する書き込みは、私たちと同じように記事を非難するものが多かった。

――わざわざ東京ＤＣ当日にこの記事のせるなんて胸糞《むなくそ》。

――『ＪＡＭ』って雑誌、相変わらず最低。売れればなにしたっていいの。

その中には、病気を公表していなかったアリアを非難したり、偏った知識でショーへの影響を推測したりする書き込みもちらほらと混じっていた。

――こういうことは東京DCに出る前に公表すべきだったのでは？　そうした方が同じ境遇の女性へのエールになったのでは？

――完璧なスタイルだと思って憧れてたのに、信じられない。

――アリアを使う予定のブランドって『ロラン・ロアン』だけか。デザイナーのケイカは知ってたのか？　ファッションショーどころじゃないだろコレ。

秒単位で更新されていく匿名の呟きは、巨大なうねりのようだった。

雑誌の編集者をやっていたら、記事の内容や編集者に対して悪意に満ちたコメントが寄せられることはある。批判されるのは発信者の宿命だとはわかっているけど、それでも傷ついたりムカついたりはする。

でも、アリアに対するコメントにはそんな感情は浮かびもしなかった。自然災害を目の当たりにしたような止めどない流れに圧倒されるだけ。

それだけ多くの人が、日本中が、アリアに注目していたってことだ。

けれど、一枚の写真が拡散されはじめたことで、急激に流れが変わった。

それは、雑誌に使われていた写真だった。

どうやって手に入れたのか、入院しているときのアリアを隠し撮りしたものだ。

髪を剃り、丸坊主で病院服を着たアリアが、ベッドに座っている。

頬は瘦せこけ、目元は落ちくぼみ、希望を失ったように手鏡を見つめている。教えられなければ、アリアだと気づくこともできないだろう。

そして、膨らみのなくなった左胸。

その写真は、今までアリアが築きあげてきたものを一瞬で破壊した。


――すごく痛々しい。病気でテレビから長い間、消えてたのか。なにも知らなかった。

――ここから今の姿まで戻したなんて、想像しただけで涙が出そう。

――みんなでアリアを応援しよう。オンラインで見てる人、アリアがランウェイを歩いているとき、みんなで拍手しよう。#がんばれアリア

アリアに同情するコメントが次第にSNSを埋め、アリアを応援するためのハッシュタグが大量に作られていく。

――マスゴミに負けるな！　みんなで応援しよう！　#がんばれアリア
――ファンとかじゃなかったけど、アリアはガチで応援したくなった。
――昨日もテレビで見てたのに。信じられない。
――どんな覚悟で東京ＤＣに出ようとしてたんだろ、すげぇな。#がんばれアリア

——私の母も少し前に同じ治療をしました。彼女の苦しみはよくわかります。ここから復帰するというのはすごく大変なことです。#がんばれアリア
——かわいそう、アリア。みんなでパチパチしよう。#がんばれアリア
——胸がなくなるってどんな気持ちだろう。想像できない。負けないで。この気持ちが届きますように。

昔も再ブレイクしてからも、アリアには憧れる人と同じくらいアンチがいた。その全員が、たった一枚の写真で考えを変えたようだった。
憧れていたり叩いたりしていたものが、か弱い存在だったと気づいた。石油まみれになった鳥をニュースで見ているように、遠い所から上から目線で憐れんでいた。
みんなが、それぞれの言葉で思いを綴《つづ》っている。だけど、その根底にあるものは同じだった。

かわいそう

同情や憐れみ。そこから派生する、不幸なことがあったのによくがんばったね、という身勝手な応援。アリアがこれを、自分の意思で公表したわけじゃないのに。

かわいそう。かわいそう。かわいそう。

ＳＮＳの中が、かわいそう、で埋め尽くされていく。

見ているだけで、胸の中が黒く濁《にご》っていくようだった。


「違うっ、こんなの、違うっ！」


アリアは、批判されるのは平気だと言っていた。どれだけ叩かれたって、これが私だ、勝手に吠えてろ、と胸を張れる人だった。

でも、これは違う。

これが、どんな批判よりも彼女を傷つけることは、知り合って一年も経ってない私にだってわかった。

だれもアリアのことを考えていない。自分が気持ちのいい言葉を吐き出すだけで、アリアが望んでいることをわかってない。

このたくさんのかわいそうは、モデルとしてのアリアを殺してしまう。ランウェイを歩く彼女を、誰も見なくなる。アリアが一番、恐れていたことだ。モデルの仕事ができなくなるくらい怖がっていたことだ。

紺野先輩が、気遣うように聞いてくる。

「アリアには連絡したの？」

「この状況で、私が電話しても仕方ないですよ」

「そうね。たぶんアリアも、これを見てるよね」

そこで、スマホが震える。宮田さんだった。

「柴田さん、アリアから電話とか来てない？」

「来てません。連絡、とれないんですか？」

「アリアの家にもいってみたけど、いないんだ。もしかして、柴田さんのところかもしれないと思ったんだけど」

そんなに私は信用されてません。声にならない言葉が、浮かんで消える。

アリアは、本当のことを教えてくれなかった。私たちはビジネス上の付き合いだったってわかっているけど、悔しかった。

「……やっぱり、今朝の記事、本当だったんですね」

「あぁ。でも、昔の話だよ。手術は上手くいって術後の経過も順調だった。やっと、これからだったのに」

「この記事が出てから、一度も話できてないんですか？」

「事務所に出版社から事前通知のファックスがきたのは明け方だった。話をする時間なんかなかったよ」

今日のコレクションは、大丈夫なんですか？

そう聞きたかったのをぐっと飲み込む。それを今、一番心配しているのは宮田さんだ。アリアがランウェイに戻ってくることが自分の夢だと語っていた、彼の横顔を思い出す。

「もし、なにかわかったら教えて」

そう言って、電話が切れる。

「このネタ、ずっと持ってたんだ。東京デザイナーズコレクションに合わせて出してきた。こざかしく美談の振りをしてね。まったく、人の人生をなんだと思ってんのよ」

紺野先輩が、テーブルをさっきよりも強く叩いた。

「彼らのやり方よ。大衆週刊誌は話題になることがすべて。そのせいで誰が傷つこうが、何人泣こうが、知ったことじゃないのよ。実際、こういう記事は、悲しいくらいにウケるしね」

続いた編集長の言葉には、苛立ちの他に思う部分があるようだった。私の視線に気づいて、なんでもないことのように付け足す。

「私ね、うちの会社に来る前は、この『ＪＡＭ』のライバル誌の記者だったのよ。社会を動かすようなスクープに立ち会ったこともあったわ。やりがいもあったし、使命感もあった。でもね、ときどき自分の理想とは真逆の仕事をしなくちゃいけなくて、それに耐えられなくなった。それで、カルチャー雑誌がメインの『月の葉書房』に来たの」

編集長が大手出版社から転職してきたことは聞いていた。でも、同じような雑誌の編集だったのだろうと勝手に想像していた。この人にも、仕事で苦しんでいた時代があったのか。

「この状況で、私たちのような小さな出版社ができることなんて、たかが知れてるわ。でも、できることはある。いえ、むしろ、この状況を利用してやるのよ。灰沢アリアにとってもプラスになるようにね」

編集長は腕を組んで、私と先輩を交互に見る。その目には、このあいだ環希と一緒に見に行った写真展の中のプロフェッショナルたちと同じような情熱があった。

「柴田、あんたがやる予定だった灰沢アリアのインタビュー企画、見開き二ページだったわね。

それ、増やすわよ。アリアに思いっきり、言いたいことを言ってもらいなさい。それが、この薄っぺらい記事への反論になるはずよ。それになにより、この記事で傷ついた女性たちを励ましてくれるわ。なんたって、あの、灰沢アリアの言葉だもの」

編集長は『ＪＡＭ』を閉じると、押しのけるように机の端に寄せる。

「そのためにも、灰沢アリアには東京ＤＣに出てもらわなきゃね」

その言葉に、はっとした。

アリアのことを勝手にわかった振りをして、下を向いて立ち止まっていた。

だけど、私にもできることはあるはずだ。

乳ガンには、女性としての尊厳に関わる痛みもつきまとう。

自分の胸に手を当ててみる。

それほど大きくもなく、小さくもなく。ずっと、当たり前にここにある私のおっぱい。これがなくなるなんて想像できない。

アリアは、たった一人のモデルとしてランウェイに立ちたかったのだろう。同情も美談もいらない。余計なものがついてくるのが嫌だった。だから、病気のことを公表しなかった。一人で抱え込み、苦しみ続けてきた。

でも、その秘密は、心無い記事によって誰もが知ることになってしまった。アリアが東京ＤＣに戻ってくるには、そのすべてを背負うしかない。

この記事のせいで企画の構成を変えるのは気に入らないけれど。

灰沢アリアが乳ガンの手術を乗り越えてランウェイに戻ってくる。その経験を、押しつけられた美談ではなく、アリア自身の言葉として伝えることができれば、同じように苦しんでいる人たちにとって希望になるかもしれない。

それを記事にするのは、大げさかもしれないけど、私の使命であるような気さえしてきた。

「……そのためには、まずはアリアを見つけないと」

思い切ってアリアに電話を掛けてみる。呼び出し音はするけれど、つながらなかった。

先輩と編集長に向けて、やっぱり駄目です、と首を振る。

「どこか、アリアの行きそうな場所に心当たりはない？　そういう場所は、もう事務所の人が回ってんのかな？」

紺野先輩のその言葉に、やっと先生の存在に思い当たる。

椎堂先生なら、アリアが行きそうな場所を知っているかもしれない。

スマホから、先生の番号を呼び出す。

アリアがプライベートで行きそうな場所には、宮田さんや他の事務所のスタッフが向かっているだろう。これはきっと、私しか知らない可能性だ。

「なんだ？　こんな朝早くに」

電話はすぐにつながった。いつもの気怠そうな声が聞こえる。

「アリアが、いなくなったんです」

電話の向こうで、先生の体温が変わるのがわかった。

椎堂先生は、今朝からニュースでも騒がれている『ＪＡＭ』の記事のことを知らなかった。事情を説明してから、尋ねる。

「アリアがどこにいるか、知りませんか？　どこか、アリアが行きそうな場所に心当たりがあれば教えてください」

「十年以上も会ってない。もう、俺の知ってる彼女じゃない」

「そんなこと、ありません！」

思わず、声を上げていた。編集長や紺野先輩が驚いたように私を見る。気にしてられなかった。

「この前、アリアから先生のことを聞きました。アリアは……先生との約束を、今でも大事にしてました」

話を聞いたからだけじゃない。ずっと動物が嫌いだなんて言い続けてきたこと自体が、椎堂先生のことを、モデルだったツカサのことを忘れていない証拠だ。

過去に土足で踏み込むような最低な行為だとわかっている。先生と築いてきた関係が壊れるかもしれない。でも、今、椎堂先生に協力してもらうには、それが必要だった。

「先生は、ずっとコラムを通じてアリアのことを考えてたんですよね？　アリアの助けになりたいってずっと思ってたんですよね？」

「確かに、前にそう言ったが」

「その話を聞いた時に思ったんです。それって――ずっと、アリアのことが好きだったってことじゃないんですか？」

心の奥の方で、チクリと痛みが走るのがわかった。

もう何ヵ月も前に、鍵を掛けて仕舞った恋心が、未練のように箱の中で暴れる。

でも、そんなもの、今はどうでもいい。痛みを無視して言葉を続けた。

「アリアも同じ気持ちでいたと思います。ずっと椎堂先生のことを想い続けていたと思います。今、みんながアリアを探してるけど、見つかりません。椎堂先生は、アリアの原点です。アリアのことがずっと好きだった先生なら、傷ついたあの人が戻るような場所を知ってるんじゃないですか？」

電話の向こうが、動物が息を潜めるように静かになる。

伝えたいことは伝えた。目を閉じて、先生の反応を待つ。

椎堂先生が真剣に考えているのが伝わってくる。動物のことを聞くと、なんでもすぐに答えをくれた。先生をこんなに悩ませた質問は、初めてかもしれない。

しばらくしてから、気怠そうな声が聞こえる。

「アリアが、俺のことをどう考えているかなど知らない。だが、彼女がいるかもしれない場所には、一つだけ心当たりがある」

「教えてください！」

思わず、声が大きくなる。

椎堂先生が告げたのは、意外な場所だった。


「どうして、動物が嫌いなんですか？」

アリアから椎堂先生の話を聞いたのは、つい先日のことだった。

いつもの隠れ家みたいな居酒屋に呼び出され、少しだけ一緒にお酒を飲んだ。

それは、なにげなく口にした問いだった。別に、先生との関係を聞きたかったわけじゃない。

動物番組に出て、コアラを抱っこしたり犬の散歩をしたりしているアリアが、誰もいないところでは動物が嫌いだと言ってウサギにラビットフードを投げつけていた。

視聴者が見たらがっかりする光景だけど、ひとつ疑問があった。仕事でならアリアは動物と触れ合える。嫌いと言ってるけど、苦手ってわけじゃない。どうしてアリアは、動物を嫌っているんだろう。

東京デザイナーズコレクションが近づいていたせいか、その夜のアリアは機嫌がよかった。だから、普段なら「関係ねぇだろ」とか言いそうな質問に答えてくれた。

「お前さ、もう知ってるんだろ。あたしと、ツカサが付き合ってたこと」

「え……はい、知ってます」

「ツカサのことは、宮田から紹介されたのか？」

「そうです」

「あいつ、あたしのことをほんっとよく調べてるからな。まったく、余計なことしやがる」

それには、私も気づいていた。宮田さんが私に椎堂先生を紹介したのは、きっと、アリアと先生の過去を知っていたからだ。二人が同じ仕事に関わることで、なにか化学反応が起きることを期待していたんだろう。

「動物が嫌いなのは、ツカサのせいだよ」

そう言って、アリアは日本酒を口元に運び、匂いを楽しむように唇につけて戻す。

「昔っから動物が嫌いだったわけじゃない。ただ、そういうことにしたんだ。あの頃、あたしにとってツカサが全てだった。あいつがいなけりゃ、あたしはモデルになんてならなかった。その憧れを、動物に奪われたんだ」

憧れを、動物に奪われる。奇妙な言葉の組み合わせが耳にひっかかって、話に引き込まれる。

「あたしがモデルになったきっかけは、ありふれたものだった。高校一年のとき、友達と一緒にふざけてモデルのオーディションに応募した。通ったのはあたしだけ。それからなんとなく、バイト感覚でモデルの仕事をするようになった」

そのエピソードは、雑誌のインタビュー記事で読んだことがあった。ただ、彼女がいつから本気でモデルを目指すようになったのかは書いてなかった。

「ずっとモデルでいるつもりはなかったから、なんとなく流されるように仕事をこなしてたんだ。あいつと、会うまではな」

アリアはそう言って、遠い日を懐かしむような笑みを浮かべた。灰沢アリアのイメージにはない、少女のように無垢な笑顔。

それから、アリアが話してくれた物語は、強く私の心に刻まれた。

高校二年になったら、やめるつもりだったそうだ。

仲の良かった同期のモデルが表紙を飾った途端にエラそうになったり、生意気な後輩に人気がでたりして、イラついていたらしい。

アリアがツカサ——椎堂先生と出会ったのは、そんな時だった。

雑誌の撮影で、男性モデルと一緒の現場になった。その中に先生がいた。椎堂先生は当時、若手ナンバーワンとして期待され、女性から圧倒的な人気を集めていた。けれど、彼は有名なファッションデザイナー、ケイカの息子としても知られていたので、アリアは「親のコネで有名になったやつ」と思っていたらしい。そして、実際に会って、衝撃を受けた。

「あたしはそれまで、あんなに美しい男には会ったことがなかった。それくらい、綺麗でスタイルもよくて、なにより独特の存在感があった。立ち姿も歩き方も完璧、どんな要求にも即座に反応できるセンスも、美しさを磨くために努力を惜しまないストイックさも備えていた」

今朝の出来事を話すようだった。それだけで、特別な出会いだったことが伝わる。

まだ無名だったアリアは、彼が撮影するのを遠巻きに見ることしかできなかった。彼に、自分の存在を知って欲しいと思った。

それまでのバイト感覚を捨て、モデルとして有名になるために全力を注ぐようになった。真剣にトレーニングに取り組み、食生活を変え、他のモデルたちを追い抜いて注目されるために必死で努力した。

灰沢アリアに天性の才能があったのは、今では日本中が知ってる。努力は彼女の才能を開花させていった。同じ若手のトップモデルとしてツカサと一緒に仕事をする機会も増え、次第に仲良くなったそうだ。初めてアリアが雑誌の表紙を飾ったのも、ツカサとのツーショットだった。

あの、教会で撮影された一枚だ。

「変わったやつだった。動物が好きで、ファッションのことと動物のことしか話さない。いつも動物関係の難しそうな本を読んでた。特に興味があるのは求愛行動だって言ってたな」

その後で、アリアが今も覚えている内容として教えてくれたエピソードは、私をドン引きさせた。

当時、ピクサーの映画『ファインディング・ニモ』が大流行していたらしい。映画を一緒に見に行った後、面白かったとはしゃぐアリアに、ツカサは冷めた声で蘊蓄を教えてくれたそうだ。

「ニモのモデルになっているクマノミは、状況によって性別が変化する雌雄同体《しゆうどうたい》の魚だ。群れの中で一番大きい個体がメスになる。さらに、近親交配を行うことでも知られている。現実世界で映画の冒頭のように母親が急にいなくなったならば、父親はメスに変化し、ニモと交尾をしたかもしれない。それはそれでハッピーエンドだったかもしれないな」

最低だ。ハートフルな映画を見た後に、そんな話は聞きたくない。

「あたしから告白して付き合うことになった。ダセぇことに、クリスマスだったな。あたしが男に告白したのは、あの一回だけだよ。一年、ずっと一緒にいた。変わった奴だったけど、幸せだったよ。まぁ、そのせいで、ずいぶん酷い目にあったけどな」

「酷い目、ですか？」

「ツカサのやつ、顔がいいからめちゃくちゃモテたんだ。だから、あたしと付き合ってるのが広まってから酷い嫌がらせをされた。でも、あたしへの嫌がらせなんて、あいつが味わったものに比べたら大したことなかったよ」

そこで、椎堂先生が、モデルの仕事をしていたときに人間関係で色々と揉めて、人と関わるのが嫌になったと話していたのを思い出す。

「大勢の女たちがツカサを取り合うように足の引っ張り合いをしていた。大人たちは金儲けに利用できないかと牽制し合っていた。裏切られたり妬まれたり、親しい人が変わっていくのをたくさん見たんだろう。そのすべてが、ツカサを少しずつ擦り減らしていった」

だから、突然「モデルをやめて東京を離れることにしたから、別れてくれ」と言われたときも、ショックだったけれど、驚きはなかったという。

その告白を聞いたアリアは、必死で止めようとした。別れることは受け入れられても、モデルをやめることは許せなかったそうだ。

「やめてどうすんだよ」

「大学に受かったんだ。生物学部で尊敬している先生がいる。東北の大学だから、東京でモデルをやりながらは通えない」

「ふざけんな。お前は、モデルをするために生まれてきたようなやつだ。大学なんていってどうすんだよ」

「動物のことをもっと勉強して、動物のことだけを考えていられる仕事をする。人間はもういい、相手をするのに疲れたよ」

「あたしが他の女から嫌がらせを受けてんのを気にしてんなら、あんなのなんでもねぇ」

「そういうことじゃない。これは、俺の個人的な問題だ」

「あたしは、あんたに近づきたくてここまでやってきたんだよ」

「それはきっかけだろ。今は、もう違うはずだ」

「……もう、あたしがなにを言っても無駄なのか?」

「君だけは、俺の動物の話を、顔を顰めたり、馬鹿にしたりしながら、真剣に聞いてくれた。本当のことを言うと、モデルをやってる時間よりも、君に動物の話をしてる時間の方が楽しかった。俺に、やりたいことを教えてくれたのは、君なんだよ」

それを聞いて、彼を引き留められないことがわかったという。

「そんなつもりで、あんたの動物の話に付き合ってたわけじゃない」

「あぁ、知ってる」

「あたしは、動物なんて大嫌いだ。あんたをモデルから奪ってしまうものは、全部嫌いだ」

「そうだ。君は、それでいい」

「いちばんのモデルになってやる。いいか、どこでなにしてたっていい、あたしのことを見てろ。動物よりも、あたしの傍にいた方がよかったって、後悔させてやる」

椎堂先生は日本中の少女たちが憧れる美しい笑みを浮かべて「わかった。ずっと、君を見てる。約束だ」と答えた。

そして、灰沢アリアはその約束に支えられ、ティーンエイジャーのカリスマへと上り詰めた。

「あいつのために、頑張ったわけじゃない。あたしはいつだって、自分のために努力してきた。でも、なにかに負けそうになったとき、やめたいって頭をよぎったとき、あいつとの約束を思い出してたな」

灰沢アリアは、生まれながらのモデルで、デビューして何の苦労もなく有名になったのだと思っていた。彼女にも普通の人みたいに、自分を支えてくれる思い出や約束があったことに驚かされた。

今、向かっている場所も、そういう物の一つなのだろう。

流れていく街並みが黄色く染まる。街路樹に銀杏《いちょう》が植えられていた。

黄色で埋め尽くされた並木の向こうには、オフィスビルが連なっている。週末の朝だからか、交通量はそこまで多くない。環希の運転するスポーツカーは、カーナビが示した到着時間をぐんぐん縮めながら目的地に近づいていた。

環希と合流し、彼女の車で送ってもらうことになった。渋滞に巻き込まれることもなく、すんなりと椎堂先生から聞いた場所に辿り着く。

そこは、オフィス街の真ん中だってことを忘れるような、こぢんまりとした教会だった。地名から取ったのだろう、『カトリック銀杏坂教会』と看板がついている。十字架の塔に打ちっぱなしのコンクリートの壁。佇まいから、ずいぶん長いあいだ、この街を見守ってきたのを感じさせる。

「少し走って戻ってくるから、いってこい」

環希がカーナビを操作しながら言ってくる。辺りに駐車場はなく、路上駐車もできそうになかった。ありがと、と告げて車を降りる。

黒ずんだ石造りの門を抜けると、開け放たれた扉が迎えてくれた。儀式のない日は一般公開されていて、信者じゃなくても自由に見学できるそうだ。

中に入った途端、真冬の朝のように空気が張り詰めるのを感じた。十字架の飾られた聖壇《せいだん》があり、その前に長椅子が並んでいる。ステンドグラスから差し込む光は、それぞれに通過したガラスの色を帯びて煌めいていた。目を閉じれば、天井から誰かが語りかけてきそうだ。

神父さんも他の教会関係者もいない。たった一人だけ、前から四番目の長椅子に見慣れた背中があった。

「みんな、探してますよ」

近づいて、声をかける。

灰沢アリアはスローモーションのようにゆっくりと振り向く。驚いたというよりも、どこか面倒そうな仕草だった。

「どうして、ここがわかったんだ?」

「椎堂先生が、教えてくれました。ここにいるかもしれないって」

「あいつ……覚えてたのか」

アリアは苛立たしげに言うけれど、舌打ちはしなかった。そのまま、視線を正面の十字架に戻す。

拒絶はされていないらしい。静寂を壊さないように、そっと隣に座る。

「ここはな、あたしが初めて雑誌の表紙を飾ったときに撮影した場所だ」

「知ってますよ。とても美しい表紙でした」

「あのとき、撮影が終わった途端に大泣きしたんだ。モデルがあたしにとって人生そのものなんだって感じたのは、あの瞬間だ。あの瞬間がなかったら、あたしはこんなにも頑張れなかった」

仕事が人生そのもの。私は、そんなの感じたことがない。人生でそんなものを感じたことがある人が、どれくらいいるだろう。それだけで、才能だ。

多くの人が自分の仕事に悩んだり、妥協したり、割り切ったり、強引にやりがいを見つけたり、自分らしさを織り交ぜる方法を見つけたりして適応しようとしている。

私たちがアリアに惹かれる理由は、そこにあるのかもしれない。彼女は、夢を描いたままの姿で立っている。環境に適応できずに絶滅した恐竜たちに惹かれるように、彼女の生き方に、どうしようもなく惹きつけられるのだ。

「最近じゃ、あんまり来ることはなかったんだけどな。別に、初心を思い出すなんてダセぇ理由じゃない。ただ、この空間が落ち着くんだ」

アリアの視線は、遠くを眺めるように聖壇の方を見つめていた。

「今朝の週刊誌、読んだんだろ。書いてあったのは本当だよ。だからって、逃げたりしない。まぁ、デザイナーの方から断ってくるかもしれないけどな」

「話して、なかったんですか？」

「ケイカさんには、仕事を引き受けるときに病気のことも、片方の胸が本物じゃないことも伝えてある。あの人が、それでもいいと言ってくれたから出ることにした。でも、あの人は、モデルに必要以上の個性があるのを嫌う。週刊誌に載った今のあたしは、もう使ってくれないかもしれない」

「まだ、わかりませんよ」

時計を見る。宮田さんから、東京ＤＣは三時間前に会場入りと聞いていた。本番は午後三時から。まだ、余裕はある。

「とりあえず、事務所の皆さんに連絡してください。みんな、探しています」

「……もう少ししたらな。どんな風に歩くのか、ずっと組み立てていたイメージが崩れちまった。今はまだ、誰とも話したくない。ここに来たのが、お前でよかった」

それは、数時間後にランウェイにいる自分と向き合っているような真剣な声だった。

今のこの時間は、彼女にとって必要なんだろう。

「初めて、乳ガンだって告知されたときのことは、今でも夢に見るよ。怖かった。死ぬことでも、胸を切ることでもなく、モデルでいられなくなることが怖くてたまらなかった」

それからアリアは、自分の気持ちを整理するように病気のことを教えてくれた。


「胸のしこりに気づいたのは、三年前だ。病院にいって検査をした。ステージ1だと言われたよ。小葉《しょうよう》ガンっていう珍しい種類で、抗ガン剤が効きづらくて転移しやすい。左胸は全摘しかない……あたしはモデルだってのに、軽く言ってくれたよ」

医者からは他に選択肢はないと言われたそうだ。当時のマネージャーや事務所の社長、周りの全員から手術を受けるように説得されたらしい。

「手術さえすれば予後はいいとか、最近は綺麗に乳房が再建できるとか言われた。そんなもん、知るかよ。もう、あたしはなにもかもどうでもよくなって、首を縦にふった」

その時のアリアの気持ちを、想像することはできない。全てを失った、そんな言葉では足りないくらいの痛みだっただろう。

「病気を聞いたあと、一生分泣いたと思ってた。だけど、一番泣いたのは、手術が終わった後だった。自分の裸を鏡で見たとき、愕然としたよ。左の胸がごっそりなくなって、代わりに歪んだ手術の傷跡が残ってる。魂が、欠けた気がした」

さらに彼女を苦しめたのが、術後のホルモン治療だった。生理が止まり、些細なことに苛立つようになった。髪が抜け、肌が荒れ、鏡を見るたびに落ち込んだそうだ。

「あたしのガンなんて、まだ軽い方だってのはわかってる。命に関わる人や、もっとキツい治療をしてる人はいるって。でも、そんなの関係ない。あたしの胸はなくなった。そんなの関係ないだろ」

アリアの声は落ち着いていた。当時を思い出して気持ちが乱れることも、落ち込む様子もない。ただ、これまでの彼女との会話の中では聞かなかった医療用語の数々に、それが彼女にとって身近なものになっているのがわかる。

「事務所は公表すれば、同じ境遇の人たちを勇気づけたり、一般の人が検査を受けるきっかけになったりするなんて言ったよ。でも、できなかった。あたしは、モデルとして生きてきた。それを公表したら、モデルとしてのあたしは、死ぬ気がした。そんなときだったよ、お前が、間抜けな顔をして私の前にやってきたのは」

話に聞き入っていたら、唐突に登場人物になった。

「え……私、ですか？」

「お前と初めて会ったころ、あたしは矛盾だらけで、自分のことが嫌いで仕方なかった。なにもかもどうでもよくなって手術を受けたのに、なにも捨てられない。ランウェイを歩く自信がなくてモデルの仕事を断り続けているくせに、モデルであることをやめられない。完全に、自分を見失ってたよ。でも、お前が、好きでもない仕事を必死にやってるのを見てると、なにもせずに悩んでるのが馬鹿らしくなってきた」

「それって、褒めてます？」

「さあな」

アリアは、自分の左胸に手を当てる。

「これは、オーダーメイドで作ったシリコンパッドをいれてるんだ。薬の治療が終わらないと胸の再建はできないらしい。それに、できるようになっても、左胸がなくなったときのショックが忘れられない。もう一度、この体にメスを入れると思うとぞっとする。ほら、これだって、十分よくできてるだろ」

そう言って、いつものように口角を完璧な角度で持ち上げて笑う。けれど、私はそれに、どう答えればいいのかわからなかった。

「お前のおかげで、もう一度、舞台に立とうって気持ちになれた。でも、不安で仕方なかった。あたしはモデルとして、あたしが望む姿で歩けるのか。それでも必死でイメージして、練習して、やれるって覚悟を決めた」

東京ＤＣに出る。それを決断するまでに、どれほどの葛藤があっただろう。どれほどの勇気が必要だっただろう。

それなのに、当日の朝になって、あんな記事が出てしまった。

「今は、みんなが、あたしの胸が偽物だってことを知ってる。今日の東京DCでは、もう純粋に一人のモデルとして見てもらえないかもしれねぇ」

アリアに対するSNSの書き込みを思い出す。かわいそう、という言葉で溢れていた。アリアを応援するハッシュタグが話題のランキングに入っていた。

「もしランウェイの上でそれを味わったら、あたしはもう二度とモデルとして歩けなくなる。それが、今になって、怖くて仕方ねぇ。ショーの前に、怖い、なんて思ったのは初めてだよ」

アリアはそう言うと、正面の十字架に視線を戻す。

このままじゃ、駄目だと思った。

アリアは、予定通りショーに出るつもりだ。それだけの覚悟が、確かに感じられる。だけど、違う。私が憧れていたアリアと、今のアリアには決定的な違いがある。

今の彼女には、茨《いばら》が体中に巻き付いているような不自由さがあった。不自由。アリアにとって、いちばん縁遠い言葉のはずなのに。

モデルをやっているときのアリアは、キラキラしていた。どんなに批判されても楽しそうだった。彼女自身が言った通り、モデルは彼女自身の人生そのもので、それがアリアの魅力だった。

今の彼女には、その全てがない。魂が欠けたと言った彼女は、自分を信じ切れていない。それはもう、灰沢アリアじゃない。

アリアには、予感があるんだろう。今日のショーは上手くいかない。全てを失う。だから、怖い、と感じている。

私には、そんなアリアを励ます言葉は浮かんでこなかった。

モデルでもない、才能もない、同じ痛みも知らない、仕事に人生を重ねることもできない。どんなに言葉を尽くしても、私の言葉は――アリアには届かない。

そこで、連載を始めてからうんざりするほど口にし、タイプしてきた言葉が頭に浮かんだ。

恋は、野生に学べ。

私がアドバイスすることはできなくても、私の中には、ずっとため込んできた知識がある。自分自身が傷ついたときも救われた。毎回たくさんの人たちから反響がよせられる。私がなにかを語れるとすれば、これだけだ。

教会だというのに、黒い羽根が降ってくる幻を見た。

シャンデリアの周りを、黒く美しい鳥が羽ばたいてくる。

コクホウジャク。いつか椎堂先生が教えてくれた。それは、性選択を学ぶ人たちにとってはアイドルのような鳥の名前だった。

頭の中で、聞き慣れた言葉を呟く。

野生の恋について、話をしようか。

「椎堂先生と出会ったころ、面白い話を聞きました。コクホウジャクという鳥を使った、有名な実験があるそうです」

アリアは、顔を正面に向けたまま反応すらしない。でも、無視されるのには慣れている。届けと祈りながら話を続ける。

コクホウジャクは、漢字では黒鳳雀というカッコイイ字を書く。オスは真っ黒い姿に、鳳凰《ほうおう》のような長い尾羽を持っている、名前の通りカッコイイ鳥だ。

「コクホウジャクは、尾羽が長いほどモテる。それを証明するために、研究者は、モテるオスの尾羽を切って観察したんです。すると、モテモテだったコクホウジャクのオスは、まったくメスに見向きもされなくなった」

「やめろ。今は、動物の話なんて聞きたい気分じゃねぇ」

「今のあなたは、まるで、尾羽を切られたコクホウジャクです」

アリアの視線が、私に向けられる。初めて会った日、この目が怖くて仕方なかった。日本中を魅了した目ヂカラに、圧倒された。

だけど、今はもう怖くない。私は、灰沢アリアを知っている。

「私がこの話を聞いたときに面白いと思ったのは、求愛行動の仕組みじゃありません。尾羽を切られたコクホウジャクも、がんばって求愛行動を続けたってことです。自分が不利な尾羽になったからって、諦めたりはしないってことです」

連載を始めてから勉強した動物たちが次々と浮かんでくる。

全身で愛を表現するユキヒョウたち。種族や生息地によってさまざまな恋の基準を持つペンギンたち。おしっこで恋の季節を伝えるパンダ。年上が好きなチンパンジーに、何時間もくるくる回って駆け引きをするハリネズミ。色んな動物の求愛行動を知った。その中で、一つだけ共通していることがある。

「動物たちは生まれつきモテない容姿でも、怪我をしても、病気になっても、決して諦めたりしません。すべての生き物が、たった一つの目的のために真っ直ぐに生きています。みんな、必死に恋をしようとしている。持ってないものや、失ったものを数えたりしない。自分がなにをするべきかを知っている」

教会の長椅子のあちこちに、動物の姿が見え隠れする。

椅子の下からラッコが顔を覗かせ、真ん中の通路をペンギンが行進する。一つ前の背もたれの陰からカメレオンの尻尾がちらりと見える。天井ではシロナガスクジラが狭そうに漂っている。聖壇では、罰当たりにもパンダが逆立ちをしていた。

「あなたにとってのモデルという仕事は、動物たちの恋と同じじゃないですか？」

私は、誰かの悩みに答えられるほど偉くない。ずっと相談者の力になりたいと恋愛コラムを書いてきたけれど、答えはいつだって教えてもらったものだった。野生動物たちは、私たちが見失ってしまった答えを持っている。

「尾羽を切られても、あなたは灰沢アリアです。灰沢アリアであることに胸を張ってください」

アリアの目が、真っ直ぐに私を見つめる。

すごい目ヂカラだった。子供のころ、この瞳の持ち主は、私にとって神さまだった。

でも、今はもう違う。神さまではないし、友達でも絶対にない。単なる仕事の関係者と言いたくもない。ただ、どうしようもなく放っておけない特別な人だ。

「そっか。私は、私か」

ずっと私を睨んでいたアリアが、小さく呟く。その声は、教会の静かな空気に溶けて消えた。

それと同時に、アリアに巻き付いていた茨が千切れるのが見えた気がした。

だけど、まだ足りない。

あと少しで、彼女に巻き付いている茨を取り除くことができる。それができれば、アリアはいつものように力強く立ち上がれるはずだ。

他になにかないか、もっと考えろ。彼女の背中を押せる言葉。必死に頭を回転させる。

けれど、私がなにか言うよりも先に、後ろから声が聞こえた。

「さすがに、一年近く一緒に仕事していただけはあるな。付け足すことのない解説だった」

張りのあるバリトンの声が教会に響く。

振り向く。そこには、意外な人が立っていた。

私が名前を呼ぶよりも先に、アリアが口にする。

「……ツカサ」

その声に、ドキリとした。

聞いたことのない、親しみと切なさがブレンドされた声だった。

「久しぶりだな、アリア」

椎堂先生の方も、私が知らない声だった。動物の求愛行動の話をするときの情熱はない。けれど、それ以外の話をするときの気怠そうな声とも違う。大切なものに触れるような、柔らかく優しい声だった。

いつから、そこにいたのかはわからない。少なくとも私のコクホウジャクの話は最初から聞いていたらしい。落ち着き払った様子で近づいてくる。

アリアもゆっくり立ち上がる。かつてモデルとしてこの教会を背景に美しい表紙を飾った二人は、このコラムでずっとそうしていたように、私を間に挟んで対面する。

「ちゃんと、動物のことだけ考えていられる仕事についたんだな」

「あぁ。おかげで、毎日が充実してるよ。求愛行動の動画を見たり、海外の友人と求愛行動について チャットで盛り上がったりしてね」

「恋愛コラムにも手を貸してくれてたんだって、ありがとな。まぁ、こいつが勝手にやったんだから、あたしが礼を言うのも筋違いか」

「俺も彼女に依頼されて、仕事として動物の求愛行動の情報を提供しているだけだ。そもそも、礼などいらない」

十年ぶりに会ったなんて感じさせない、お互いのことをずっと身近に感じていたような話し方だった。口を挟むことなんてできない。私の知っている灰沢アリアと、私の知っている椎堂先生、どちらとも違う。私には触れられないはずの時間を覗き見しているような罪悪感さえ覚える。

「君の活躍は、ずっと見てた」

椎堂先生の言葉は、アリアと別れてからの長い時間のことを指していた。

だけど、今のアリアの心を占めているのは、今日だけだ。過去を褒められてもなんの助けにもならない、それどころか余計に今が不安になるだけだろう。

ほどけかけていた茨が、また彼女を覆っていく。

「……お前、知ってるんだよな。今朝の週刊誌のこと。あたしが今、どんな状況かって」

アリアの細い指先が、そっと自分の左胸に触れる。

「俺がモデルをやめたのは、気づいたからだ。モデルとして活躍し続けるには、ただ外見の美しさだけではいけない。見る者の視線を釘付けにする、人としての魅力が必要だとね。それを教えてくれたのは、君だった」

「適当なこと言うんじゃねぇよ。大学にいくからやめたんだろ」

「そう決断できたきっかけが、君だったんだよ。俺は、君のようにモデルの仕事を好きになれない。君のように、自分が好きだと言えるような仕事をしてみたい、そう思ったんだ」

その言葉に、アリアは衝撃を受けたようだった。彼女の体を覆おうとしていた茨が、メキメキと音を立てて千切れていくのがわかる。

「あたしのせいで、あんたはモデルをやめたってのかよ」

かつての恋人であり、アリアが本気でモデルを目指すきっかけになった憧れの人。

アリアはずっと、憧れを動物に奪われたと思い込んで、動物のことを嫌っていた。先生の言葉は、その全てを裏切るものだった。

椎堂先生は、アリアが抱えている全てを飲み込んで、笑った。

「ぜんぶ、君のせいだ」

それは、どんな言葉よりも力強い賛辞だった。

アリアは、なにかがふっ切れたように笑う。

体を覆っていた茨から、彼女が解放されたのがわかる。その笑顔はいつもの、私が昔から知っている灰沢アリアのものだった。

「今日が、モデルとして最後の日だって決意しようとしてたとこだったのによ。お前のせいで、

「やはり、やめるのも覚悟してたんだな」

「でも、気が変わった。最後まで、あたしらしくやる。それで、日本中に失望されたって、そのときはそのときだ。楽しんでやるよ」

「それでこそ、私の知ってる灰沢アリアです」

やっと、私も口を挟むことができた。アリアは私の方に視線を向け、形のいい唇を持ち上げて笑い返してくれた。

「人間は、動物とは違う。一つのものを失ったからって、全てを失うわけじゃない。いや、その逆もあり得る。失う代わりになにかを得ることもある。本当に、つくづく不合理な生き物だ」

椎堂先生はそう言いながら、懐かしそうにアリアの背後、かつて二人で一緒に雑誌の表紙を飾った教会を見つめる。

「いつか俺が、君はモデルになるために生まれてきたと言ったのは、ただ外見のことを言ったわけじゃない。君には、たとえ周りからどんな目で見られようとも、それをはねつけ、実力でねじ伏せるだけの魅力がある。そうだろう？」

「失ったものがでかすぎて、さすがのあたしも自信がなくなってた。でも、お前がそう言うなら怖いものはねぇな」

アリアはゆっくり立ち上がると、ランウェイに踏み出すような力強さで歩きだす。

「俺は、ここまでだな。だが、君のことを見ているよ」

すれ違いざまに、椎堂先生がアリアに声をかける。

アリアは足を止めずに答えた。

「あぁ、目を逸らすなよ」

そのまま教会を出ていく。

私も、椎堂先生に歩み寄って声をかけた。

「ありがとうございました、おかげで最高のファッションショーが見られそうです」

「俺がいなくても、アリアは自分で立ち直ったさ」

いつもの気怠そうな声が返ってくる。私はそうは思いません、と言いかけたけど、黙っておくことにした。椎堂先生の口元には懐かしそうな笑みが浮かんでいた。今は、私がどんな言葉をかけたって邪魔なだけだ。

「それから、ひとつ訂正がある」

「なんでしょう？」

コクホウジャクの説明に、なにか間違いでもあったのだろうかと記憶を探る。

けれど、次に聞こえてきたのは、全く予想外な言葉だった。

「君に言われて改めて考えてみたが……やはり、俺とアリアのあいだには恋愛感情などない」

「え……そっちの訂正ですか？」

「人間には、さまざまな感情の在り方がある。現時点でも彼女には深い繋がりを感じているが、それはどちらかというと、恋愛感情とは対極にあるものだ」

不意打ちだった。その言葉は、狙い定めて投げ込まれたように、私の中の真っすぐ深いところへ落ちていって——心の奥の方で、がちゃんと、鍵が回る音がした。

「な、なんで、今、それを?」

「勝手に誤解されたままでいるのは不愉快だ。特に、君には」

「そ、そうですか」

ふわりと、天井から落ちてくる黒い羽根を見た気がした。

コクホウジャク。モテるために必要な尾羽を切られても、彼らは恋を諦めたりしなかった。

恋を諦める動物なんていない。

アリアに言った言葉が、そのまま自分に返ってくる。

私は、この恋を諦めようとしていた。先生の気持ちも聞かずに勝手に想像して、叶うわけないと決めつけて仕舞い込んでいた。

「追いかけなくていいのか? 俺の仕事はここまでだが、アリアはまだ、君を必要としている」

私の心を掬い上げるように、椎堂先生の声が聞こえた。

その声に、浮ついていた私の心は、すとんと現実に返ってくる。

そうだ、今は自分のことを悩んでいる場合じゃない。私も、会場に向かわないと。アリアの舞台を見届けないと。

「そうですね、行ってきます。全部を見届けたら、また電話します」

短く、それだけを言って背を向ける。

初めて訪れた小さな教会に、ありがとうございました、と心の中で呟いてから外に出た。

教会から出ると、扉のすぐ外でアリアが待っていた。

「あれ？　なに、してるんです？」

「お前を待ってたんだろ。こっから、あたし一人でどうやって会場いくんだよ」

当たり前のように言われた。てっきり、宮田さんが迎えにくるのかと思ってたのに。

「宮田には電話した。けど、もう会場にいて、すぐには来れないそうだ。ここまで迎えに来させるよりは、お前といった方が早いだろ」

辺りを見回す。時間帯が悪いのかタクシーは走ってない。駅からここまでタクシーで来られたとしても、ここで拾うのは難しそうだ。

「じゃあなんで、一人でさっさと教会から出てっちゃったんですか」

「なんだよ、文句あんのかよ」

椎堂先生の前で恰好つけたらしい。そんな可愛い所もあったんですね。

「笑ってんじゃねぇ。ひっぱたくぞ」

やっぱり、可愛くなかった。

そこで、タイミングよく環希のスポーツカーが戻ってくる。

「あれです、乗ってください」

アリアが後部座席、私が助手席に乗り込む。

事情を聞いた環希は、得意げに請け合ってくれた。

「任せて、『ワールド・ウォー・Z』のように急ぐからね」

どのシーンだ、とは突っ込むのはやめておいた。

出発してしばらくすると、後部座席から声がする。

「なぁ、お前さ、ツカサと付き合ってんのか？」

予想外の質問だった。緊張を紛らわすために、私をからかおうとしているのだろうか。

でも、さっきの椎堂先生の言葉を聞いたせいで、うまく笑うことができなかった。

「そんなわけ、ないじゃないですか」

「いちおう、いっとくけどよ。あたしはもう、ツカサにはそういうのはねぇからな」

アリアはそれだけ告げると、話は終わりというように窓の外に視線を向けた。

運転席の環希が面白がるように横目で見てくるのを、全力で無視する。

心の奥の方で、また音がした。

今度は、南京錠が外れてがちゃがちゃと地面に落ちるような音だった。

三十分ほど走ると、窓の外を流れる街並みがオフィス街からショップの並ぶ大通りに変わる。

見覚えのある景色。会場が近づいているのがわかる。

やがて視線の先に、東京デザイナーズコレクションが開催されるホールが見えてきた。

ホールの周りには、開場よりも早く集まった人たちが列を作っていた。その横を通り過ぎて、関係者専用の入口に回って車を停める。

そこには、宮田さんが待っていた。

外からドアを開けると同時に、囁くように告げる。

「降りたら足を止めずに、真っ直ぐ会場入りしてください。なにも答える必要はないです」

すぐに、その意味がわかる。

ロータリーから警備員が立つ会場入口の間には、数メートルの通路があった。

アリアが外に出ると、待ち構えていたように数人の記者が駆け寄ってくる。全員が首からプレスのカードを下げていた。東京ＤＣのための許可証で、ゴシップの取材のための撮影許可じゃないはずなのに。

宮田さんが、アリアを守るように両手を広げる。

「早く、いってください」

だけど、アリアは足を止め、宮田さんを押しのけるようにして、駆け寄ってくる記者たちに向き直った。逃げるのも、だんまりを決め込むのも性に合わないというように。

「アリアさん、今日の『ＪＡＭ』の記事は本当なんですか？」

記者の一人が、大声で尋ねる。

質問した直後に、記者の表情が固まる。馬鹿なことを聞いたと気づいたらしい。

アリアは、シリコンパッドを付けていなかった。ふっくらと膨らんだ右胸。それに対して、左胸の服は、その空間になにもないのを示すように凹《へこ》んでいる。

「他に、質問ある？」

アリアは、記者たちを見下ろしながら面倒そうに答える。

彼らがシャッターを押すのも忘れて立ち尽くしているのに背を向け、大股で歩き出した。私と宮田さんは、顔を見合わせてからすぐに後を追いかける。

セキュリティを通って会場に入る。私も、アリアを取材中の雑誌記者として『月の葉書房』の名刺を出して中に入れてもらった。

会場の舞台裏へと続く細長い廊下。この先に、憧れていたモデルたちの戦場があるんだと思うとドキドキしてくる。

そこで、正面から一人の小柄な女性が近づいてくる。全身真っ黒い服にスニーカーを履いた年配の女性。すぐに、気づいた。日本を代表するファッションデザイナー、ケイカさんだ。

七十歳近い高齢なのにそれをまったく感じさせない、モデルのような立ち姿。貫禄というかオーラというか、ただ者じゃない感じが漂っている。そして、その彫りの深い顔立ちに、椎堂先生の印象が重なる。こうして実際に会うと、親子だっていうのがよくわかった。

アリアの正面に立つ。身長差は二十センチ以上ありそうなのに、まったく見劣りしない。

「あんた、モデル失格よ」

ケイカさんは膨らみのない左胸を一瞥《いちべつ》すると、冷たく告げた。

ここにアリアが立つまでの葛藤を、苦悩を、決意を、全てを見通したうえで、否定するような声だった。

アリアは表情を変えない。真っ直ぐに見つめ返している。

「あなたがなにを言おうと、これが私だから」

それを聞くと、ケイカさんは笑った。

「そういうこと言ってるんじゃない。服を一番美しく見せるのがモデルの仕事でしょ。そのスタイルでいくなら、もっと早く、デザイナーである私に連絡しなさいって言ってるのよ。スタイリストへの指示もあるし、服の見せ方も考えるのに」

「……それは、悪かったよ」

「まぁ、いいわ。あんたには昔から手を焼かされた。その方が、あんたらしい。そういえば、さっき、久しぶりに息子から電話があったよ。アリアのことを頼むだってさ。ファッションから遠ざかったお前が、どの口で言うんだって話だよね。そこの雑誌の記者さんも、そう思わないかい？」

ケイカさんは、急に私の方に視線を向けた。

授業中にいきなり先生に指名されたように背筋がピンとなる。憧れの人たちの会話の最中に意見を求められても、私なんかに答えられるわけない。

あれ？　そういえば、なんで私が雑誌の編集者だって知ってるんだろう。もしかして、椎堂先生、私のこともなにか話しました？

ケイカさんは手をひらひらと振ると、背中を向けて廊下の奥に戻っていった。

廊下の先には扉があり、その前にはもう一つ警備員が立つセキュリティがあった。ここから先は、ファッションショーの関係者と事前に許可された特別なプレスの記者しか入れない。

「お前は、ここまでだな。ちゃんと最後まで見て帰れよ」

隠れ家のような居酒屋で、私をからかいながら笑っているときと同じ口調だった。

「このあいだ依頼した、インタビュー記事のこと、覚えてますか？」

「ん、あぁ。どんな企画だったかは忘れたけどよ」

「あなたの人生に関する記事を書きたいんです。このショーが終わったら、もう一度、教えてください。あなたがどんな想いを経て、このステージに立ったのかを。その言葉は、多くの女性たちを励ましてくれると思います」

編集長の言葉が頭に蘇る。

私たちのような小さな出版社ができることなんて、たかが知れてるわ。でも、できることはある。

アリアの戦いを見届ける。そして、私たちには、私たちの戦いがある。

なんだか、私の人生と仕事が、初めて繋がった気がした。

「そのためには、まず今日のコレクションを成功させないとな」

アリアは、目に映るすべてを挑発するような笑みを浮かべる。

子供のころから、ずっと、あなたを見てきた。

目の前にいるのは、私がよく知ってる灰沢アリアだった。

横に立つ宮田さんに視線を向けると、彼も、もうなんの心配もしていないように笑っていた。

「一葉。ちゃんと、私の姿を見てろよ」

「まかせてください」

他のどんなモデルとも違う存在感を纏った背中が、扉の奥に消える。

初めて私の名前を呼んでくれたと気づいたのは、アリアが扉の向こうに姿を消した後だった。


その日、私は伝説を見た。

子供のころから、東京デザイナーズコレクションは、毎年、楽しみにしていた。なけなしの小遣いで買ったＤＶＤを、家族全員が内容を覚えてしまうくらい繰り返し見た。

初めて見る生の東京デザイナーズコレクション、それもプレス用の一番前の特等席だ。興奮しないわけがない。

頭に直接響くような音楽の中、たくさんのモデルたちが時代を先取りした服を纏って出てくる。そのたびにギャラリーから歓声があがる。特に、雑誌やテレビで名前が売れているモデルや女優が出てくると、ひときわ盛り上がっているように見えた。

やがて、『ロラン・ロアン』のステージがやってくる。

これまで出てきたどのブランドも面白かったけれど、その記憶が吹き飛ぶくらいに飛びぬけて個性的だった。ケイカさんのデザインは、あまり色を使わないことで知られている。今回のシリーズもベースは白と黒のモノトーンのドレス、差し込むようにビビッドな色が使われているだけだ。

新しい服が出てくるたび、未来人と出会ったらこんな感じなんじゃないかと思うくらい斬新で、私の人生になかった価値観を見せつけられたように心が揺さぶられる。

そして、彼女が出てくる。

舞台袖から、シルエットが見える。

その瞬間、会場の空気が変わった。

ほとんどの人が、今朝の記事を知っているだろう。最初は小さなざわめきが起き、マナーを無視して拍手する人なんかがいた。けれど、それはすぐに小さくなっていく。

ランウェイの半分くらいに来る頃には、会場中から好奇の視線は消えていた。

それほど、灰沢アリアは特別だった。

高いヒールを履いていることなんて忘れてしまう滑らかな歩き方。たった一本のラインの上を淀みなく滑り出てくる足。自然な反動で揺れているようにしか見えないのに視線を惹きつける腕。歩調に合わせて揺れる髪から纏っているドレスに生まれる皺の一つまで、計算されているように美しかった。

そして、彼女の表情。遠くを俯瞰《ふかん》しているような瞳。なにも見ていないようで全てを見ている。無表情なのに、そこには目まぐるしい感情の渦があるようで惹きつけられる。

着ている服は、奇抜なワンピース。上半身が白で下半身が黒。鋭い爪で引っ掻かれたように右肩からお臍《へそ》の辺りまで三日月を描くようなスリットが入っていて肌が剝き出しになっている。スリットの周りには光が漏れるように鮮やかな赤色が差し込まれ、独特で不思議な世界観を作っていた。

眩い光が、私の頰を照らす。

隣に座っている環希のカメラのフラッシュだった。その表情は、どこか恍惚としていた。恍惚。ペンギンの求愛行動の話を聞いたとき、日常生活では使うことはないと思っていた言葉が、自然と浮かんできた。

綺麗だとか美しいとかじゃない。羨むとか憧れるとか、そういう次元じゃない。なにかを崇拝しているような、日常では味わうことのない気持ち。恍惚。今日のアリアを見ていて湧き上がる感情には、その言葉がふさわしい。

「クジャクやコクホウジャクに代表される、飾り羽で求愛行動をする鳥たちについては長らく議論がされてきた。派手な飾り羽は、生きていく上では不利だ。飛ぶのに邪魔だし、捕食者にも見つかりやすい。それなのにどうして、生きるのに適さない派手な飾り羽を持っている鳥たちがモテるのか？　どうしてそんな生きづらい姿に進化したのか？」

頭の中に、このあいだ研究室にいったときに椎堂先生から聞いた話が浮かんでくる。

私からのリクエストで『ハンディキャップ説』について教えてもらった。

アリアはランウェイの一番前までやってくると、胸を反らせるようにポーズを取る。膨らんだ右胸と、凹んで布が余った左側の胸がはっきりわかる。

けれど、それはもう、些細な問題のように思えた。

「いくつか仮説があるが、有名なのは二つだ。一つが『ランナウェイ説』。ある集団の中で一つのモテる特性が広まると、その特性を持つ者しか選ばれなくなり、さらにその子孫の代になると特性を持つ者の中でもさらに特性が強い者が選ばれ続け、やがて種族全体が、生存可能なギリギリまで特性を進化させてしまうというものだ」

アリアは背を向け、ランウェイを戻っていく。その後ろ姿も、すれ違うようにやってくる次のモデルがまったく目に入らないほど視線を釘づけにしている。

アリアが他のモデルよりも特別に見えるのは、ケイカさんが今回発表したシリーズの中でも特に突き抜けたデザインの服を着ているからだろうか。すぐに、違うと気づく。アリアだからだ。

アリアが着て歩いているから、特別に見えるんだ。

『ランナウェイ説』に反論する形で、二つ目の仮説が生まれた。提唱したのはイスラエル人の生物学者アモツ・ザハヴィ。彼は、生存に不利な特性がモテる基準になるのはおかしいと考えた。そこから生まれたのが『ハンディキャップ説』だ。不利な特性を持っていながら、それをものともせずに生き抜けることこそが、高い能力を持っている証明になっている。つまり、より大きなハンディキャップを背負うことで、自分の能力が高いことをアピールしているというものだ」

アリアの姿が舞台袖に消えていく。最後の一瞬まで、彼女から目が離せなかった。

彼女がどれほど苦しんでここまで来たのか、同じ病気で苦しんでいる人がたくさんいるのも知っている。こんな言い方をすれば、不謹慎だってこともわかってる。

だけど、思ってしまった。

彼女の失ってしまった左胸。モデルとしては致命的なハンディキャップ。それでも、アリアは圧倒的なパフォーマンスを見せた。それこそが、彼女は特別なんだということを、なによりもはっきりと証明した気がする。

東京ＤＣは大盛況のうちに終わった。どのデザイナーも、モデルも、その他のスタッフや出演者も、とてもすばらしかった。

けれど、コレクションが終わった後の私の頭の中には、灰沢アリアがランウェイを歩く姿ばかりが残っていた。

「私を指名してくれて、ありがとう。久しぶりに、心が芯から痺れるものが撮れた気がする。なんでわたしがカメラマンをやっているか思い出せたよ」

仕事を終えた環希は、恍惚の残り香を漂わせた表情で、そう言って笑った。きっと、同じ気持ちを抱いて帰ったのは、私だけじゃないはずだ。

会場から吐き出され、すっかり暗くなった夜道を歩く行列の上に、色とりどりの飾り羽をまとった鳥たちが舞っているのが見えた気がした。


環希が車で家まで送ってくれるというのを断って、一人で電車に乗った。

最寄り駅で降りると、冬の夜風がコートから出ている指先を凍えさせる。

しばらく歩くと、一緒に改札をでた人たちはいつの間にかいなくなって、辺りが静かになる。

街灯の灯りが、点々と道標のように夜道を照らしている。その静けさとささやかな灯りが、アリアがランウェイを歩いていたときの会場の空気を思い出させた。

周りにどう思われたって、自分を信じて前に進め。

アリアは、私たちにそれを嫌というほど見せつけた。

心の奥にある鍵が開き、南京錠が外れた箱をそっと開いてみる。

そういえば、あの時もそうだった。

モデルになれないと知って、夢を閉じ込めた。だけど、大学生になってそっと開けてみると、夢は変わらず、そこにあった。

何度、同じ失敗をすれば気がすむのだろう。

箱の中に閉じ込めていた恋心は、変わらずにそこにある。

あぁ、そっか。もう閉じ込めたまま、忘れることなんてできないのか。

スマホを取り出し、椎堂先生の番号を呼び出す。

「東京ＤＣが終わりました。アリアは、いつものアリアでした」

「……あぁ。オンラインで見ていた」

電話の向こうから、もうすっかり聞き慣れた声がする。

瞬きの間に、気怠そうな顔をした先生の横顔が浮かぶ。

冷たい夜の一部を切り取るように大きく息を吸い込んで、そっと告げた。

「先生。恋愛コラムが終わったら、聞いて欲しい話があります」

私が吐き出した空気は、ほんの一瞬だけ白く色づいてから、夜へと戻っていった。


――これが、『ハンディキャップ説』だ。

飾り羽を持つ鳥たちは、みんな、飾り羽そのものの美しさではなく、どれだけ大きなハンディキャップを持っているかを比べ合ってるわけだ。

人間の恋にはたった一つの基準はない。だから、ハンディキャップをコンプレックスに置き換えるとしっくりくる。

モデルの世界でも同じだった。綺麗にまとまっているより、どこかアンバランスな部分を持っている方が鮮烈に記憶に残ったりする。コンプレックスをねじ伏せるだけの自信を持てれば、これといった欠点がないやつよりも輝いて見える。本物のモデルは、コンプレックスを利用する方法を知っている。

でも、私が一番いいたいのは、そこじゃない。

コンプレックスっていうのは、自分からじゃなく、他人から与えられる。周りの言葉や態度が茨のように心に絡みついたものだ。それは、あんたの意思とは関係ない。そんなものは恋を諦める言い訳にはなっても、本当の理由じゃあない。

これまでコラムを読んできたならわかるだろうけど、野生の求愛行動はシンプルで残酷だ。『ハンディキャップ説』でいうなら、魅力的なハンディキャップを持っていない個体は選ばれない。

私が一番いいたいのは――だからといって、恋を諦める動物はいないってことだ。

諦めたらそこで、自分の遺伝子が途絶えてしまうことを、彼らは本能的に知っている。

あんたが長い時間、ずっと想いを口にできなかった理由はたった一つ。傷つくのが怖かったからだ。幼馴染だってことやコンプレックスがあることは、全部、クソみたいな言い訳だ。

あんたの恋に足りないのは、傷つくことを恐れない切実さだ。

もうグズグズしてる時間は残ってない。あんたの人生に関係のないその他大勢の視線や言葉なんかに邪魔されてる場合じゃない。本当に好きなら、胸を張って、すべてをねじ伏せて前に進め。

少なくとも、私はそう思って、東京ＤＣのランウェイを歩いたつもりだ。

最後の相談が、無事に完成した。

この号の灰沢アリアのプロフィールから、彼女が乳ガンで左乳房を失ったことと、今年の東京デザイナーズコレクションに出演したことが追加された。

読者の多くは『ハンディキャップ説』の説明を読んで、あの日のアリアを思い出すだろう。

「うん、最終回も面白いじゃない。おつかれさま」

隣の席で、私の記事を読み終わった紺野先輩が声を掛けてくれる。

「ありがとうございます。なんだか、この恋愛コラムのおかげで、仕事をどんな風にがんばればいいのかわかった気がします。がんばる、っていうのは少し違いますね。楽になったって感じです。色んなものが繋がるようになったというか」

それまで、私にとって仕事は、プライベートとはかけ離れた点だった。オフのときは一ミリも考えたくなかったし、記事を書くときに知り合った人とはそれ以上の関係になりたくなかった。だけど、椎堂先生やアリアと出会い、読者の反応を直に感じ、仕事が、単なる作業から、自分の一部になった気がする。

アリアのように仕事が人生だなんて言えない。環希のような情熱もない。でも、恋愛コラムを始める前のような息苦しさはなくなっていた。私は私なりに、そこそこ、ある程度、それなりに、仕事が好きになれた気がする。

「そういう感じ、わかる。仕事って、好きとか嫌いとかじゃないんだよね。基本はお金を稼ぐためにやる。けどさ、そこになにかをくっつけて自分らしくアレンジしないと、やってらんない。一日のうち、人生のうちの、ものすごく長い時間を拘束されるんだから」

先輩はそう言いながら、懐かしそうに笑う。編集部のエースにも、同じように思い当たることがあったのかもしれない。

「あ、そういえば、この本、ありがとうございました。一つも使いませんでしたけど、面白かったです」

引き出しから、先輩に借りっぱなしだった『偉人の名言・格言集（文庫版）』を取り出す。これを借りたときの不安でいっぱいな気持ちを思い出し、つい苦笑いを浮かべてしまう。

「終わるの、ちょっと寂しいですね」

大変だったけれど、振り返れば楽しい日々だった。

これで毎週のように椎堂先生の居室に行くことも、当たり前のように会うこともなくなる。

そこで、あの夜、椎堂先生に電話を掛けて伝えたことを思い出す。

恋愛コラムが終わったら、聞いて欲しい話があります。

東京ＤＣの熱に浮かされていたとはいえ、我ながら、ずいぶん張り切って匂わせるような言葉を告げたものだ。

悩んだって、手遅れだ。口から出した言葉は消せない。もう、前に進むしかない。

手元にあるゲラに視線を落とす。今回、私が書いたコラムは、そのまんま私の背中を押すメッセージとなって返ってきた。

でも、終わりっていうのはいつのことを言うんだろう。先生の仕事が全て終わったときだろうか。校了になったときだろうか。雑誌が発売されたときだろうか。

そんなことを考えていると、呆れたような声が聞こえてくる。

「なに、終わった気になってんのよ。ん？　あれ？　まだ聞いてないんだっけ？」

紺野先輩は悪戯っ子のように笑っていた。

エピローグ

東京デザイナーズコレクションから三ヵ月が経った。

灰沢アリアがランウェイを歩く姿は、何度もテレビで報じられた。海外のニュースでも取り上げられるほど大きな話題になった。

彼女は今もテレビや雑誌で活躍している。服を見せることがメインのファッションショーにモデルとして出る機会は減っているけれど、それでも時折出演しては存在感を示していた。

テレビでの仕事は、相変わらず動物番組に出演したり、深夜のトーク番組にゲストで呼ばれたりと様々だ。それから、女性特有の病気について、定期検診と早期発見の重要性を訴える活動に積極的に参加するようになり、今ではすっかり牽引役のようになっている。

そのきっかけの一つは、コレクションの後、私が書いた特集記事『なりたかった私、今の私』だった。恋愛コラムとは比べものにならない、大きな反響があった。

編集長の発案で、見開き八ページぶち抜きのインタビューを掲載した。

アリアは、かつて夢を持てなかった自分がモデルを人生だと思うようになるまでの経緯、それから、乳ガンを克服して東京ＤＣに戻ってくるまでの葛藤を赤裸々に語ってくれた。それも、これまで出版されてきたような闘病記とは全く違う、アリアらしい、強気で堂々とした言葉で。環希が撮った写真もファッション誌と見間違うくらいたくさん載せた。どの写真も、恍惚の瞬間を切り取ったように素敵だった。

アリアの言葉は、病気を経験している人だけでなく、多くの女性から支持を集めた。私も、自分で書き上げた記事の校了紙をチェックしたとき、ちょっと泣いた。

これから先、私の記事が、こんなに大きな反響を貰えることはそうそうないだろう。退屈に感じるときも、また嫌になることもあるかもしれない。それでも、この気持ちを忘れずにいれば、きっと大丈夫だ。

反響といえば、もう一つ。

恋愛コラム『恋は野生に学べ』もそれなりに好評で、書籍化が決まった。

掲載した悩みの他に、追加で読者から集めた十五件の恋愛相談に対してコラムを書き、一冊の本として出版する。

そのせいで、私はまだ、椎堂先生の部屋に通う日々を続けていた。

生物棟を囲むカエデの葉はすっかり落ちて、天然のブラインドがなくなった窓から光が差し込んでくる。冬がもうすぐ終わることを告げるような温かい日差しだった。

まさか、こんな季節になるまで、お世話になるとは思ってなかった。

「とりあえず、今までに教えていただいた話を元にして十件は書けてます。あと、五件。もうなんでもいいです、面白い動物の求愛行動を教えてください！」

「ふざけるな。方向性を考えるのは君の仕事だろう。一つ一つの相談に真剣に向き合うのではなかったのか？」

「それは、そうなんですけど。歌詞が先にあって曲を作るか、曲が先にあって歌詞をつけるかの違いだと思うんですよ」

「ずいぶんと図太くなったものだな。だが、その手にはのらない。君は、一度甘やかすとつけあがりそうだからな」

椎堂先生は気怠そうに言いながら、手元の資料に視線を戻す。資料には、デグーの写真が解説付きで並んでいた。

「方向性かぁ。そうですね」

呟きながらタブレットを取り出して、残りの相談を読み返す。

表示されたのは、職場で同性を好きになってしまったという三十二歳ＯＬの悩みだった。これまで好きになるのは男性ばかりだったのに、急に、転勤してきたばかりの後輩が気になってしまい戸惑っているらしい。

今の時代、アメリカの恋愛ドラマほどオープンじゃないにしても、社会全体としてさまざまな恋の形に寛容になってきている。私の友人にも女性同士で付き合っている子がいる。彼女にこの恋愛相談を見せれば、具体的なアドバイスをくれるだろう。問題は、そこに動物をからめないといけないことだ。

「野生動物に、同性愛はないですよね」

「そんなことはない。同性カップルは、野生でも幅広い種で認められている」

「え、そうなんですか？　それ、教えてください！」

椎堂先生は、すっかり見慣れた仕草で眼鏡の縁に触れる。先生の中で、スイッチが切り替わる音がするのが聞こえる。

「では、野生の恋について――話をしようか」

言いながら、本棚から動物図鑑を取り出して説明してくれる。

開いたページには、フラミンゴの写真があった。

「同性カップルの中でもっとも有名なのは、おそらく、イギリス水禽湿地協会で保護されているフラミンゴのカルロスとフェルナンドだな」

恋愛コラムを始めたばかりのころは、たまに出てくる人間みたいな名前の動物に驚いたりもしたけれど、今ではよくあることだと知っている。特に海外では。

「フラミンゴは群れで暮らしているように見えるが、実際はそうではない。一夫一妻のカップルを作り、それぞれに縄張りを持って集団生活をしていると言った方が正しい。そして、捕食者の危険にさらされる可能性がもっとも低い場所、池の中心に棲むカップルが、より強い力を持っているわけだ。カルロスとフェルナンドは、この協会が管理する湿地の頂点に君臨するフラミンゴだった」

「へぇ。でも、ただの仲良しかもしれないですよね。その二羽が、どうして同性カップルだって断言できるんですか？」

「いい質問だ。この協会では、繁殖率を上げるために卵の操作が行われていた。湿地の中央に暮らすカップルが無精卵だったり卵を産まなかったりした場合、産卵後に放棄された卵を与えて育てさせるというものだ。カルロスとフェルナンドは、最初は、たまたま上手く卵を産めなかったカップルだと思われていたので代理親の候補に選ばれ、見事に卵を孵化《ふか》させ、雛《ひな》を育ててみせた。彼らが同性だとわかったのは、その後なのだ」

「なるほど。たしかにそれは、ただの仲良しフラミンゴじゃないですね。他にも、同性カップルを作る動物っているんですか？」

「ライオン、ハイエナ、カモメ、ヤギ、ペンギンなど、千五百を超える種で確認されている。日本の動物園と水族館でペンギンの調査を行ったところ、同性カップルが二十組見つかったという報告もあるほどだ。つまり、野生にも同性愛は当たり前に存在する」

なんてことだ。人間だけだと思ってたのに、むしろ人間より寛容かもしれない。

「でも……以前に先生が言った、野生動物の目的は、自分と同じ遺伝子を次の世代に残すことだっていうのに矛盾していませんか？」

何気なく口にすると、椎堂先生は、生徒から的確な質問をされたように嬉しそうに笑う。

「あぁ、矛盾している。野生において、子孫を残すという選択肢を放棄するのは奇妙だ。力の強いオス同士でタッグを組むことで生存率を上げる、個体数のバランスをコントロールしているなど様々な説が考えられているが、まだ解明はされてない」

「それって、動物にも恋が存在するってことじゃないですか？」

「そうかも、しれないな」

フラミンゴにも同性カップルがいる。好きになっちゃったんだから仕方ない。それは、それ以外のすべての常識をなぎ倒す最強の理屈だ。野生動物でさえこの理屈には逆らえない。

「ありがとうございます！　この話でコラムが一つ書けそうです」

椎堂先生との会話は、相変わらず求愛行動の話ばかりだった。

東京ＤＣの夜に告げたことは、結局、恋愛コラムが終わっていないのでうやむやになったままだ。先生の方からも聞かれることはなかった。

紺野先輩やお姉ちゃんは、脈がありそうだからがんばれ、と背中を押してくれるけど、やっぱり自信なんて持てない。なぜか村上助手にもバレているらしく、会うたびに「もう帰るんですか？　ランチでも誘えばいいのにぃ」「あ、そういえばもうすぐバレンタインですねぇ」とかいじられるようになってしまった。違いといえばそれくらいで、あとはなんの進展もない。

「そうだ。君に、頼みがある」

「なんです、改まって」

「大学側から連絡がきた。来年度から求愛行動をテーマにした講座が開講できそうなのだ。もし正式に決まったら、君の恋愛コラムを教材として使わせてもらいたい。学生には、その方が受けがいいだろう」

「もちろん構いませんよ。むしろ、嬉しいです。でも、ちょっとびっくりしました。椎堂先生が、人間の恋愛のために書いたコラムを使うなんて」

「講座が認められたのは、あれが人気になったのも要因の一つだからな」

「そうでしたか。お役に立てて、嬉しいです」

「君に会う以前も、求愛行動の講義をしたいと声をあげていたが、どこかで諦めてもいた。俺の研究は、他の多くの人には興味のないことだ。結局、認められることはないだろうと、自分で殻に閉じこもっていた。だが、君と仕事をして思った。興味を持ってもらうには、こちらから歩み寄ることが大事なのだな」

その言葉は、教会の鐘のように長い余韻を残して響いた。椎堂先生の考えが変わったのは、私と関わったからだけじゃない。アリアとの再会が大きな影響を与えたのだろう。それでも、少しでも返せるものがあったのだとしたら嬉しい。

「それに今は、人間の恋愛にまったく興味がないというわけではない」

いつもの気怠そうな声で、椎堂先生は付け足す。

その意外な言葉は、私の中で、ずっと昔に口にした言葉を思い出させた。

「……先生、私がここに通い始めたばかりのころ、人間の求愛行動には人間の求愛行動にしかない意味があるんじゃないかって話をしたの覚えてます？」

「あぁ。わかったら、教えてくれと答えたな」

「一つ、思いついたことがあるんですよ」

恋愛コラムを続けてつくづく思ったことがある。野生動物の求愛行動には、人間と同じ部分も、現代人の私たちが学ぶべきところもたくさんある。でも、やっぱり、人間の求愛行動は特別だ。

「先に、恋があったとは考えられないですか？」

遺伝子が九十九パーセント同じチンパンジーと人間の分岐点。そこに、なにがあったのか。

「小学校では、地球上で人間だけがこんなにも進化した理由として、手先が器用で道具を作れたとか、火を使えるようになったとか、そんな理由を習いますよね。でも、なんだか、そんなことで人間と他のサルが分かれたって納得できなかったんですよね。チンパンジーと人間、違いすぎますから。それで思ったんです――きっかけは、恋だったんじゃないでしょうか」

「ほう、面白いな。続けてくれ」

「先生はいつか、人間の脳が発達したり社会性を持ったりしたから、副作用として求愛行動が複雑になったのかもしれないと言ってましたよね。そうじゃなくて、それはまるっきり逆で……先に、たまたま、何かの拍子で、人類のご先祖が、恋に落ちた。そう考えた方が、すっきりしませんか？　だって、おかしいですよね。映画も音楽も小説も、その多くが恋愛をテーマにしてる。偉人たちは馬鹿みたいに恋に対する格言を残してる。誰もが恋に悩み、世界の雑誌から恋愛コラムが消えることはない。人間の生活、恋愛に支配されすぎじゃないですか？」

　これまで寄せられてきたたくさんの恋愛相談を思い出す。私自身の失恋を、紺野先輩の片思いを、お姉ちゃんの葛藤や環希が抱える願いを、それから今も私の中にある椎堂先生へのどうしようもない気持ちを思い出す。

　みんな、どうかしてる。それが、たまらなく愛おしい。

「恋が生まれたせいで、人間の求愛行動は複雑になった。気を引くためにプレゼントを作ったり、思いを伝える方法で悩んだり、みんなで協力したり相談したり、その過程で、色んな変化が起きた。相手を喜ばすために道具が発明され、想いを伝えるために言葉が生まれた。脳が発達し社会性が生まれた。つまり、そのすべてが、人間にとっての性選択だった。恋が、人間を進化させた」

　気づくと、椎堂先生のように立ち上がって両手を広げていた。

一年近くも仕事をしていたせいで、変な癖が移ってしまったらしい。最悪だ。村上助手に見られたら指をさして笑われる。

でも、椎堂先生は目を細めて頷いていた。

「面白い仮説だ。ならば、人間がここまで求愛行動に労力を割くのは、必然というわけだな」

「そうです。だから、人類は、永遠に恋愛から逃れられないのです」

「そうか。逃れられないか。なら、仕方ないわけだ」

「仕方ない、ですか？」

「恋愛など時間の無駄でしかない。アリアと別れてからは、もう必要ないと思っていた」

椎堂先生はそう呟くと、真っすぐに私を見つめる。

「だが、今は、少し違うようだ」

鈍い私でも、その視線に、紺野先輩やお姉ちゃんが言うような、ちょっと特別な意味があるかもしれないのはわかった。

でも、まだ自信は持てない。ゆっくり、確かめていこう、これはそういう恋だと思う。

だから、それだけを答えた。

「私も、同じです」

窓の外から、ウグイスたちの声が聞こえてくる。

あの鳥たちも、求愛の歌を歌っているのだろう。

樋口一葉は「恋とは尊くあさましく無残なもの也《なり》」と言った。マリリン・モンローは「愛とは信頼。人を愛するときは完全に信じることだ」と言った。古代ローマの恋愛指南書には「恋愛は戦いの場である。もたもたするやつは消え失せろ」と書かれているそうだ。

人は、大昔から、たくさんの恋に対する言葉を紡いできた。

その中でも、やっぱり私の一番のお気に入りは、北陸大学の変わり者の准教授の「私たちの恋に足りないものは、野生だ」で決まりだ。

この先の未来も、世界から恋愛相談が消えることはない。人が人である限り、恋愛というものに悩み続けていくのだろう。

ときどき、本能に従って求愛する動物たちのことを、羨ましく思いながら。

参考文献

『やっぱりペンギンは飛んでいる!! 拝啓、ホントに鳥ですか?』いとう良一著/佐藤克文監修（技術評論社）
『ペンギンの不思議 鳴き声に秘められた様々な役割』宮崎正峰著（誠文堂新光社）
『誰も知らない野生のパンダ』小林達彦著（経済界）
『奇妙でセクシーな海の生きものたち』ユージン・カプラン著/土屋晶子訳（インターシフト）
『チンパンジーはなぜヒトにならなかったのか 99パーセント遺伝子が一致するのに似ても似つかぬ兄弟』ジョン・コーエン著/大野晶子訳（講談社）
『オスは生きてるムダなのか』池田清彦著（角川学芸出版）
『生きものたちの奇妙な生活 驚きの自然誌』マーティ・クランプ著/長野敬+赤松眞紀訳（青土社）
『知識ゼロからのダーウィン進化論入門』佐倉統監修（幻冬舎）
『生きものプロポーズ摩訶ふしぎ図鑑』北村雄一著（保育社）
『生きものたちの秘められた性生活』ジュールズ・ハワード著/中山宥訳（KADOKAWA）
『セックス・イン・ザ・シー』マラー・J・ハート著/桑田健訳（講談社）

装画／あわい

装丁／岡本歌織（next door design）

本書は書き下ろしです。

瀬那和章（せな・かずあき）

兵庫県生まれ。2007年に第14回電撃小説大賞銀賞を受賞し、
『under　異界ノスタルジア』でデビュー。
繊細で瑞々しい文章、魅力的な人物造形、爽快な読後感で大評判の注目作家。
他の著作に『好きと嫌いのあいだにシャンプーを置く』
『雪には雪のなりたい白さがある』『フルーツパーラーにはない果物』
『今日も君は、約束の旅に出る』『わたしたち、何者にもなれなかった』
『父親を名乗るおっさん2人と私が暮らした3ヶ月について』などがある。

パンダより恋《こい》が苦手《にがて》な私《わたし》たち

2021年6月21日　第一刷発行

著　者／瀬《せ》那《な》和章《かずあき》

発行者／鈴木章一

発行所／株式会社講談社

〒112-8001 東京都文京区音羽2－12－21

電話　出版　03－5395－3505
販売　03－5395－5817
業務　03－5395－3615

KODANSHA

本文データ制作／講談社デジタル製作

印刷所／豊国印刷株式会社

製本所／株式会社国宝社

定価はカバーに表示してあります。
落丁本・乱丁本は購入書店名を明記のうえ、小社業務宛にお送りください。
送料小社負担にてお取り替えいたします。
なお、この本についてのお問い合わせは、文芸第二出版部宛にお願いいたします。

Printed in Japan　ISBN 978-4-06-523423-5
N.D.C. 913　334p　19cm